最后的皇朝

革命前夜的大清王朝

The Last Dynasty

祝勇

——著

人民文学出版社

图书在版编目（CIP）数据

最后的皇朝：革命前夜的大清王朝／祝勇著．—北京：人民文学出版社，2017（2025.6重印）
ISBN 978-7-02-013444-1

Ⅰ.①最… Ⅱ.①祝… Ⅲ.①散文集—中国—当代 Ⅳ.①I267

中国版本图书馆CIP数据核字（2017）第251480号

责任编辑	薛子俊
装帧设计	崔欣晔
责任印制	王重艺

出版发行	人民文学出版社
社　　址	北京市朝内大街166号
邮政编码	100705
印　　刷	天津善印科技有限公司
经　　销	全国新华书店等
字　　数	204千字
开　　本	880毫米×1230毫米　1/32
印　　张	15.375　插页1
印　　数	18001—19000
版　　次	2019年1月北京第1版
印　　次	2025年6月第4次印刷
书　　号	978-7-02-013444-1
定　　价	78.00元

如有印装质量问题，请与本社图书销售中心调换。电话：010-65233595

那些平时依序和并列发生的事,都压缩在一个需要决定一切的短暂时刻表现出来。

——[奥地利]茨威格

新版序

帝国的悲剧,正是埋伏在它的自信里,埋伏在它的自我标榜与自我迷恋里,埋伏在它万世不朽的期许与谎言里。

一

今夜,翻读这部书稿,我仍被自己多年前的文字带入到一种无限苍茫的历史情境中。好似一些故人,在某一次回忆中如约而返。照片和文字里的他们,一如我们身边的人一样真实和生动。说他们栩栩如生,那是因为他们生过,所以他们仍然可与我们说话、交流,在照片或者文字里,跨越了百年光阴。但我知道,在照片之外,我们分别属于不同的时间,有着全然不同的际遇与命途。

然而,我要说的却是,生于同一时代的他们,际遇与命途竟也全然不同,甚至于为了各自的抱负而拼杀个你死我活。时代让他们离得无限近,政治却把他们推得无限远。之前的历史中,似乎还没有一个时代,像那个时代的人一样咫尺天涯,让我恍然:这到底是戏,还是历史?

最典型的例子,当属良弼与吴禄贞,两位留学日本的同窗,那个年代里的青年精英，一个试图挽大厦之将倾，一个却要为皇朝釜底抽薪，结局是后者（身为革命党的帝国新军第六镇统制吴禄贞）被刺身死，而前者（身为保皇党的良弼）同样没有逃出被暗杀的宿命（详见第五章《车站》），只不过这暗杀的意义与影响，截然不同——良弼是为将死的帝国殉葬，吴禄贞则为新生民国而牺牲。假若吴禄贞没有在军队政变的前夜意外死亡，他率领的北方新军（革命军）就可能直捣紫禁城，南北战争和南北和谈或许就不会发生，后来的历史，或许就轮不到袁世凯发言。

我不想谈历史中的必然与偶然，我只想说，在那个时代，每个人都在试图创造历史，也都在被历史裹挟着前行。因此，在每个人的小命运之上，都有着无法摆脱的大命运。一如我在本书初版序言里所说的，本书意在剖析中华四千年帝制（自夏朝以来）何以在辛亥年猝死，同时也有兴趣解剖在这宏大的历史叙事下一些鲜活的小麻雀，这些小麻雀的名字是：载沣、载涛、端方、杨度、梁启超、汪精卫……

二

本书原名《辛亥年》，2011年辛亥革命一百周年之际，由生活·读书·新知三联书店出版。出版六年来，我对原稿进行了较大幅度的补充修改，虽写作的立意与方法未改，然而此番改名《最后的皇朝》，交人民文学出版社出版，侧重点还是有所调整。

当年取名《辛亥年》，选取年代剖面式的写作，自然有黄仁宇先生《万历十五年》的影子。而此次改名《最后的皇朝》，则把焦点转移到人的身上——帝国大船倾覆的时刻，船上乘客的反应与抉择，借此凸显我观察那场革命的不同视角，那就是把被革命者——帝国皇亲国戚、朝廷百官，当作观察与书写的对象，从他们的命运里，解读历史的大命运。

中国历史上，发生过许多次改朝换代，出现过无数位的末代皇帝，但皇权未死，下了台的皇帝，换了一个姓氏又会卷土重来。唯有清朝不同，因为清朝是中国历史上最后的皇朝，清朝的末代皇帝，不只代表着清朝的终结，也代表着中国四千年帝制的终结。中国人从此与皇帝永别，再也没有回头。其坚决，也超乎想象，当然也超出了企图复辟帝制的袁世凯的想象（详见拙著《民国的忧伤》），也证明了我们民族是一个能够自我调适、再造文明的开放性民族。站在这一视角上解读历史，其价值自然不言而喻。此书或许未能达到所期，那是我的视野与能力所限，而非所选视角之误。

三

2011年，当我的《辛亥年》一书由生活·读书·新知三联书店出版、我任总撰稿的十集纪录片《辛亥》在北京电视台播出的时候，故宫博物院故宫学研究所在成立一周年之际，举办了"辛亥革命与故宫博物院建院学术研讨会"，以纪念辛亥革命一百周年、故宫博物院建院八十六周年，说明了清宫与辛亥革命的独特关系，而故宫博物院之建立（由帝王的皇宫转型为公众的博物院），也最典型地体现了辛亥革命之成果。

有意思的是，此书出版后不久，也是"辛亥革命与故宫博物院建院学术研讨会"之后不久，我就收到了故宫博物院的一纸调令，正式调入故宫学研究所。而在我写作此书的时候，还断无此念。我与故宫博物院的缘分，固非一本书所成就，而是早有渊源，但对革命中的"最后的皇朝"的研究与书写，却为我与这座旧日皇宫的联系加入了某种戏剧性的元素。百多年前的辛亥革命，改变了中国的历史，改变了每一个中国人的命运，甚至在一百年后，仍然能够改变我这样一个普通人的道路。

四

宇文所安先生在谈到自己著作时说："如果能够重写，它们一定会不一样。无论是我个人,还是我所利用和借鉴的学术研究,都已经发生了很大变化。"[1]我想,每一个著作者都会有这样的感受。因此,在初版之后,我一直没有放弃对本书的修订,以补入最新资料。经过几年的蜕变,终成为今天的《最后的皇朝》。它脱胎于《辛亥年》,但不只是《辛亥年》的再版。

感谢故宫博物院领导、同事对我的大力支持,感谢老朋友臧永清、应红为此书乃至我的整个作品系列出版而做的努力,感谢赵萍、薛子俊所做的大量具体工作,感谢刘静、崔欣晔老师为此书所做的设计,没有他们,此书不可能以今天的面貌呈现给读者。

原版序

历史的每一个瞬间都是由人来承担的，历史的决绝背后，往往是个人犹疑而痛苦的选择。

辛亥年到来的时候，没有迹象表明，这将是这个铁血帝国的最后一年。这一年，是从隆裕皇太后万寿圣节（正月初十）的歌舞升平开始的，而在这一年行将结束的十二月二十五日（公元 1912 年 2 月 12 日），隆裕却颁布了一纸退位诏书，中国的封建政权就此曲终人散。历史的急转直下，在当时绝大多数人（包括革命领袖）看来，都是不可思议的。因为这一年，如同黄仁宇在《万历十五年》开篇所说，"当日四海升平，全年并无大事可叙"。对于帝国来说，最危急的时刻（庚子事变）已经过去，随着慈禧太后在遥远的中国西部挥动巨手，大清帝国"春天的故事"业已唱响。至辛亥年，政治体制改革已向深水区挺进，在中央的号召下，各地议会（咨议局）已纷纷成立，尽管朝廷制订了立宪期限，但国会（资政院）建立已经不可逆转，只是时间问题，以梁启超、杨度、张謇为首的立宪派已经沉浸在成功之前的兴奋中；包括法制在内的制度建设已卓有成效，具有近代意义的《大清刑事民事诉讼法》《大清新刑律》《民律草案》（尚未颁布）等纷纷制订完成；铁路、煤矿、公司、股市、律师、国有企业、合资公司……各种新生事物层出不穷，资本主义事业在封建主义的皮囊内部高歌猛进；军事方面，一支参照世界先进水准打造的新建陆军已经形成战斗力……所以，这一年纵然灾异不断——如本书开篇所讲，却符合黄仁宇所说："以我国幅员之大，似乎年年在所不免。"起义不断（如著名的黄花岗起义），也大多是昙花一现，规模影响远不及当年的太平天国，因此，黄仁宇在《万历十五年》中说："只要小事未曾酿成大灾，也就无关宏旨。"从积极的方面看，帝国已经从死亡的边缘缓过一口气，进入复苏和发展的崭新历史阶段。

但是这个自信的帝国正是在"我们一点点好起来"的形势下猝死的。孙中山直接领导的十余次起义未能撼动它的根基，来自武昌的一次"计划外"起义却将它送进坟墓。仿佛一个巨人，竟然死于一次微小的感冒。辛亥年的故事，在今天听起来仍然很像是一个传说，这是历史本身的张力，后世作家不需要太花心力，只需如实描画出它的大致形象，戏剧性就自然显现了。有人说，革命不是产生于最黑暗的年代，而是压迫稍微放松的年代，是对于黑暗的一种滞后反应。无论这是否能够成为一条定律，至少在辛亥年，它是适用的。

帝国的悲剧，正是埋伏在它的自信里，埋伏在它的自我标榜与自我迷恋里，埋伏在它万世不朽的期许与谎言里。大清帝国不是没有危机，否则它的猝死就变得不可解释，而天下的一切命运，都是可以解释的。提供作者自己的解释，正是本书的旨趣所在。

从消极的方面看，即使在万寿圣节的歌舞升平中，在它自认为"一点点好起来"的形势下，帝国的警报也没有撤除，只是当权者对其充耳不闻而已——当权者只能听见他们想听的话，看见他们想看见的事物，所以在他们眼中，永远都是天下太平。所以，辛亥年在统治者、立宪派和革命党眼中，形象截然不同，甚至有天壤之别——他们拥挤在一个相同的辛亥年里，但每个人、每个阶层、每个政治派别，又都有自己的辛亥年，也就是说，在一个辛亥年中，包含着无数个辛亥年。

作为中国历史上最具转折性的一年，辛亥年也不应是一个单纯的纪年，在它的内部，至少包含了自鸦片战争至20世纪中叶国民党退出中国大陆百年的历史——作为最早关注西方民主制度的中国官员，林则徐在他编著的《四洲志》里，就介绍了西方的议会组织、权力关系、选举制度等，与魏源的《海国图志》、徐继畬的《瀛寰志略》等著述一起，共同构筑了1840年代中国人的民主梦想；辛亥革命的成功所带来的系列议会实验，因

1949年国民党败走大陆而告一段落，这一政权灭亡的轨迹，几乎与本书所描述的大清帝国的沦落过程如出一辙，辛亥年既包含了对过去的专制历史的总结，也包含着对未来各种类型的专制梦想的预演，这使我们对辛亥这一年的丰富性刮目相看，所以这一年，不是一个闭合的时段，而是一个开放的时段。

从大历史的观点看，晚清研究和民国研究，与辛亥革命研究是相互渗透的，无法一刀两断。如同一位朋友在读了我的长篇小说《血朝廷》以后给我的信中所写："革命只是爆炸前的火光一闪，而黑屋子早就蓄势待发半个世纪了，是时代和历史的必然，是时势的风云际会选择了革命的人和事。必然有一人要去引燃这巨大的帝国的毁灭，这样的人、事便是历史的精魂所在。有必然有偶然，在这样的意义上纪念辛亥革命，庶几贴近历史本意。"尽管黄仁宇说，"只要小事未曾酿成大灾，也就无关宏旨"，但在此时的帝国形势，却是任何一件小事都有可能酿成大灾。帝国累积的种种矛盾，及其被这些矛盾所左右的命运，正是本书所要表达的内容。

辛亥年线索之庞杂，矛盾之纷繁，无疑使写作具有了难度。因为在中国历史上似乎很难找出哪一年能像这个年份那样，有着超大的历史容量，纠集了那么多的转折、浮沉、悲喜、恩怨、可能和不可能，在这三百多个日夜里，人世间的喜怒哀乐，都演到极限，形成巨大的反差，以至于我们在一百年后讲述它时，依旧不得要领。本书以辛亥年一年为横断面，自然是采取了一种讨巧的办法。这种写法，如果算是黄仁宇的发明，那我们应该向他致谢，因为他在纷繁复杂的历史丛林中，为我们找到了一条进入的捷径。我们是头脑简单的闯入者，不分青红皂白，不问前因后果，不惜惊扰了百多年前的智者先贤，不顾及那错综时空中的各种凶险，像一个执着的问路人，单刀直入地切入了历史的隐秘地带。这种写法，是一种不讲理的写法，但它使本书在时间的限定性与超越这种限定之间，自然产生了一种张力。这样便有了这本书的结构：从辛亥年的春节开始，一路写到这一年的除夕。

这本书就是在上述前提下展开的。作为一部非虚构作品，本书更关注人的命运。有人参与的历史，才是有温度的历史、令人纠结和叹息的历史。这是我从事历史题材写作一贯秉承的原则。我从来不愿把历史写作变成对历史年表的文学翻译。对历史来说，人的命运似乎无足轻重；但对人来说，人的命运却是至关重要的。历史的每一个瞬间都是由人来承担的，历史的决绝背后，往往是个人犹疑而痛苦的选择。辛亥革命前后是这样一个历史的关键时刻，每一个历史当事人都面临"决定性瞬间"："那些平时依序和并列发生的事，都压缩在一个需要决定一切的短暂时刻表现出来"。对个人、国家、民族来说，这种时刻的选择，关乎一生一世，存亡兴替。这种选择的过程，往往伴随着常人难以想象的艰难与痛苦。在百年后的今天，我们应当以一种更加宽容的目光，看待历史中的每一个人，以及他们留给历史的各种缺憾，因为我们在自己的历史中也将面临同样的抉择与挣扎，对他们的轻视、苛求乃至嘲笑，等同于对自己的轻视、苛求和嘲笑。

这部书的成稿，缘自北京电视台拍摄关于辛亥革命的大型历史纪录片。有此前并肩战斗的光辉历史，总导演袁子勇、吴群和我又在这个重要年份里历史性地站在了一起。正赶上我一部关于清朝灭亡的长篇小说《血朝廷》刚刚脱稿，余勇可贾，就不顾才疏学浅，欣然承命。好在我们特别拉来了一批学术顾问为自己壮胆，他们是：雷颐、张鸣、汪晖、孙郁、黄兴涛、杨念群等，更有文化部副部长、故宫博物院院长郑欣淼等诸位领导的支持。从此开始了本书的写作，也开始将近两年暗无天日的生活——除了奔波于各大图书馆档案馆博物馆，每天起床就坐在电脑前写字，直至夜里两三点，每日连续工作十六小时以上，除吃饭（准确说是充饥）和上厕所，整日纹丝不动——只有十指在键盘上一刻不停地奔走。与此前写作的小说《血朝廷》比起来，这是一次更加艰难的跋涉。如今拿来出版的，是最先写的文学本，前后写了九稿，这九稿中，不仅包含了我的艰辛，也囊括了剧组成员，特别是袁子勇和吴群两位总导演的大量心血。我们一起为文学本的整体思路、各集（章）间的起承转合绞尽脑汁，多少次害得酒馆到了深夜都无法打烊。吴群对文学本的重视，在电视界无出其右，对总撰稿的虐待，也令人发指，罄竹难书，世所罕见，必须控诉。但我知道，所有的努力，都会指向一个更加完美的结局，即：我们一定会找到一种自己的方式来认识和言说历史，言说在此时此刻已被过度言说的辛亥革命。原来的文学本、如今的书稿，就是在我们的反复切磋中完成的。这是一个让我们兴奋的文本，我们是准备以此稿为蓝本拍摄的。后来情况有变，从第十稿起，纪录片的容量大增，内容已扩展到民国的民主理想受挫、孙中山逝世这一悲剧性结局——脱胎换骨的结果，就是 10 月荧屏上那部名为《辛亥》的纪录片，而此前以辛亥年一年为横断面的文学本，却因它更极致化、风格化，也更像是一个文人的个性化表达而让我不舍，交付出版，或许是最适合它的结局。不是废物利用，而是敝帚自珍，它是一部独立的非虚构作品——一部我想要的作品，这便是这部作品的由来。

我感谢纪录片剧组的每一名成员，包括总导演袁子勇、吴群，制片人姚大禹，导演王宇、陈岳、王劼、成强、郭景波、柴继东，制片周建波、马涛，以及李淼、中国艺术研究院硕士研究生李明、美国宾夕法尼亚大学硕士赵妍洁等助手。他们分担了许多查找资料的工作，包括原始档案、报纸和影像资料，因为重构历史，尤其是重构人物的心灵世界，离不开准确的细节，而作为非虚构作品，所有的细节，都必须以史料为依据。这本是属于我的工作，好在这些为一个共同的革命目标走到一起来的同志，平时不大计较你的我的。我不准备把这篇唠唠叨叨的序言写成一篇表扬信，但他们所有不动声色的帮助，我都了然于心，只不过同样不动声色罢了。此外，中国国家博物馆、故宫博物院、国家图书馆、清史编纂委员会、紫禁城出版社、美国国会图书馆、大都会博物馆、法国阿尔贝·肯恩博物馆等还为纪录片和本书提供了大量珍稀图片，特致谢意。其中不少图片为首次公开，为本书增色不少。

目 录

第一章　末　世 —— 1

第二章　冬　眠 —— 47

第三章　春　雪 —— 99

第四章　标　靶 —— 153

第五章　车　站 —— 221

第六章　风　向 —— 265

第七章　船　票 —— 307

第八章　血　海 —— 321

第九章　背　影 —— 359

第十章　广　场 —— 395

　　　　注　释 —— 434

第一章

末世

在京城一片波澜起伏的青砖灰瓦中，金色的宫殿更像一座华丽的孤岛。

第一章 末 世

一

当郭维先的姐夫单太和在腊月的寒风中叩开北京外城棉花胡同八条的院门的时候,他不会想到,他给这座城市带来的是死亡的消息。三个小时后,他就在他妻弟的这座宅院里断了气。他死时狰狞的表情令郭维先永生难忘。郭维先拉开他的衣领,发现他的脖子下面遍布着大块大块的黑斑,像无数只黑色的蝙蝠,栖落在他的胸膛。

辛亥年春节到来之前的一个星期,北京城内一连串的离奇死亡事件,令这座城市陷入极大的恐慌中,几乎与单太和死亡的同时,安定门内一名姓文的十九岁少妇突然死去,她的母亲和十一岁的女儿也很快停止了呼吸,一个平静的家庭,就这样突如其来地灭了门。同样死因不明的遗体从雍和宫、报房胡同、南柳巷,从城市的各个角落向官医院汇集。中央卫生院的医官对接二连三的死者进行了验尸。医官摘下口罩,一个可怕的词从他们口中脱口而出：鼠疫。

郭维先的姐姐因为伤心过度，当天晚上十点就死了。郭维先的全家被外城总厅派来的巡警转移到城外的隔离室居住，他的姐姐和姐夫被巡警们抬到城外深埋，在他走后，他的宅院消失在一片火光中，他的房屋、器皿，死者曾经穿过的衣服，以及几天以前还安静平和的生活，都在火中化为青烟。

三星客栈里那个名叫徐允卿的客居者听到窗外一片杂沓的脚步声时，对于步步紧逼的厄运一无所知。他透过窗子，看见这个客栈被巡警包围了，他的内心升起一片疑云。像客栈里的其他住客一样，他并不认识郭维先刚刚死去的姐姐和姐夫，不知道他们曾在这里落脚，就住在离他不远的房间里——他甚至可能听到过他在夜里深深浅浅的咳嗽或者低语，更不会想到自己的命运会被这两个陌生人改写。徐允卿和其他住客被移送到城外的隔离室，在那里，他或许会见到郭维先，但他们不会知道彼此在整个事件中的联系。客栈的一些房间被拆除了，连同一些被褥器物，都被投入火焰。

一块又一块的黑斑，仿佛邪恶的花纹，自城市的躯体上，悄无声息地浮现出来，渐渐地汇集，连成一片。它所带来的恐怖气氛，比病毒更有杀伤力。

这场鼠疫，缘起于哈尔滨，由东北三省向北京进逼。辛亥年春节刚过，大清帝国的皇太后隆裕就垂询东三省鼠疫蔓延到京的情况，摄政王载沣回答："业已拨款，饬民政部及各衙门暨直东各督抚竭力防范，早为扑灭，想不致传染来京。"

从那一天起，京城的警察开始挨家挨户地劝说，凡有秽臭腐烂之物，切不可抛弃在街道上。各区专门派出卫生警官，一律佩戴红十字袖章，监控疫情。同时，北京的街头出现了许多洒水车，沿街喷洒石灰水消毒……

即将对大清帝国进行正式访问的德国皇储在印度得知北京鼠疫的消息后，取消了访问计划，踏上了回国的行程。[1]

辛亥年正月初六，因春节放假而暂时停刊的北京《顺天时报》重新出报。报纸上除了披露了关于京城鼠疫的消息之外，在主要篇幅上刊登了一幅旭日朝阳的图画——层层卷曲的海浪上，一轮红日正冉冉升起，天空中，象征吉祥的蝙蝠正在成群结队地上下翻飞，散布着帝国的福音。

正月初十，是隆裕皇太后的万寿圣节[2]，深红的宫墙隔绝了帝国内部的一切不幸，此时的紫禁城，正沉浸在一片喜庆气氛中，内廷行走之王公大臣行礼如仪，他们进奉的各种奇珍异宝，隆裕已命储秀宫太监赏收，隆裕还对大臣们进行了赏赐。

在京城一片波澜起伏的青砖灰瓦中，金色的宫殿更像一座华丽的孤岛。几个世纪以来，宫殿的主人一直孤独而神秘地生活在这一片被红墙圈定的有限的空间内，与广阔的外部世界格格不入。即使在灾难中，宫殿主人仍然顽固地坚持着他们的奢华禀性，因为这是一种遗传基因，在任何情况下都不会改变。由于先后签订了《马关条约》和《辛丑条约》两份高额赔款条约，帝国财政已经破产。清政府于是开始了丧心病狂的敛财计划，1903年，清政府的岁入已由八千万两猛增到一万零四百九十二万两，支出为一万三千四百九十二万两，赤字三千万两。1910年，清政府在试编下一年度财政预算时，竟然要求岁入达两万九千六百九十六万两，岁出三万三千八百六十五万两，预计赤字竟高达四千万两[3]。后世研究者指出："十几年时间，国家财政收支竟剧增四倍左右。这当然不是生产发展的结果，种种巧立名目的新税，已使人民无可忍受。国家与民众对立，已至空前。"[4]帝国的财政危机对于太后隆裕的个人生活没有丝毫影响，她每月食肉"定例"为一千八百六十斤，鸡鸭各三十只，每年衣料"定例"缎料二十九匹，绸料四十匹，绫八匹，各种布料六十匹，貂皮九十张，金线二十绺……隆裕甚至要在紫禁城内修建宫苑，摄政王载沣不敢反对，一项浩大的工程于是在紫禁城的内部开始，最终因为经费不足半途而废。[5]

每逢万寿圣节时，内务府都进纳食物"九龙盒"。有万字饼、寿字酥、福字饼、禄字酥、吉祥饼、如意酥、福寿饼、鹤年酥、长春饼、百花酥、三桃饼、松仁酥、七星饼、花桃酥、松寿饼、苹果、百合、鸭梨、广橙、蜜饯桃脯、蜜饯杏脯、蜜饯果脯、蜜饯杂脯、熏猪、熏鸡、熏鸭、熏肉，计二十七种，每种三盒，共八十一盒。这不过是普通的生日家宴而已，而辛亥年的万寿圣节，刚好是隆裕太后的四十岁大寿，帝国的盛宴，更加气势恢宏，藐视着天下所有的苦难与灾变。大年初一，太和殿像往年一样，刚刚举行一场盛大的国宴，招待各少数民族王公及外国使节。太和殿大宴共设二百一十席，每次都要耗用羊百只、酒百瓶。[6]紫禁城西华门外南长街"咬春园"栽培的各种名贵花卉，陈列筵前，使宫殿犹如一场罕见的绚丽之梦。

山呼万岁的声音如潮水般自宫殿里漫起，没有人能够听到遥远的惊涛的震动。辛亥年，帝国狭窄的政治河床，已经将泥沙俱下的污浊河水抬到一个极高的水位。在固若金汤的千里长堤上，它以一种强大的势能，等待着那个致命蚁穴的出现——它此时安静得令人恐怖。1月30日，就在正月初一这一天，湖北革命党人、湖北新军的几个年轻的下层军官——蒋翊武、詹大悲、刘复基、邹毓琳、章裕昆、孙长福等在武昌成立了一个革命团体，为了掩人耳目，起了一个风雅的名字——文学社。早在20世纪之初，武汉的革命党人就开始了他们的革命活动，先后成立了日知会、共进会、军队同盟会等革命组织，在经历了几度生死轮回之后，那个名叫文学社的革命组织，就这样在节日的喜庆气氛中，在黄鹤楼风渡楼的茶香缭绕之间悄然诞生了，成为帝国长堤上为数众多的蚁穴之一。几个月后，正是这个微不足道的蚁穴，使帝国的长堤彻底崩溃。

隆裕太后的万寿圣节，帝国的意志渗透到北京的大街小巷，京城的家家户户都要挂起龙旗，官民商铺要悬旗结彩三日，以表达他们对这个帝国最高统治者的敬爱。在飘扬的旗帜下，那些担架上的尸体仿佛梦魇，从胡同里一闪而过。

二

七年前，另一个太后的万寿大典在紫禁城里举行，那一年，刚好是慈禧太后的七十寿诞。那一年正逢科举之年。7月4日清晨，迷离的晨雾还没有散去，在礼部会试中选拔出来的二百七十三名贡士，就鱼贯进入保和殿，历经点名、散卷、赞律、行礼等种种仪式礼节之后，庄重的殿试正式开始。二十四岁的谭延闿在会试中考中第一名，殿试时，由于他本人的谭姓与参加戊戌变法的谭嗣同相同，主考官们怕慈禧太后怪罪，在给太后的十张考卷中，没有把他列进去，谭延闿就这样，因为姓氏与状元无缘。辛亥革命后，谭延闿成为湖南军政府参议院议长，后被北京政府任命为湖南都督。

慈禧太后翻开主考官列为头名的试卷，见该卷文辞畅顺华丽，爱才之心油然而生。但一看落款，心头顿时升起一股阴云。夺魁的举子是广东人朱汝珍，不禁让这位老佛爷想起太平天国的洪秀全，维新派的康有为、梁启超，高举反清大旗的孙中山……这些人都出自广东，在慈禧眼中，广东无异于帝国叛逆的温床。加之朱汝珍姓名中有"珍妃"的"珍"字，"朱"又与"诛"同音，"朱汝珍"这三个字一下就触动了想象力颇为发达的慈禧的神经。朱汝珍的试卷，于是被扔到一旁，状元之门对他关闭了。

金息侯的殿试卷慈禧太后初阅后很欣赏，但经过细审，慈禧太后发现他在应对策论时，针砭时弊，写出了"国家危亡""痛哭流涕"的字样。这与慈禧七十万寿大典的喜庆气氛背道而驰，慈禧心中十分不快，金息侯也同样惨遭淘汰。

当刘春霖的试卷映入慈禧太后的眼帘时，她紧皱的眉头才舒展开。慈禧太后喜欢疏淡清新的字体，刘春霖擅长小楷，在书法界有"大楷学颜（真卿）、小楷学刘（春霖）"之说，与慈禧太后的喜好不谋而合，而刘春霖的名字，又给慈禧太后带来些许安慰。那一年，天下大旱，整个帝国，都急盼着一场春雨。"春霖"二字含春风化雨、甘霖普降之意，对于萧瑟的帝国来说，无疑是一个好的兆头，加之其籍贯为直隶肃宁，地处京畿，"肃宁"又象征肃静安宁的太平景象，这对烽火四起、摇摇欲坠的清王朝，亦不失为"吉祥"之兆。这是皇权中国所信奉的符号学原理。于是，慈禧太后的朱红毛笔，终于在刘春霖的名字上轻轻点了一下，苦读诗书的刘春霖万万不会想到，自己居然以这种意想不到的方式夺魁天下。

这次科举，是中国历史上最后一次科举考试。金榜题名的刘春霖或许不会想到，自己居然成为中国历史上最后一名状元。

谭嗣同等戊戌六君子的头颅像秋风里的落叶一样在北京菜市口飘落仅仅三年之后，慈禧太后居然推行了比康梁更加激进的改革——光绪二十六年十二月初十日（1901年1月30日），在惊恐万状中逃至西安的慈禧太后，出人意料地发出一道谕旨，宣布实行"新政"。谭嗣同未竟的事业，就这样被慈禧太后继承下来。在慈禧太后的统治下，这个照亮过整个西方的东方帝国，在20世纪来临之际陷入历史上最黑暗的时刻。皇家宫殿沦为外国人的兵营，有关帝国昌隆的最后一块遮羞布被无情地撕去了，帝国仅有的一点妄自尊大已经荡然无存。连慈禧太后，也升起雪耻自强的心。当慈禧太后逃出紫禁城，逃到怀来县的时候，曾泪眼婆娑地说："现在闹到如此，总是我的错头，上对不起祖宗，下对不起百姓，满腔心事，更向何处述说呢？"[7]

末代皇帝溥仪后来的英国老师庄士敦在《紫禁城的黄昏》一书中写道："皇太后在流亡西安的时候也已转变成了一个改革

者。"[8] 在这本书中，他援引材料证明：一位西方记者写道："（慈禧）采取了使中国步入现代化道路的政策，并且依靠她强有力的政令，取缔了某些旧的规章。"晚清的政治现实，既荒诞，又合理——对个人而言，它们是荒诞的；而从大历史的视角看，一切又符合逻辑。为了表明自己的一贯正确，她并没有给康梁平反，而是说："康逆之谈新法，乃乱法也，非变法也。"[9] 慈禧对她在戊戌年的屠杀行动毫不忏悔。在她心里，自己领导的改革，与康梁的"谋逆"，绝不可同日而语。庄士敦说："慈禧不是一个宽宏大量的人，她从不认错，也不会采取任何行动来补偿她的过失。'康党'（康有为的派别）仍然列在黑名单上，对康有为缺席判处的死刑也没有取消。"[10]

也是这一年，封疆大吏张之洞（湖广总督）、刘坤一（两江总督）、袁世凯（山东巡抚）上奏变通科举，张、刘会奏主张"设文武学堂""酌改文科""停罢武科""奖励游学"。

袁世凯疏列十条，建议增实学科并逐年递减旧科岁、科、乡试名额。废八股、设特科、建立新式学堂，从变通科举到废除科举，从渐废科举到骤废科举。新学内容的加入，使得熟悉了四书五经的帝国士子们无所适从。1903年癸卯乡试，士子们面对不知所云的试题，开始捣乱，"头场拆魁星，二场捉枪手，三场偷号灯"[11]，科举考试的地位，早已不复从前的神圣。连癸卯乡试的受益者都感叹："士子之无行至此,科举虽不废,不可得也。"[12]

1905年,直隶总督袁世凯主稿,会同盛京将军赵尔巽、湖广总督张之洞、两江总督周馥、两广总督岑春煊、湖南巡抚端方同奏,请立废科举。

面对这样的奏折,慈禧太后内心的纠结是可以想见的。科举自隋唐以来,就成为帝王事业的根基。尽管通过科举而步入帝国政治中枢的概率小得接近于零,但只要科举存在,民间士人奔向朝廷的脚步就义无反顾,即使那些落第者,仍然可以成为帝王价值观的承载者和传播者,受到民众的尊重。废除科举,等于抽掉了士人眼中一部华丽的梯子,彻底断绝了他们在社会中上行的路线,帝国的政治生态,将发生彻底的断裂。

慈禧深知这份奏折的分量。环顾朝廷,像袁世凯、张之洞、端方这样思想开放的官员寥若晨星,面对满朝文武的满脸不解,慈禧陷入一种四顾茫然的孤独。1904年,慈禧太后在仔细通读南通士人张謇刊刻的《日本宪法》之后,对枢臣们说:"日本有宪法,于国家甚好。"慈禧太后的话,令帝国的要员们面面相觑,哑然无语。[13]

1904年,曾经视洋人如猛兽的慈禧太后迷上了西方的马戏、华尔兹舞和照相。这时的列宁在忙里偷闲著书立说,他在这一年写成一本书，名字叫《进一步，退两步》，批判孟什维克在组织问题上的错误观点，全面阐述他关于无产阶级政党的学说；他所领导的革命，要在十三年后才能成功。这一年，法国作家罗曼·罗兰的巨著《约翰－克利斯朵夫》的前三章获得费米纳奖，奥朗道夫书店开始出版这部作品。这一年，弗洛伊德也有著作出版，他的《日常生活中的心理病理学》后来成为他流传最广的一本著作。这本书对决定论做出重大贡献，因为书中所揭示的许多看似偶然、毫无意义的行为，以及许多简单地归结为"自由意志"的举动，实际上是人们没有意识到的隐秘而矛盾的愿望所驱使的。

慈禧太后隐秘而矛盾的愿望是什么？历经了庚子磨难的慈禧太后，似乎已经脱胎换骨，有了许多奇怪的举动，在古稀之年玩起了"后现代"。日本人尾崎秀树这样描述她："回京后的慈禧太后，做法产生了很大的变化，原来将外人视为洋鬼子的慈禧太后开始崇洋。"[14] 这一年中秋节，一个俄罗斯马戏团在北京演出，盛况空前，慈禧得知这一消息后，立即邀请马戏团进宫演出。于是，在颐和园内，两天内就搭起一个巨大的帐篷，供马戏团表演和演员们化装、休息之用。在帐篷旁边，一些围栅也建造起来，以安置那些远道而来的动物。当慈禧太后第一次看到高空吊架上的空中飞人突然坠落时，像其他人一样失声尖叫起来。当演员表演自刎时,慈禧太后闭上眼睛,不忍观看。

这段时间,宫女们经常听到有悠扬的华尔兹舞曲从慈禧的寝宫里传来,那是她那台巨大的外国留声机发出的声音。有一次,慈禧太后在午餐时,还特别要求德龄、容龄两位公主跳华尔兹舞,她乜着眼睛,定神地观看。等她们跳完,慈禧高兴地说,这是很美丽的舞蹈。你们这样反复地转圆圈,难道不感到头晕目眩?[15]

慈禧的大量照片都收藏在故宫博物院里。慈禧曾经相信,照相能够摄走人的魂魄。她是在德龄公主的引导下,一点点迷上照相的,以至于照相成为她无法舍弃的爱好。在垂帘听政的余暇,她经常扮作观音照相,并把相片挂在自己的寝宫。"老佛爷"这个称谓,就这样不胫而走。清代内务府档案中记录了当时的情景:

> 七月十六日海里照相,乘平船,不要篷。四格格扮善财,穿莲花衣,着下屋棚。连英扮韦驮,想着带韦驮盔、行头。三姑娘、五姑娘扮撑船仙女,带渔家罩,穿素白蛇衣服,想着带行头,红绿亦可。船上桨要两个。着花园预备带竹叶之竹竿十数根。着三顺预备,于初八日要齐,呈览。[16]

这至少表明一点：慈禧太后也是可以转变的，她并非时代变革的天敌。

终于，面对袁世凯等人那关乎帝国无数士人命运的奏折，轻轻点了点头。

1905年，俄罗斯作家列夫·托尔斯泰在给大清帝国留俄学生张庆桐的复信中写道：

> 在我漫长的一生中，曾经有好几次同日本人见过面，但从没有一次同中国人见过面，也没有发生过联系，而这正是我一向非常想望的；因为很久以来，我就相当熟悉（当然，大概是非常不完全的。这对于一个欧洲人是常有的情况）中国的宗教学说和哲学；更不用说孔子、孟子、老子和他们著作的注疏了。遭到孟子驳斥的墨翟学说，尤其令我敬佩。我对于中国人民经常怀有深厚的尊敬，很大程度上由于可怕的日俄战争诸种事件而更为强烈了。

这一年，以四书五经为根基的科举取士制度正式废止，一批新式学堂取而代之。"子曰""诗云"从此让位给了声光电化。在"学堂日多""报馆日多""书局日多"之际，亚细亚、欧罗巴、公法、民权、华盛顿、西乡隆盛……渐渐成为一代青年、众多士大夫似通非通的口头禅。一些前所未有的人群出现了,"新学生""新士人""新军人"乃至"新官吏"……一切都冠以"新"字,昭示着与古老社会的决裂。[17] 不久,传教士林乐知在《万国公报》发表评论:"停废科举一事,直取汉唐以后腐败全国之根株,而一朝断绝之,其影响之大,于将来中国前途当有可惊可骇之奇效。"萧功秦在《危机中的变革》一书中指出:"废除制度导致了中国历史上传统文化资源和新时代价值之间最重大的一次文化断裂",这种制度资源的丧失,同时也为清朝的覆灭起到了釜底抽薪的作用。[18]

在今天看来,慈禧太后的许多举动是自相矛盾的,比如他推行新政,却对维新党人怀恨在心,连姓名都在禁忌之列,她明智雪耻,却从不改她的奢华本性。这些举动,造成了对她两种相互矛盾的看法。庄士敦说,"一种认为,她生就了统治者的素质,正因为她,使清朝多延续了一段时间。另一种认为,她对清朝的灭亡要负主要责任。据我所知,中国的许多杰出人物都赞同后一种意见。而前一种意见,却在西方人中相当流行。"[19]

英国女王伊丽莎白曾说:"慈禧比我强多了,我只是一个既不伟大,也不渺小的人。"[20]

1908年,紫禁城东路亮起了电灯,似乎象征着以慈禧为代表的清朝最高当局下诏预备立宪,将为这个暮气沉沉的国度迎来一丝希望。[21]

与帝国政治的变化同步，这一年，北京的市容也在悄悄地发生着变化。9月里，巴克斯在给莫理循的信中写道："那桐继续着手他的筑路计划。如今经过你那所房子的街道秩序井然，前门大街的道路也要开始动工。所有撑着布篷的货摊和货郎担子都要立即挪开，这在那些有关的人当中引起强烈不满，他们坚称是乾隆恩准他们有永远在主要街道上占据这些位置的特权。四牌楼正在修理，还有通往安定门的大街。黄色小报上的下流话依然如故。对外国人的指责每天见报。他们控告外国士兵天黑以后在使馆区附近拦路抢劫……"[22]

罗兹曼（Gilbert Rozman）在他主编的《中国的现代化》一书中写道："1905年是新旧中国的分水岭。它标志着一个时代的结束和另一个时代的开始。它比1911年革命更具有转折点的意义，因为它开启了一系列的变革，这些变革引发了制度的结构性的变化……"[23]

然而，这种变化来得太迟了，人们已经没有耐心等待下去了。1894年，日本在黄海一战中击败清帝国水师。1905年，日本联合舰队在对马海战中击溃不可一世的俄国第二太平洋舰队，取得日俄战争的决定性胜利，日本对古老大国的接连取胜，几乎使清帝国所有的官员都张大了吃惊的眼睛，对东方的那个蕞尔小国刮目相看。"以日为师",几乎主宰了清帝国的舆论导向。

科举时代终结,留学时代开始,那时的日本,成为当时青年的主要留学目的地,也成为变革者的大本营。连慈禧太后亲手圈定的状元刘春霖,也毅然东渡,成为东京政法大学的学生,回国后,成为立宪运动的中坚力量。陶菊隐先生在描述当时的形势时说:"清政不纲,民忧国辱,志士惧危巢之将倾,侨寓东瀛,以兴亡为己责者,一时如雨后春笋。惟各有怀抱,各走极端,伐异党同,轧轹日甚。"[24] 一百种救国方法,在这里汇集、交织、冲撞,在经过了一系列的新陈代谢之后,最终聚拢为两种方法,即"种族革命与政治革命两途"[25]。他们所提倡的,一个是民主立宪,一个是君主立宪。以梁启超、杨度为代表的持君宪论者认为:改革、立宪是成本最小的政治变革,也是切实可行的强国之路,尤其在经历了一系列的政治动荡之后,这个国家已经经不起大的折腾,如果像革命派所说的那样,以暴力为手段,不顾条件地实行民主立宪,只能使矛盾尖锐的政治分歧公开化,不仅不能使民众团结在君主与国家之下,反而会导致国家的分崩离析,政民两乱,而社会大乱,不但不能达到目的,还会引起大的倒退。梁启超给革命开出的公式是:革命、动乱、专制;他给立宪开出的公式是:开明专制、君主立宪、民主立宪。以孙中山、黄兴为代表的民主立宪者认为,不推翻这个独裁政府,任何政治改革都是纸上谈兵。[26] 双方在日本展开了旷日持久的论战，革命一方，汪精卫、胡汉民、陈天华、朱执信、刘师培、章太炎等轮番上阵，君宪一方，通常只有梁启超一人。

戊戌年，孙中山还在日本苦苦寻求政治资金，而辛亥年，肇始于海外的革命活动，已经在帝国内部形成无数条支流，湖北文学社的成立，就是其一。此时的革命领导人不会想到，这个革命机器上的小小零件，将向这个百病缠身的帝国发出致命的一枪。春节的十二天前，革命领袖黄兴秘密抵达香港，在经历了无数次的起义失败之后，他的全部心思是在广州再度筹划一场正规的军事行动。辛亥年正月初六（1911年2月4日），俄国布尔什维克《星报》刊登由孙中山署名的同盟会传单，上写："清朝压迫者是一群丧失天良不顾死活的人。他们实行了完全敌视我们的专制制度。这个制度必须铲除。"[27] 同一天，孙中山从美国纽约进入加拿大，应温哥华《大汉日报》主笔冯自由邀请抵达温哥华，为起义筹款。

焦急地宣传推行立宪的梁启超也无奈地说："现政府者，制造革命党之一大工场也。"[28]

三

辛亥年伊始，遥远的哈尔滨正在成为一座死亡之城。寒鸦冷月的凄凉图景，正在覆盖这个东方巴黎的灯火繁华。一场空前恐怖的"肺鼠疫"，正在这里悄然弥漫，并且步步为营地侵蚀帝国的肌体。1911年新年这一天，考取游美学生资格的学生吴宓，在从陕西辗转赴京途中，由于火车停开，困在山东泰安。在客栈里，他从北京来的旅客那里听说了东三省鼠疫盛行的消息，入京之各路旅客均受严查[29]。然而，在当时，只有一个人对这种鼠疫的杀伤力了如指掌——这是一种不需经过老鼠这个"中介"，而完全可以通过呼吸之间的飞沫而在人与人之间进行的高传染性的鼠疫，这个人，就是三十一岁的归国华侨伍连德。在当时，不仅普通民众，即使国际鼠疫专家，也对此一无所知。正当吴宓在泰安的那家客栈里困顿无措的时候，伍连德以"东三省防疫全权总医官"的身份，前往中东医院探访。当他看到医生们在对病人进行诊疗时居然不加任何防护措施时，向那里的主治医师、著名鼠疫专家哈夫金（Haffkine）指明了危险，哈夫金对此不屑一顾，他告诉伍连德：他们已经注射了他叔父所制的疫苗，足够安全，不需要其他预防工具。不久，第一位国际志愿者、法国医生梅尼斯抵达哈尔滨，他不仅毫不相信伍连德的肺鼠疫理论，而且认为自己有资格取代他的"东三省防疫全权总医官"的身份，他的这一要求遭到东三省总督锡良的断然拒绝。1月5日，梅尼斯在不戴口罩的情况下，在哈尔滨铁路医院先后诊断了四名传染者,仅仅六天后,这位信誓旦旦的鼠疫专家,就停止了呼吸。

梅尼斯之死,不仅震惊了哈尔滨,更使整个帝国陷入一种前所未有的恐慌之中。东三省总督锡良以"万万火急"的字眼,吁请朝廷禁绝满洲交通,绝不允许任何人进入山海关,连钦差大臣郑孝胥从东北返回时,也在山海关隔离了五天才能返京。

不顾危险前往哈尔滨采访的英国《泰晤士报》记者莫理循在伍连德的陪同下视察了隔离站。莫理循是在1911年2月从莫斯科乘火车到达哈尔滨的,一下火车,他就开始采访报道,并与伍连德建立了生死之交。对隔离站,他这样描述:"污浊的环境中,一个挨一个裸着身子躺在一个高出地面的土炕上,挤得满满的……或成排地躺在从地面到房顶支起的上下铺上。"[30] 1月23日,多名被强行隔离的劳工举行暴动,向山海关拥去。据《盛京报》报道,官方已经发布命令,"若有敢图潜脱者当即击毙以杜后患"。[31]

看不见的病菌,正在侵蚀帝国的躯体,死亡正向帝国的首都一步步挺进,成为帝国危机的绝妙象征。

铁路,在如此纷乱的局势中,为我们提供了一条最明显的历史线索。哈尔滨和奉天,是北满和南满铁路的枢纽,俄日两国向清政府要求分别主管它们在日俄战争后平分的北满和南满铁路的防疫，而检疫、防疫，则是主权的象征。两国的共同施压，遭到清政府的抵抗。除俄日两国外，法国已经取得了越南至中国境内建筑铁路的权利，德国人则已获准修筑从胶州湾至济南的铁路，坚信铁路与火车将破坏风水的山东农民与筑路工人发生了冲突，开入山东高密的德国海军陆战队开枪伤人，近一百年后，出生于高密的作家莫言将这段历史写进自己的小说《檀香刑》。对于铁路权利的流失，当年《中兴日报》对此做出这样的评价："铁路为全国命脉，从经济上讲，则关于财政；从调运上讲，则关于兵政。若铁路为外人所有，不啻财政、兵政之权，全授之外人也。兵权、财权全在外人之手，国尚能立乎？"[32] 1911年5月，邮传部大臣盛宣怀宣布将民办的川汉铁路收归国有，反而激起民变，引发"保路运动"，并最终导致武昌起义的发生。试图通过兴办实业振兴大清帝国的盛宣怀做梦也不会想到，他竟然以这样的方式，为帝国敲响了丧钟。

如果说伍连德将病菌肆虐的东北解救出来，那么，对于这个打摆子的帝国，谁拥有妙手回春之术？革命派和立宪派，分别制定了自己的方略，立宪派致力于制度建设，革命者希望进行一次彻底的手术，这样的争论，即使再持续一百年也难见分晓，而当时之中国，连论争的时间都没有了。无论选择多么仓促，它都必须进行。犹如战场对敌，战机稍纵即逝，士兵不可能对先射杀哪个敌人而讨论一番，再去扣动扳机，子弹必须在第一时间打出去，至于结果，就只能听天由命了。

　　此时的帝国，面临着来自不同方向的挤压——朝廷中的立宪派、朝廷外的革命党，都以各自的方式，压迫着帝国的走向，使它已经不可能再沿着沿袭千年的"家—国"政治伦理轨道平稳地前行，它未来的道路，取决于不规则的作用力的综合效应，此时的帝国，早已陷入有病乱投医的慌乱中，如果帝国的政治改革自戊戌变法开始有条不紊地进行，到辛亥年，帝国政府或许不会陷入这种手忙脚乱的境地。但即使付出了血的代价，帝国政改的道路依然颠簸不定，因人而异，只顾眼前，缺乏连续性和长远性，甚至充满随意性，以至于在各种力量的共同压迫下，失去了最后的机会。在这些力量中，西方现代文明，在坚船利炮的大力推动下，在中华帝国衰老的版图上长驱直入，帝国残存的核心价值在它们的轰击下苟延残喘。

　　没有一个朝代像晚清那样处于这样一个纷繁复杂的路口。它需要一个强有力的领导者，率领其国家在困境中成功突围。而帝国的政治制度，注定了它无法孕育这样一个领导者。当慈禧太后在咽气前的最后时刻决定将帝国的权力交到一个还在尿炕的孩子身上，她所发起的"新政"，就注定随她一道进入坟墓了。

四

辛亥年正月初六的《顺天时报》刊登了一篇《新年颂》，文中说：

> 维辛亥之纪元，实宣统之三年，正月朔吉，瑞雪兆丰，普天同庆，万象更新。念夫圣德皇仁，沛施于无间。面二十二省之士民，所感戴不置者，而天时人事，日相催促以竟进，则国家政治进化之机，正自不容已也。……夫朝廷之上，为缩改宣统五年开设议院之期限，已饬宪政编查馆修正逐年筹备事宜矣。其遵拟修正清单呈览，已奉旨依议矣。谨按宣统三年，所有筹备各要项：曰颁布内阁官制，设立内阁；曰颁布弼德院官制，设立弼德院；曰颁布施行内外官制；曰颁布执行各项官规；曰厘定会计法；曰厘定国家税、地方税各项章程；曰厘定皇室经费；曰颁布行政审判院法，设立行政审判院；曰颁布审计院法；曰颁布民律商律刑事民事诉讼律，颁布户籍法；曰报各省户口总数；曰续办地方自治；曰续办各级审判庭；曰续筹八旗生计。凡此皆宣统三年之所有事也……[33]

一个署名"老农"的作家,在街头看到一个卖灯笼的,"灯上的字却更加特别了,也不是什么状元及第,什么五子登科,什么文华殿大学士,都是按着一二三四等数目写去,什么是一闹鼠疫哩,二减房租哩,又是三月资政,四品京堂,五年国会哩……你看现在国民的文明程度竟一天高似一天,连这做小生意的也改良起来了,有些国家思想了"[34]。

这些任务,对于这个积重难返的帝国来说,这些任务显得过于艰巨了。此时,大清帝国的最后几位政治主角已经纷纷离开人世。油尽灯枯的李鸿章,在1901年9月7日《辛丑条约》签字回来后即大口地吐血,医生诊断为:胃血管破裂。两个月后,在北京贤良寺病逝,死前留诗曰:"秋风宝剑孤臣泪,落日旌旗大将坛;海外尘氛犹未息,诸君莫作等闲看。"1902年,湘军领袖刘坤一去世。1903年,荣禄去世。张之洞也于1909年10月4日病逝,翌年归葬南皮。支撑帝国大厦的最后几根柱梁接连倒下,只有袁世凯,适时地填补了帝国的政治真空,成为清廷唯一仰仗的重臣。

并排躺在棺木中的慈禧太后与光绪皇帝,成为1908年法国《小日报》(Le Petit Journal)杂志的"封面人物"。如果光绪没有死,如果1908年慈禧去世之后出现在太和殿宝座上的执政者是这个三十七岁的变法皇帝,王朝的历史又会怎样书写?

隆裕后来总是忧伤地回忆起慈禧太后的末日时光。那张不怒自威的面孔消失了，取而代之的，是一张苍白、虚弱的面孔。她清楚地记得，1908年6月以后，慈禧太后处在连续腹泻的慢性消耗中。那段时间，即使如后来遗诰所描述的，"本年夏秋以来，时有不适"[35]，但危机的帝国，仍把她拖入繁杂的公务中，没有时间休息静养。仅以10月15日以后为例，10月15日，批庞鸿书、王士珍等人折片十四件；16日批陈夔龙等人折、片、单共十件；17日批杨士骧等人的折、片、单共二十五件，发谕旨五道……[36]

慈禧太后知道自己老了，在一次有载沣、善耆、载泽等参加的御前会议上，很少掉眼泪的她两度落泪，说她不知道怎么做才能救得了大清帝国。[37]

她不想死，她想看到大清帝国的万世永久，像乾隆皇帝在遗嘱中所希望的，"若我大清亿万斯年，我子孙仰膺天眷，亦能如朕之享图日久，寿届期颐"[38]。

慈禧喜欢别人称她为不死的"老佛爷"。"佛爷"是对皇帝的一种惯称。早在18世纪，康熙大帝就说："要让全中国都敬畏朕，朕就是佛，是普天下的神，是中国人和鞑靼人的活佛。"[39] 1908年9月，另一位"佛爷"——达赖喇嘛受到慈禧太后的邀请到达北京，为当年的一大盛事。京城里的老百姓纷纷传言，两尊佛不能在一座城市里同时出现，否则会相克。李连英听到过这样的传言，他恳请老佛爷取消这一计划，慈禧太后回答他说："皇帝之病，已知必不能愈，活佛来京与否，无所关涉。"这句话透露了两条讯息：第一，对于光绪的死，慈禧太后早已心中有数；第二，她没有想到自己也会很快死去。有学者据此推论，慈禧不可能害死光绪。[40] 然而，就在达赖喇嘛离开北京不到几个星期，慈禧太后就离开了人世。那一年，她七十三岁。

七十三、八十四，阎王不召自己去。

那个有人爱、更有人恨的老女人走了，走进臣工们辞藻华美的悼词，走进更多人的谴责和唾骂，留下她企图改变的帝国，鞭长莫及。

那个帝国，留给了一个还在尿炕的皇帝，也留给了四十岁的隆裕太后和二十五岁的摄政王载沣——一个新执政者。他的出现，曾经让国际社会眼前一亮。美国传教士I.T.赫德兰在《一个美国人眼中的晚清宫廷》一书中这样形容载沣："他长得很端正，两目炯炯有神，常常紧闭着嘴巴，不多说话，走路时身体挺直，浑身上下透露出一个亲王的气度。"[41]

辛亥年正月，冬日里的薄阳，给斑驳的宫墙涂上一层粗糙的色泽，一个新的太后出现在老太后从前的位置上，接受着来自文武百官的朝贺，那些贡品上的图案，不是象征长寿的白鹤，就是象征幸福的蝙蝠,而摄政王载沣的脸上,却看不出一丝的快乐。从前困扰慈禧太后的那些奏折,正像山一样摞满他的案头。除了致命的鼠疫,顺天直隶等地,灾荒正在蔓延。沉湎于寿诞的隆裕并不知道,摄政王刚刚发布上谕,将灾区的春赋地丁钱粮等项,分别缓至本年麦后及秋后起征,以纾民力。[42] 但这样的惠政,对于灾变中的帝国,只是杯水车薪。

这份上谕照例被《顺天时报》登载出来。同一天的《顺天时报》上,刊有一则北京前门大街云公府路东信昌洋行大药房的宝丹广告,在这座鼠疫威胁的城市里,这则几乎包治百病的宝丹广告看上去更像是一个玩笑。广告称,该宝丹"曾蒙载振贝子赐顾之荣",专治:霍乱、痢疾、泄泻、眩晕、头痛、船车酒害、心腹痛,兼治蜂蝎叮蛰一切虫毒。这种药有一个响亮的名字:起死回生宝丹。

第一章 末世 | 29

天安门 20世纪初

北京东安门 20世纪初

北京街头的满族妇人

北京的街头

八国联军中的德国兵　1900 年

德军主力实际上在攻占北京后才到达北京　1900 年

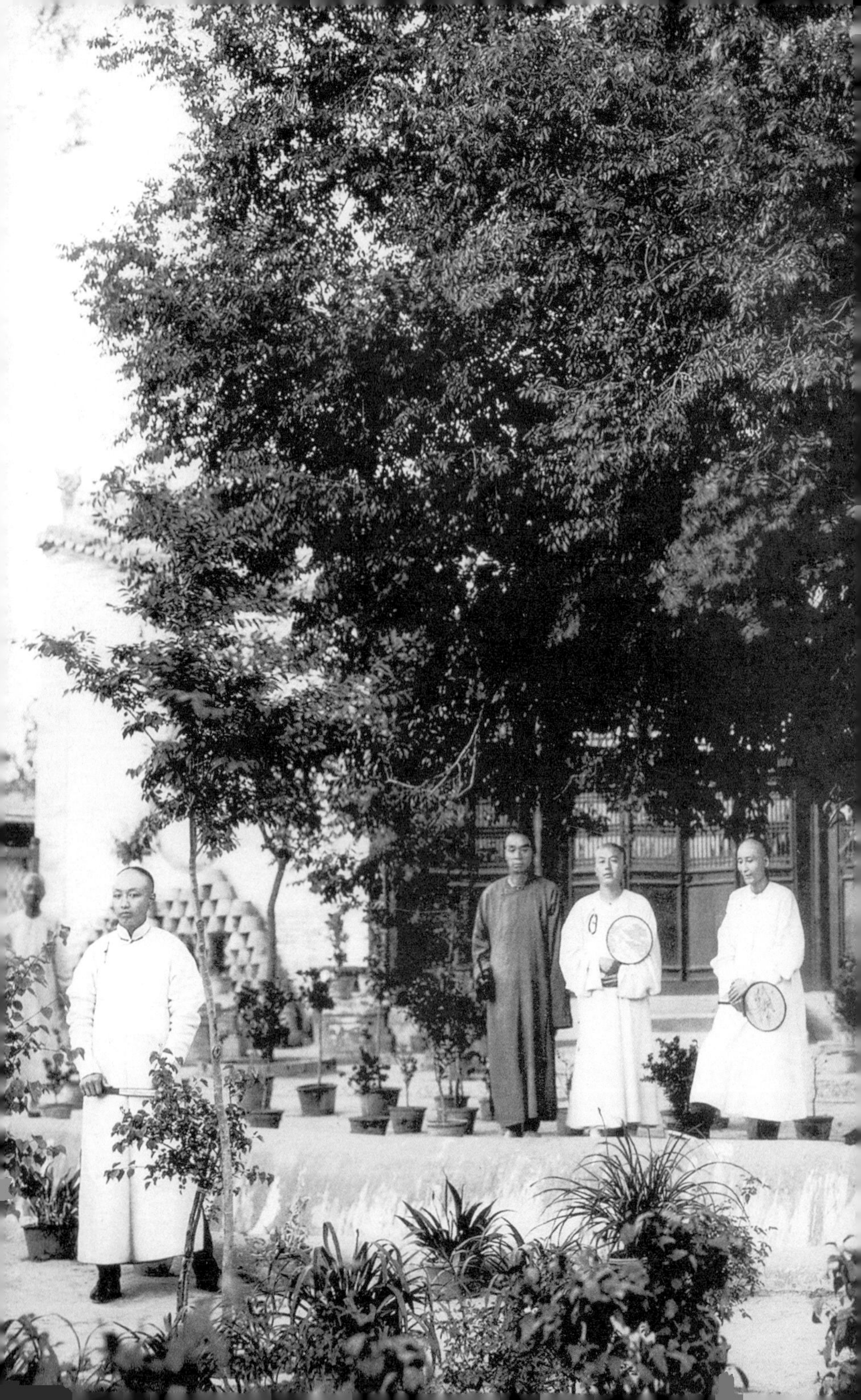

晚清士人　20世纪初

在山西大学堂大公堂内抚台与众官并教习开学像　20世纪初

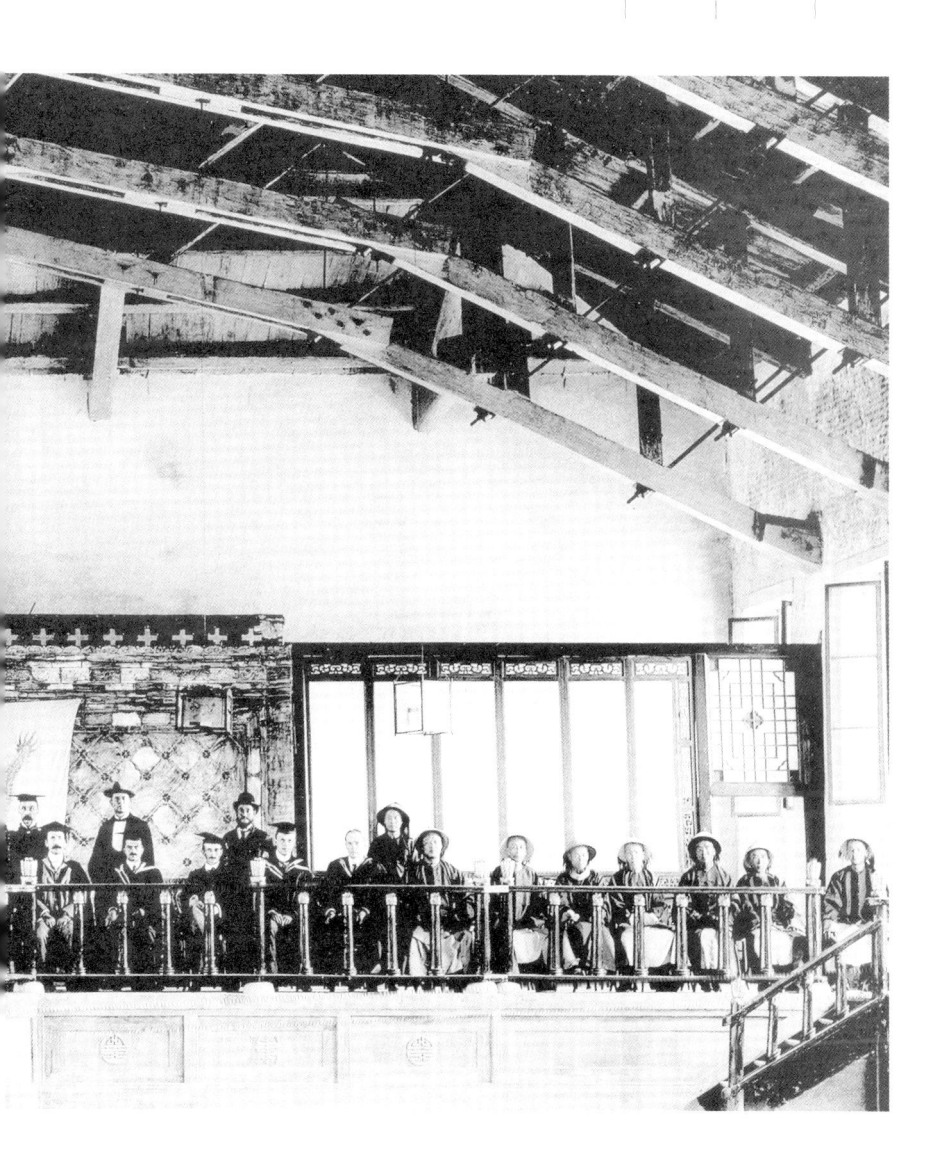

山西大学堂将去日本的学生和教习　1907 年

第一章 ｜ 末世

山西大学堂抚台官并教习开学时合影　20 世纪初

第一章 | 末世 | 39

青年孙中山（左二）

孙中山遭美国移民局扣留时拍摄的档案照，孙中山双手捧着写着姓名的黑板　1904 年

第一章　末世　41

光绪葬礼，围观的人群　1909 年

光绪葬礼，围观的人群　1909 年

光绪葬礼,送殡队伍通过北京市区 1909年

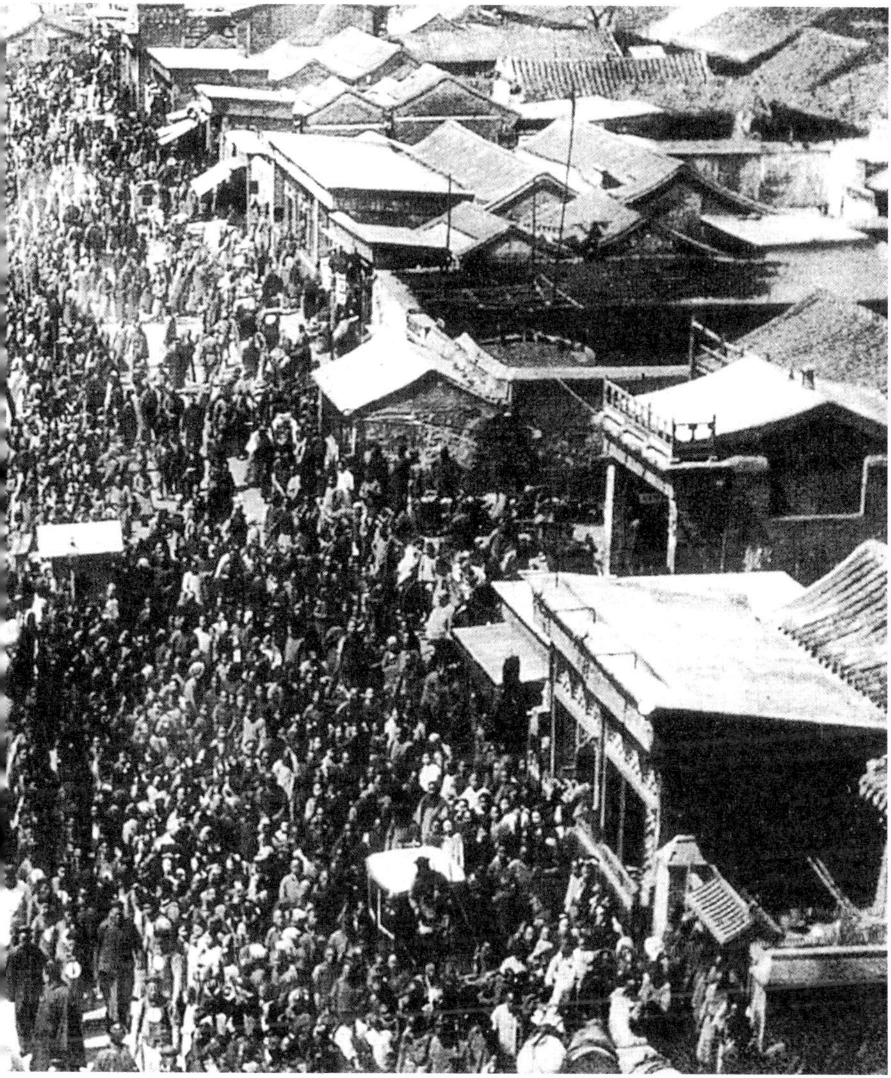

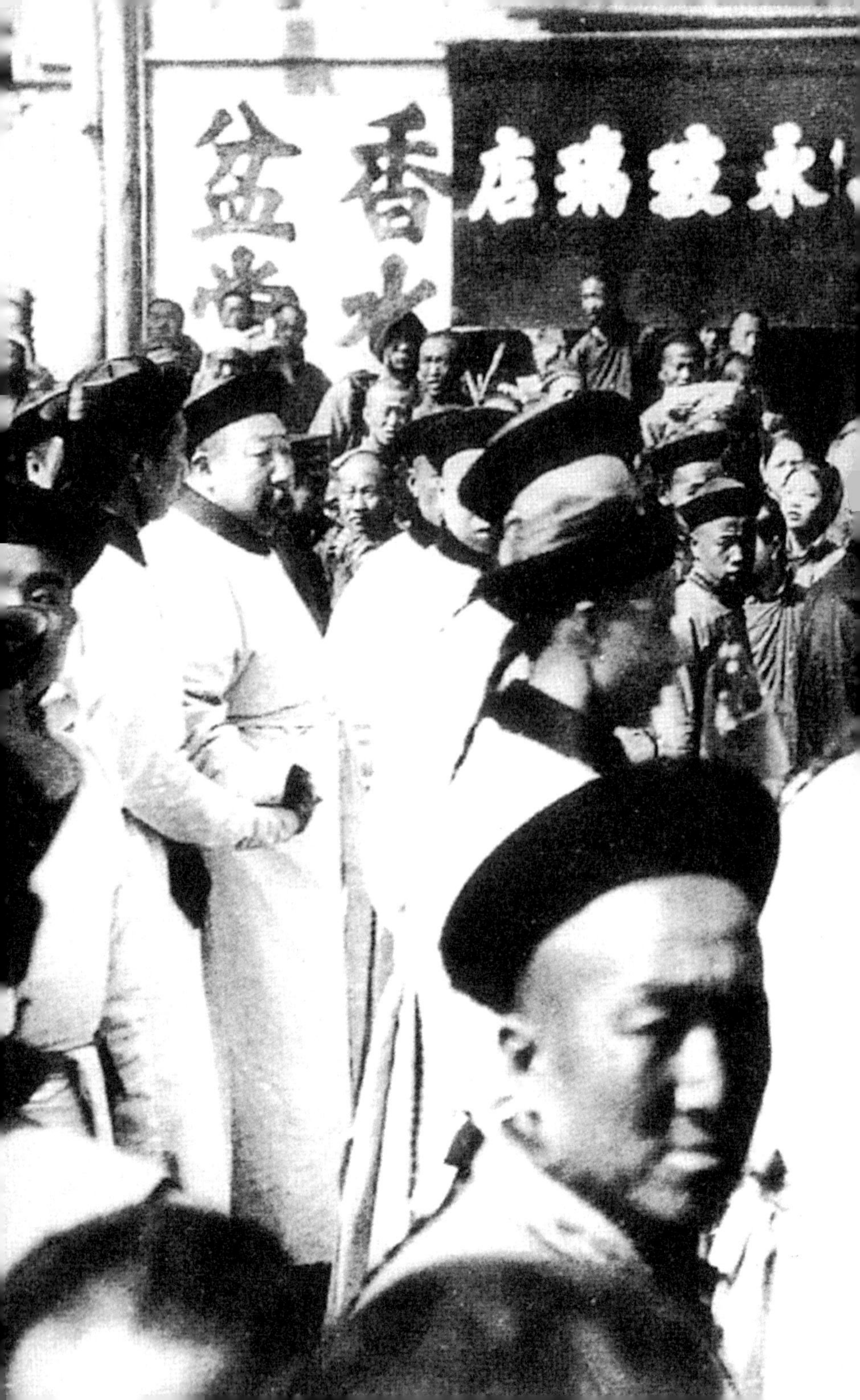
香
盆

光绪葬礼，围观的人群　1909 年

晚清百姓 20世纪初

第二章 冬眠

以往的英雄史观,往往垂青于那些抛头颅洒热血的革命者,而对推动时代变革的人则保持沉默。

一

辛亥年初,在北京城的一片灰屋瓦巷中,清末改革的主角端方悄然隐身。慈禧的奉安大典几乎是他最后一次在清朝的政治舞台上露面。他安排摄影师对慈禧奉安大典的全过程进行拍摄记录,给反对派弹劾他提供了口实。李鸿章的孙子李国杰在奏折中说:"当梓宫奉安之时,为臣子者抢地呼天攀号莫及,而乃沿途拍照,毫无忌惮,岂惟不敬,实系全无心肝。"[1]

端方,大清帝国内部的开明派,戊戌变法的积极支持者,百日维新中,三十七岁的端方被光绪皇帝任命为农工商总局督办,负责创建这一中国传统官制中从来不曾有过的机构。他在北京城内椿树胡同租赁了一间简陋的民房,作为总局的办公地点,在贪污盛行的帝国官场上,这一举动得到光绪皇帝的高度赞赏。与简陋的办公场所相比,是他在全面引进西方先进农业机器、技术和专家人才方面取得的业绩。

关于端方,《清史稿》记载:满洲正白旗人,字午桥,号匋斋。满洲老姓托忒克氏,自幼发奋、好学上进,由荫生中举,入赀为员外郎,迁郎中。清末郑孝胥在评论时人时说:"岑春煊不学无术,张之洞有学无术,袁世凯不学有术,端方有学有术。"当慈禧太后剿灭维新党人的屠刀指向端方、严复、容闳、袁世凯这些支持变法的官吏时,她犹豫了,原因在于他们是帝国内部出类拔萃的年轻官员。在这个临界点上,端方收买李连英在慈禧面前说了端方的好话,说他近年"刊布书籍,颂后圣德"[2],而端方自己,也及时转向,写了一首《劝善歌》,肉麻地吹捧慈禧太后,歌中唱道:

太后佛爷真圣人,
垂帘听政爱黎民,
官加俸禄兵加饷,
豁免钱粮千万金。[3]
……

志存高远的端方,以不光彩的方式,匍匐在帝国的政治潜规则之下。

对于这样的阿谀,慈禧太后照单全收。终于,她老人家网开一面，在虚荣心得到满足之余，为帝国的政治改革保留了最后一丝骨血。

戊戌变法失败后的1898年11月2日，端方终于摆脱了惊恐不安的"罪徒心理"，蒙恩获任陕西按察使。他对太后的感激之情，以及他对百日维新挥之不去的怀念情愫，都是无比真实的。此时，他虽不敢公然为戊戌变法翻案，却在暗中与梁启超等人联络，重提昔日改良方案。1905年，端方由江苏巡抚调任湖南巡抚，半年内建设小学堂八十多所，并选派二十多名女生赴日本留学。湖北图书馆、湖南图书馆这几家中国最早的省立图书馆，都是在端方的推动下建成的。江浙、湖广一带思想开放，并较早接受立宪和革命思想，与端方关系甚大。他试图通过这样的努力来力挽狂澜，可惜像他这样的实干家，在帝国的官场上形单影只。

1909年，慈禧的陵寝——即后来被军阀孙殿英盗挖而备受瞩目的清东陵——已经在直隶遵化建成。深受慈禧信任的改革派官员端方，被任命为"山陵大差"总办，负责慈禧的奉安大典。

多亏端方在慈禧出殡那天安排了多名摄影师拍照，我们才能在一百多年后重睹那一历史场面，才知道在这个赤贫的国度里，她殡仪的奢华有多么的触目惊心。这是这个帝国最后一次如此规模的葬礼了。整个殡仪过程中，耗资惊人，焚烧了数不清的纸人、纸马、楼库、器皿、松亭松桥、衣帽鞋履、衾枕被褥等等。棺椁向东陵移送前两个月，一次就在华东门外烧掉一只用绫罗绸缎扎成的价值几十万两银子的"大法船"。11月16日，慈禧入殓，同时放进棺材的还有大量金银珠宝之类的殉葬品。棺材极重，造价高昂，木料取自云南的深山老林，光是运费就耗银数十万两。棺材成形后先用一百匹高丽布缠裹衬垫，然后油漆达四十九次之多。那个一生奢华的女人，用她的死，耗尽了帝国最后的元气，把独属于她的欢乐与富贵，带到了大地深处。

出殡时，抬棺的杠夫多达数千人，分几十班轮流抬运，每班一百二十八人。在正式送葬前，杠夫在德胜门外"演杠"十天，按正式送葬要求，抬着一块和棺材分量相同的大厚板，木板中心放着满满的一碗水，一直练到水洒不出碗外方止。

出殡那天，皇室成员倾巢出动，送葬队伍浩浩荡荡。走在最前面的是六十四人引幡队，举着花花绿绿的万民旗、万民伞。紧跟在后面的是上千人的法驾卤簿仪仗队，举着数不清的金瓜、钺斧、朝天镫，刀枪如林，幡旗蔽日。仪仗队后面是一百多人的大杠，抬着慈禧的巨大棺材。皇家忌讳死字，还把棺材装饰成轿子模样，取名"吉祥轿"。跟在棺材后边的是十路纵队的武装兵弁。最后面是由数千辆车子组成的文武百官、皇亲国戚的车队。[4] 那几名摄影师，在拍摄时，突然被官兵拿获，肃亲王亲自对他们进行审讯，他们很快供出了安排他们拍摄的人，就是直隶总督端方。他们随后被交送大理院审理。这几名摄影师是：二十四岁的天津人刘寿山、天津东马路开福升照相馆的尹绍耕和他的弟弟尹沧田、车夫孟长禄等。

很少有人知道，北京天安门广场西侧曾经有过一座规模宏大的文艺复兴式建筑，那里就是大清帝国大理院的办公大楼。大理院成立以前，大清帝国沿袭着中国古代政法不分的制度，司法审讯、判决，均由行政官员完成。作为出洋五大臣考察西方宪政的成果，大清帝国于1906年改大理寺为大理院，附设总检察厅，仿西方司法独立，规定其职权为解释法律，监督各级审判，并为最高级的审判机关，司法行政，则另设法部。奉安大典那一年，这座大理院办公大楼的建设方案已浮出水面。具有讽刺意义的是，在端方力主下、依照现代法律精神建立起来的大理院，居然成为审判端方和他热衷的西方近代文明的法庭。

端方另一备受指责的罪名是，为了北洋电报通讯的方便，他在陵寝风水墙内架设了电线。然而，这一现代文明的产物与帝国内根深蒂固的风水观念形成冲突，李国杰在弹劾他的奏折里鼓吹了快马传递消息的种种好处之后，指责端方"蹈人臣不敬之诛"[5]。

对于李国杰来说，他的风水理论只是一个微不足道的借口，他弹劾端方真正的原因，来自于他与端方的私仇。端方担任两江总督，在南方进行大刀阔斧的改革时，曾经收到一封求官信，它的作者，正是李鸿章的孙子李国杰。对于李国杰明目张胆的要官请求，他不便硬拒，于是采取了拖延战术，李国杰怀恨在心，奉安大典终于让他找到了"挟怨报复"的机会。

  在晚清的官场上，李国杰绝不是孤独的。因为端方的改革，势必触动一些既得利益者的奶酪。以风水迷信为立论依据的李国杰奏折显然是端方反对派的集体构陷，是忌妒、仇恨和阴谋的汇聚。据曹汝霖回忆，李国杰回京之后，与农工商部郎中冒广生谈及此事，冒广生说："此属大不敬，你为御前大臣，敢弹劾吗？"李国杰经他一激，即说："为何不敢？"遂由冒广生草奏，长于刀笔的杨士琦立即捉笔代李国杰写上一本奏折，狠狠地参劾了端方一本；御史胡思敬也不失时机地写了十大罪状，弹劾端方。在弹劾端方的集体作业中，还包括陆军部尚书铁良，因为直隶总督曾经是铁良梦寐以求的肥缺，而端方被任命为直隶总督，打碎了他的美梦。对于他们的心理活动，端方毫无察觉，这个一心为公的偏执症患者，非但没有在这个关键时刻拉拢铁良，反而对陆军部低效的作风倍加责难。铁良自然加入了弹劾端方的行列。端方任直隶总督仅仅几个月的时间，参劾者便已络绎不绝。

即使如此，端方也没有想到自己真的会被罢官。就在他被革职的前一天晚上，他还向英国驻华公使朱尔典否认有关他将被革职的传闻。对于这些风声，他从来都不挂在心上。在他的心里，帝国不能没有新政，而新政，又不能没有他端方。可以想见第二天当他从摄政王载沣的嘴里得知自己已被朝廷革职的消息时绝望的心情。他风光无限的政治生涯就这样在摄政王的一句话里干净利落地结束了。他正雄心勃勃地推行他的政治计划，他被自己对帝国的忠诚所感动而不能自拔，不知道帝国的官场有着另一通算盘，眼前的当头一棒，把他的政治梦想打成一堆碎片。在帝国的账本上，他的忠诚与才干毫无价值。

二

时间倒转六年。慈禧太后的新政"生不逢时"，随着政治改革向着深水区挺进，革命却愈演愈烈。慈禧太后面带焦虑地问张之洞：如何才能平息革命？张之洞只回答了两个字：立宪。

立宪，是指一种以宪法为中心的民主政治。这个与华夏文明两不相涉的西方文明内容，在早期魏源的《海国图志》和徐继畲的《瀛环志略》中，仅仅作为"夷俗"而被帝国的士大夫们所惊叹。所谓立宪，是指君主国家制定宪法、实行议会制度的政体，将中国传统的人治转变为法治。

那天，慈禧又问张之洞：那如何才能立宪呢？张之洞回答，日本之所以能够先行立宪，是因为派遣了五大臣出洋考察。如今我们很难假设，如果张之洞告诉慈禧，此语是被慈禧恨之入骨的梁启超在《清议报》上发表的文章《立宪法议》中说的，慈禧是否能够同意派五大臣出洋？

1905年，四十四岁的端方迎来了他政治生涯中最重要的时刻——朝廷下旨，任命他为五位出洋考察宪政的大臣之一。另外四位是：载泽、戴鸿慈、邵英、徐世昌。在大臣们出发之前，慈禧太后特意召见了端方，还吩咐李连英为他备些宫廷御用的点心，在路上充饥。那一天，慈禧诚恳地问端方："如今新政都已经实行几年了，你看还有什么该办，但还没有办的？"

端方回答她："尚未立宪。"

慈禧又问："立宪有什么好处？"

端方说："立宪后，皇位可以世袭罔替。"

慈禧让他细细说来。端方滔滔不绝，说了半个多小时，慈禧太后听后，若有所思，没有再说话。

当年的上海《申报》连载了端方回国后写的《列国政要》一书序言，当时新闻的自由，可见一斑。编者按的语言，堪称激烈："20世纪之时代，断不容专制之国更有一寸立足之地"[6]。在给慈禧的奏折中，他直言不讳地提出三权分立的政治主张，并力主裁撤宫廷太监，政治改革的雄心与力度远远超过当年戊戌变法。尽管李连英与端方交谊不浅，尽管端方的主张完全对事不对人，但李连英仍然没有想到端方的改革终于改到了自己头上。他和许多太监跪在太后面前哭诉，慈禧一方面面对着效忠她多年的老太监们，一方面面对着改革帝国政治的巨大压力，无奈地说："我如此为难，真不如跳湖而死。"[7]

9月24日，端方一行乘坐的火车刚刚从正阳门火车站开出，暗杀者吴樾所携带的炸弹未及抛出就已爆炸，一场虚惊后，12月19日下午二时，以端方、戴鸿慈为首的考察团成员在寒风中再次登上火车，从北京经秦皇岛抵达上海，在吴淞口稍事休息之后，正式团员三十三人，以及各省选派的随同考察人员、赴美留学生、听差杂役等，共五十五人，登上美国太平洋邮船公司的"西伯利亚号"（S. S. Siberia）巨型邮轮，离开国门，驶向一望无际的海洋。

在当时的帝国官员眼中，出洋无疑是一项劳苦艰辛的"鬼使"，而绝非日后名利双收的"神差"。在国外，考察团几乎每天都早出分头考察，晚归集中整理，尽可能多地吸收所访国家的各种情况。面对一个与华夏文明迥然不同的文明体系，几乎没有一样事物不令他们感到惊叹和新鲜。抵达美国旧金山当天晚上，考察团下榻旧金山大酒店，酒店内的电梯、电报电话所、邮政筒等设施，无不夸耀着西方文明的骄人成就，而这座高达十二层的建筑，本身便成为资本主义垂直上升的现实隐喻。站在纽约帝国大厦二十八层的落地窗前，面对着西方的天际线下潮水般起伏的高耸建筑，端方更加真切地感受到西方人的物质野心和狂热的进取精神。当帝国的黄龙旗在西方的天空下傲然地升起，官员们只能以臣民的跪拜仪式，向西方人演示东方古国关于尊卑的威权伦理。通过与罗斯福总统会见、参观华盛顿纪念馆和故居，考察团成员明白皇帝和总统的区别——"惟以一身事天下，不以天下奉一人！"

在美国内布拉斯加，考察团专门考察了监狱。戴鸿慈后来所写的《出使九国日记》中，记录了他对西方监狱人权状况的深刻印象："室中床、桌、盥溷之具毕备，且有电灯。每室容二人，其食所亦洁净，有牛羊肉、面包、清水给之。观工作所，男犯皆于此作笤帚。询知每犯人平均数年需费用七十三元，售去所作笤帚，平均每人得四十五元，是国家仍须人出二十八元以补之也。次观女牢，则尤清洁，几与客店无异矣。女犯习艺，则皆课以针黹缝缀之事。"[8]

具有近代意义的法律专科学校——京师法律学堂于1905年秋成立。学堂法律馆的旧址，至今仍坐落在北京宣武门内象来街（南沟沿路西、承恩寺南侧）。1905年9月，学堂正式开学。

1908 年，京师法律学堂设监狱专修科，聘日本监狱博士小河滋次郎为教习，兼订监狱律草案。

刑部大牢，被具有现代意义的监狱所取代。日本在 1899 年通过第一期监狱改建计划，进行六座监狱的改建，1901 年基本完成。[9] 在近代法律思想的影响下，1910 年 4 月开始，北京的祥盛、文新、聚恒源、广恒、鸿林、永顺、广和、鸿盛、兴顺、东盛等木厂，接到了承办监狱建造的任务。

狱政改良是清末法制改革的一个重要组成部分，方苞在《狱中杂记》所作的令人胆寒的描述，将被一个符合文明国家标准的制度所取代。在端方、袁世凯、张之洞等人推动下出台的一系列具有现代精神的法律，尤其是清末修订的三个总结性大法：《大清刑事民事诉讼法》、《大清新刑律》、《民律草案》（尚未颁布），被辛亥革命后的民国直接继承，无论孙中山还是袁世凯，无论北洋军阀还是国民党政权，都没有废除，而是对它们稍加修改后继续沿用，成为帝国留给民国的一宗最大的政治遗产。

在旧金山，端方没有忘记会见帝国派来的留学生。他很看重留学生，1904 年，端方担任江苏巡抚时，革除了各州县向新任巡抚例送红包的"潜规则"，将红包的钱选派两名学生出国留学，一时传为美谈。尽管他清楚地知道，许多留学生，已经心向革命，后来成为辛亥革命元老的刘成禹，就是其中之一。但他仍然希望他们有朝一日能回国为朝廷效力。

当时刘成禹已经是致公堂的白扇,执掌致公堂的总主笔权,亲历了与立宪党人的舆论战斗,在他的母校加州大学,他聆听过端方的演讲。

刘成禹后来在《世载堂杂忆》中回忆,当时大学校长请两人上演说台,端方和戴鸿慈竟同时并立于演席中。端方对戴鸿慈说:"请老前辈发言。"

戴鸿慈回答:"兄常与西人往来,识规矩,请发言。"

戴鸿慈左立,端方右立,端发一言,翻译辞毕,端方向戴鸿慈问:"老前辈,对不对?"

戴鸿慈回答:"对对。"

端方又讲了一句话,又向戴鸿慈问:"对不对?"

戴鸿慈依旧回答:"对对。"

一篇演说数百言,端方向戴鸿慈问了数百次,戴鸿慈也回答了数百次。西方同学从来没有见过这样离奇的场面,不禁问刘成禹:我欧美演说,只有一人发言,而中国人演说,竟然两人同时发言,我从来也没有见过,这是为什么呢?

刘成禹回答说:"此中国古代最恭敬之大典也。平常演说,一人可随意发表意见,剪裁不当,无大妨碍;遇大典礼,则少者演说,长者监视,必演典重安详之言。两特使对大学全体恭请,严戒疏忽,故行中国最古礼,重贵国师生招延之诚也,此礼中国久不行矣。"

或许,这种令西方人无法理解的客套,直观地反映了大清帝国长幼有序的政治秩序。

后来,端方召见了刘成禹,这使刘成禹与这位立宪重臣有了近距离的接触。端方见到刘成禹,脸上绽出兴奋的笑容,对戴鸿慈说:"此是我学生。"又向刘成禹介绍了戴鸿慈。在谈到刘成禹的革命观点时,端方劝他,不要再说那些激进的话了。有意思的是,当刘成禹明知故问地说:"我不知指所讲何话?"限于官方身份的端方居然无法重复刘成禹的革命语言,只好说:"就是你讲的那些话。"还说,"你也明白,我也明白。从今以后,都不要讲了。同是中国人,一致对外。"最后,端方信誓旦旦地对刘成禹说:"此次考察回国,必有大办法。"[10] 此时,他心中的立宪,早已不是纸上谈兵了。

端方走后不久,一场强烈的地震袭击了旧金山,身在欧洲的端方特地由监督周自齐送来他捐助的惠金五百元。

在英国,五大臣考察了上议院和下议院,剑桥大学和牛津大学特别为载泽授予法学博士学位;在德国,中国大臣以为会因庚子年打死德国公使克林德而遭受冷遇和报复,没想到受到热情接待,德国皇帝、皇太子、政府高官和知名企业家都宴请了考察团成员。1906年5月19日，载泽率团踏上归途。6月21日，戴鸿慈和端方也率团踏上归途。途经地中海时，端方面对广袤的大海，一幅改革蓝图已经成竹在胸。客观形势的发展已经把端方等立宪人士挤压在一个狭窄的空间里，他们必须进行迅速的抉择。

回国后，端方上了一道长达近万字的奏折——《请定国是以安大计》，痛陈国事，力请立宪，提出要效仿日本进行宪政，并设立预备立宪期。慈禧太后手里握着这个折子，足足看了三个时辰，默然不语。慈禧太后做梦也想不到，五大臣回国后递交的一系列关乎帝国命运的文件，居然出自因朝廷通缉而流亡海外的梁启超和杨度之手。

从欧美考察返国后，端方常对人说："欧美立宪真是君民一体，毫无隔阂，无论君主、大总统，报馆访事，皆可随时照相，真法制精神也，中国宜师其意。"[11]他没有想到，正是他对摄影的热衷，断送了他的政治前程。

端方从德国带回一台最新的电影机，准备送给慈禧太后，说服她接受西方制度。据当时《中外时报》报道，端方为了稳妥，特意让考察团的一位姓姚的随员提前试用，自己在隔壁房间会客，突然间传来一声巨响，令端方大惊失色，他以为革命党又来扔炸弹，急忙跑出来，发现竟然是由于操作不当，电影机里的乙肽灯泡突然爆炸,放映员当场炸死。这仿佛一句谶语,向端方传达着某种不祥的信号。

三

载沣在十八岁时就曾经承担过朝廷一项重要的使命——为义和团运动中打死德国公使克林德而前往德国谢罪。在那里,德国皇帝威廉向载沣传授他的执政经验说:要有足够的军队,并且一定要由皇帝直接掌握。载沣深知,要控制政权、对付以孙中山为首的革命党,掌握一支近代化军队,是最大的关键。

载涛后来回忆说,载沣受德国军国主义影响极深,"因为他早年在德国目睹德皇族从幼年时起,就身受极严格军事训练,所以国势那样强盛,早就有心效法。"在德国的见闻,使载沣认识到,"欲使皇室强盛,必先集中兵权;欲使国家强盛,必须重视武备"[12]。

1903年12月,在袁世凯的力主之下,慈禧太后同意设立练兵处,以庆亲王奕劻为练兵事务大臣,袁世凯为会办大臣,制订了编练新军三十六镇的庞大计划。

设立练兵处,改革帝国军队,也是新政的一部分。1905年,北洋六镇已编练成军,每镇一万两千五百余人,"镇"的编制,大致相当于今天的"师"。其中,以驻在近畿的陆军为第一镇,京奉线以永平府、山海关为主要驻扎地的为第二镇，京汉、京奉线以保定府及奉天锦州府为主要驻扎地的为第三镇，津浦线以天津附近之马厂、小站为主要驻扎地的为第四镇，胶济线以济南府、潍县为主要驻扎地的为第五镇，以京师、南苑、海淀为主要驻扎地的为第六镇。庚子年一败涂地之后，帝国终于又有了自己的新式陆军。

新建陆军，简称新军，是在袁世凯自甲午战争之后在天津小站接管的定武军的基础上建成的。在帝国海军在黄海上悲壮地集体沉没以后，帝国的一支正规军，又在华北平原上顽强地崛起，它的缔造者，就是时年三十六岁的袁世凯。在袁世凯训练新军之前，帝国的陆军几乎是一盘散沙。俄驻华外交官马克·戈万在《尘埃：一个欧洲人眼中的中国清末印象》一书中写道，观看中国军人列队行走极为有趣，他们都一脸严肃认真的表情。每个人都肩扛着一支长枪。由于没有统一姿势与标准，所以扛枪如同扛着把铁锹。除了随身的武器之外，他们还每人携带着一把扇子。而袁世凯为他的新军制定了《斩律十八条》，规定："临阵回顾、退缩及交头接耳者斩；遇差逃亡，临阵诈病者斩；结盟立会，造谣惑众者斩；持械斗殴及聚众哄闹者斩；黑夜惊叫疾走乱伍者斩……"英国《大陆报》记者丁格尔说："袁被认为是那个年代里最伟大的军事改革者，他把清朝军队中存在的缺陷降到了最低限度。"[13]小站，这个名不见经传的地名，正因为袁世凯的新建陆军，才被欧美世界地图普遍标记。

1901年11月，李鸿章在签订《辛丑条约》之后不久吐血而亡，袁世凯接任他的职务，出任直隶总督兼北洋大臣。1902年，袁世凯设立了天津商务局，1903年，又果断出手，设立天津官银号，贷发官银七十万两，投放铜圆数百万枚，使天津平安度过了因国际银价波动而出现的经济危机。他因此而意识到设立国家银行的重要性，在他的推动下，1904年，天津成立户部银行，成为近代史上中国第一家中央银行。与此同时，他设立直隶大学堂，恢复了在戊戌变法失败后被勒令停止的天津大学堂，改为北洋大学堂。1903至1905年，袁世凯下令对天津市进行了近代第一次人口普查，并着手天津市政建设，在海河北岸建设了天津北站，以北站建成为起点，对天津旧有道路进行改造。于是，一条崭新的大道"大经路"从北站向直隶总督行辕延伸，再以此为中心，依次修建了南北向的二、三、四条经路，以及东西向的天、地、玄、黄四条纬路，在经纬交织中，曾经令袁世凯羡慕的欧美各国的通都大邑脱颖而出。1905年，袁世凯与洋人谈判，签订了《天津电灯车路公司合同》，开始承办天津的道路照明、电车运营等公共事业，合同规定，五十年后，即1953年，全部资产由中国政府收回。

多年前，袁世凯在给朝廷的奏折中，就提出包括整顿吏治、改革财政、整修武备、遣派留学生在内的十项建议。1905 年，袁世凯与端方等大员联手推动立宪，呈递《请改定全国官制以为立宪预备折》。

1908 年，袁世凯在自己的府邸接受美国《纽约时报》记者托马斯·米拉德的采访。这是他平生第一次接受西方媒体的采访。托马斯·米拉德在后来发表的通讯中写道：袁世凯"每天清晨五点钟就起床工作，一直到晚上九点钟才休息，其间只有短暂的用餐和休息时间，除非偶尔有别的任务让他离开日常工作。"[14]

在谈到改革的主要任务时，袁世凯列举了三个方面："我们的财政制度、货币流通体系以及法律结构。"他说："只有做好了这些事，大清国才能恢复完整的主权。而且，也只有等她彻底恢复了主权，才能真正理顺国家正常的经济和政治生活。这三项改革中的任何一项都与其他两项有着密不可分的依赖关系。"[15]

采访结束时，袁世凯希望利用这个机会表达他对美国总统及美国人民的诚挚问候。他希望"假如我们一时没有掌好舵，西方世界也不应该对我们批评得过于严厉和苛刻"[16]。

以往的英雄史观，往往垂青于那些抛头颅洒热血的革命者，而对推动时代变革的人则保持沉默。革命者的身躯过于高大，遮挡了新政推行者的面孔，这些人包括张之洞、端方，也包括袁世凯。实际上,不论这些改革者在后来的历史中扮演了什么样的角色,他们在推动中国向现代化转型中所做的贡献是客观存在的。百病缠身的中国需要彻底的改变,也需要点点滴滴稳健的进步。改革也是一场革命。"中国近现代之国家构建的国家和人民('中华民国'和'中华人民')无论从理论还是现实来看,都理应包含晚清以来延绵不断、命运多舛的朝野改良主义君宪制运动。……这个基于变法改革的君宪建国路线同样是中华人民革命建国的一个有机部分,不是中国革命的补充或陪衬,而是革命建国的另外一个主体力量。"[17]他们的改革成果在辛亥革命后也被新生的民国直接继承。当代学者从六个方面总结了清末新政的历史性贡献:

"一是清末新政的机构调整和官制改革,其奠定了现代国家的政府机构设置和职能划分;二是废除科举和教育的其他改革,其完成了中国教育面向现代化的转型;三是法制改革,其废弃了'诸法合体、政刑不分'的传统,分离了行政权和审判权,在中国开创了司法独立之先河;四是军事改革,使中国具备了真正意义上的近代陆军,推进了中国军事的现代化;五是清理财政,首先引进了西方通行的国家财政预决算制度;六是奖励实业,保护工商,直接促成了20世纪前三十年的经济高速增长。"[18]

二十二岁的天津人徐世昌,1897年到小站投奔袁世凯时,出现在他眼前的，是一支军纪严明、战斗有力的近代武装，而它的统帅袁世凯，也和普通士兵一样，穿军服，扎皮带，穿马靴，挂佩刀，站在操练场上，目光炯炯，声音洪亮，无论风吹日晒，从不动摇。有一次阅兵时，突然降了一场暴雨，在操练场上荡起一片白烟，阵营顿时乱了，但袁世凯，依然站在阅兵台上，纹丝不动，他没有说一句话，士兵们的队列就回复了整齐，一阵阵杀声，刺破了雨幕，在操场上回旋。

袁世凯还创办了武备学堂，每月从自己的俸禄中拿出三分之一，也就是二百两银子，作为奖学金，奖给那些成绩优异的官兵。此时，徐世昌已被袁世凯任命为新建陆军参谋营务处总办，成为袁世凯的幕僚之一。除了徐世昌，袁世凯亲手培养和提拔了一批优秀的官兵，他们包括：天津武备学堂的毕业生王士珍、冯国璋、段祺瑞等，定武军原来的军官曹锟等，甚至还有湘军和淮军里的旧军人，如张勋、姜桂题等，这些旧军人因曾国藩、李鸿章的相继去世，湘军、淮军的解体而走投无路，袁世凯的收留，令他们感激涕零，拼死效力。这些军官，在动荡的辛亥年，不失时机地出现在各个关键性的环节上，为缔造袁世凯政权立下汗马功劳。其中，冯国璋负责进攻武昌的革命军，很快攻克被革命军占据的汉口、汉阳；曹锟、姜桂题则替袁世凯镇守帝国的北方，曹锟剿灭了滦州起义，而姜桂题，则把计划攻打紫禁城、端掉帝国老窝的通州革命党一网打尽。

袁世凯创建的北洋新军，对未来中国政治格局产生了深刻的影响——北洋军阀从此盘踞北方，成为以孙中山、黄兴为首的革命军无法啃下的硬骨头，直到武昌起义十七年后，北伐革命军才在蒋介石的领导下取得成功。

在北洋系统中走出了一批主宰中国命运的人物，后来担任督军以上职务者有三十四人，担任总理、陆军部长级的有六人，担任民国总统的，竟多达四人。

就这样，北洋六镇的统带人员，几乎全部成为袁世凯的亲信。这支被朝廷寄予厚望的北洋六镇，等于朝廷出钱，为袁世凯豢养了一支私军。徐世昌看到每天上下操集合时，官长都要问士兵："咱们吃谁的饭？"士兵们齐声回答："咱们吃袁宫保的饭！"官长再问："咱们给谁出力？"士兵们再齐声回答："咱们替袁宫保出力！"西方人在参观北洋新军的军营时，吃惊地发现，到处悬挂着袁世凯的头像，效忠袁世凯的思想被谱写成《练兵歌》，在士兵中传唱。因为袁世凯招募的北方士兵具有浓厚的愚忠意识，与思想开放的南方士兵有所不同，所以对他们更容易进行洗脑。袁世凯知道，北洋六镇的真正老板不是摄政王，而是他自己。这支军队将为谁服务，在他的心里一天也没有含糊过。

镇压维新运动后，兵部尚书荣禄将四支最重要的部队改编为"武卫军",作为帝国安全的保障力量。然而,董福祥的甘军和聂士成的武卫左军在八国联军侵华时全军覆没,聂士成战死,好不容易编练的三支新军,转眼间只剩下袁世凯的武卫右军一支。更由于远在南方的张之洞更重视实业而不重军力,袁世凯的军队成为帝国唯一强大的军事力量。到1911年,总兵力不过十三万一千八百人的新军,北洋六镇就占了七万四千五百人,成为新军的绝对主力。此时,朝廷和袁世凯都面对着各自的悖论。对于朝廷来说,没有袁世凯,帝国无以自保,而摄政王同时也知道,对于这个在"新政"中重新起航的帝国巨轮来说,孙中山只是远在天边的凶险,而袁世凯才是近在眼前的暗礁;对于袁世凯来说,没有军权,他就没有获取权力的资本,另一方面,在这个帝国里,权力,同时意味着危险,在各种利益盘根错节的官场上,他的权力,随时可以使他死无葬身之地。

权力是危险的,它需要更大的权力来庇护,而更大的权力,又更加危险。然而,权力像赌博一样,再危险也会让人上瘾。袁世凯就这样,被帝国的权力体制逼入一条不归路,最终把帝国和自己一同带进深渊。"1905年下半年,袁世凯在晚清朝廷中的地位达到了全新的高度:他身居直隶总督兼北洋大臣,手握重兵北洋六镇,其控制力自直隶延展至东三省,门生旧属遍布朝廷内外。原有的'小站班底'已经不能满足他觊觎更大权力的需要：接收恩师李鸿章的淮系旧人，壮大势力人脉，也就顺理成章。"[19]

1905年10月，北洋新军举行了中国历史上第一次大规模的军事演习——"河间秋操"。俄国外交官马克·戈万曾经嘲笑的、行军时领口插着扇子、腰里别着烟枪、军容松懈的天朝帝国军队已经消失无踪，出现在各国观察员眼前的，是一支全部德式军服、德式装备、严整有力的精锐部队。巴克斯记录了一个令人惊讶的事实：出于作战的需要，在中国男人脑后留了两百多年的辫子，在袁世凯的命令下，被新军官兵齐刷刷地剪掉，一律改留短发。他们很可能是大清帝国版图上最早的一批剪辫者。"河间秋操"鼓舞了全军的士气，一年后，一次更大规模的军事演习在彰德府举行，史称"彰德秋操"。沙场秋点兵，袁世凯编练的北洋新军与张之洞编练的湖北新军，在华北平原的深秋里展开了一场规模庞大的搏杀，两军参加演习的官兵多达三万三千多人。没有人能够想到，仅仅五年之后，两军之间真正的厮杀，就在武昌城外成为血腥的现实。

有一个人密切地关注着战马上的袁世凯和他的北洋新军，这个人，就是载涛。随着身体的成长，载涛胸膛中燃烧的报国之心也变得日益真切。作为爱新觉罗家族的后裔，光绪皇帝的亲弟弟，载涛认为自己的血管里也应该流着剽悍的血。随着军队的改革，新的矛盾显现出来，那就是满族贵胄与汉族军官之间的矛盾。或许正是出于这样的顾忌，八旗子弟的军官学校——陆军贵胄学堂1906年在北京、在东单煤渣胡同神机营旧署的基础上一成立，载涛就成为它的一名学员。

载涛一直精心保存着那本装帧精美的陆军贵胄学堂同学录。后来成为摄政王的载沣，既是他的兄长，也是他的同学。就是在这座学堂里，载沣迷上了天文学，购买了许多天文仪器，如三球仪、天象仪、各式天文望远镜等。在皇室成员中，载沣第一个剪辫，第一个在自己的府里安装了电灯，第一个使用了汽车——一辆白色的福特牌轿车，也第一个穿上西服，但他只是在家里穿，从来不敢穿出去。他们刻苦学习英语，在这一年出版的《新增绘图幼学故事琼林》中，英文"banana（香蕉）"被用汉字注为"白奶奶"，"cough（咳嗽）"则被注为"哭夫"。在载沣的日记里，我们还可以看到他关于日月食、五星联珠、哈雷彗星的观测记录。载沣的儿子溥仪后来回忆说："如果他生在今天，说不定他可以学成一名天文学家的，但是他是生在那样的社会和那样的家庭，而且从九岁起便成了皇族中的一位亲王。"[20]

四

由英国驻华公使朱尔典1910年2月写给英国外交部的1909年

中国年度报告中说:"1909年以一个进步的有影响力的政治家(袁世凯)的解职为开端,而以另一个在外人看来其自由倾向仅次于袁世凯的进步政治家端方的革职为终结。"[21]

端方离开直隶总督府所在地天津的时候,天津各界人士在火车站举行了盛大的仪式向他告别,以表明对于朝廷的不满和对端方的依依挽留之意。来自直隶的司、道、府、县、局所的数千人纷纷向端方请安,各国驻天津领事也赶来问候,端方向排列执礼的马队还礼之后,登车启行。商会把印好的端方照片,分送给到场的人们。《申报》在描述这一幕时写道:"回首津门,不胜怅结。"[22]

端方的去职,使热衷于新政的人们遭受了一次重创。我们从收藏于中国第一历史档案馆里的端方档案中看到,南方一位绅士在得知这一消息后"大动感情,联名公电军机处,历陈端制军在两江时各政绩,并恳请将来重用"[23]。

《大公报》发表名为《新罪名》的评论说:"自光学发明而后有照相机之作用,自电学发明而后有电线杆之设布,我国之有此等机械犹在近数十年,故关于此等犯罪律例上无明文也。今直督端方竟因此而蒙不敬之罪,殊属出人意外。由此推之,凡近来以摄影为纪念,以电机通言语者皆以不敬待之耳,否则何解于端方之革职。"[24]

对于这些舆论，端方毫不在意。在北京一处不大引人注目的宅院，成了他的闲居之所。在这里，除了收集古代金石字画，就是与志气相投的朝中故旧宴饷酬和，再也没有重返政坛的宏愿。于是有了《大公报》另外一则报道："（端方）自回京后无志再入仕途。刻下闻拟捐助巨款开办八旗中学堂两处，以备深造八旗之子弟。"[25] 由于端方和李连英不约而同的低调，我们几乎无从了解他们远离政治中心后的生活情况，更无从证明同居南城的二人之间是否有过交往。但是在与端方交往最多的张謇的日记中，端方的身影时隐时现。我们在中国第一历史档案馆查找到的档案中，居然发现了端方所写的一部无头无尾的小说手稿[26]，一代改革家回避官场寻求自娱的心境清晰可见。

与端方相比，袁世凯显然敏感得多。他不会意识不到清廷异样的目光。彰德秋操之后，他主动向清朝奏请，交出了第一、三、五、六镇，建议改由兵部大臣直管。1909 年 10 月，朝廷批准了袁世凯的奏请，除第二、四两镇因驻扎在直隶境内，并且需要继续加以训练，因而仍请暂由袁世凯统辖外，其余四镇统统划归陆军部管辖，袁世凯的军权，就这样轻而易举地落到载沣、载洵、载涛、载泽、良弼这一群青年皇族的手里。

然而，表面上削弱权力的袁世凯早已做好了布局，在庆王的支持下，实际掌握第一、三、五、六镇军权的，并不是陆军部，而是第一镇统制凤山,而凤山,正是庆王奕劻、铁良、袁世凯的心腹。凤山在接管北洋四镇以前,曾秘密拜见袁世凯,由袁面授机宜。

后来,袁世凯事先在北洋新军的棋盘上留下的那颗重要棋子:凤山,也接到命令,改任荆州将军。显然,这是与凤山格格不入的青年亲贵载涛、良弼在借刀杀人。接到任命后,凤山气愤地说:"叫我到革命党的圈子里去送死!"

如同端方一样,慈禧的死,使袁世凯失去了保护伞,裸露在皇室成员的射程之内。不仅袁世凯对此心知肚明,几乎所有人,都看出这一点。日本记者佐藤铁治郎说:"当时支那朝野之议论,多以西太后宾天,袁世凯必有奇祸,众口同声。"[27] 另一则广为人知的传闻是,光绪皇帝在咽气之前,留给弟弟载沣的政治遗嘱只有两个字:杀袁。在这一点上,光绪皇帝的遗孀隆裕和她的小叔子载沣的立场完全一致。由于光绪、慈禧大丧,百日之内不能用朱笔,载沣便用蓝笔写好了杀掉袁世凯的谕旨。袁世凯这位政治强人的生命,到这里就应该画上句号了。此时,身为军机大臣的袁世凯每天必须进宫,当他走进这座深不可测的宫殿,他的身边只能带一名差官,进乾清门后,他连一名差官也不能带,只有单身一人,接踵而至的琉璃宫门,对于袁世凯来说,不是通向天堂,而是通向地狱,它们不约而同地以华丽的语言向他预告着死亡的信息。但出乎所有人的意料，袁世凯的死期迟迟没有到来，载沣不敢动手，也没有这样的勇气。他的弟弟载涛在宫廷里早就听到了有关杀袁的传闻，但他的兄长载沣一个字也没有向他提起过。

载沣或许没有想到，关于袁世凯已经被杖毙的消息，已经遍布京城，袁世凯的许多朋友属下，已经纷纷前往袁世凯宅邸打探消息，北洋公所的门口，车马络绎不绝，"大有草木皆兵之势"[28]。

此时，身在北京的袁世凯也听到宫廷里的风声。他立刻简单地收拾行装，在北洋新军第五镇统制张怀芝的保护下匆匆离开北京这个是非之地，赶回自己经营多年的天津。袁世凯就这样从隆裕和载沣的手心里逃跑了，在后来的历史中纵横驰骋，再也没有什么人能够限制他狂妄的步伐，等他一年多后重新回到这座宫殿时，被放逐的人，变成了载沣。

袁世凯从北京出发的时候，几乎看不到送行者，汽笛声像刀子一样锋利，划破沉寂的车站，袁世凯心头骤然一惊。蒸汽渐渐散去的时候，两个身影浮现出来，像两幅永不更改的旧照片。他们是袁世凯的好友杨度和严修。看到两位不避朝廷耳目匆匆赶来的好友，袁世凯的眼泪夺眶而出，说："二君厚爱我，良感！顾流言方兴，或且被祸，盍去休！"杨度回答说："别当有说，祸不足惧！"[29]

然而，表面的凄凉并不能真实地表达袁世凯的处境，朝廷的重臣不便于在车站上送行，早就在几天以前纷纷赶赴王府井附近的锡拉胡同19号袁世凯府邸告别，张之洞便是其中之一。张之洞于当年去世，南北新军的两位首领，从此再未见面。

为防不测，袁世凯甚至没有在天津车站下车，而是让张怀芝给杨士骧打电话，告诉他提前一站下车，让他来接。

是张之洞劝阻了摄政王。张之洞在听完载沣的打算后长叹一声，说："国家新遭大丧，主人又年幼，当前以稳定大局最为重要，此时诛杀大臣，先例一开，恐怕后患无穷。"看到载沣面色犹疑，他又说，"王道坦坦，王道平平，愿摄政王熟思之，开缺回籍可也。"

前来按站的杨士骧带来了北京的最新消息："罪只及开缺，无性命之虞。"袁世凯听后，长出一口气。

为了避免引起朝廷的不满，袁世凯决定立即回京谢恩。三天之后，袁世凯怀着无比的幽怨以及死里逃生的侥幸，率领他的姨太太和亲信，离开了北京，再度前往天津。头等车厢里，一位名字叫海鲁的英国乘客，刚刚找到一个靠近暖气的位置坐下，这时，他看见另一名乘客走了过来，此人面色沉稳，身穿素服，身边跟着好几名随从。他在海鲁对面的位置上坐下，那几名随从,则站在他的身旁,默不作声。海鲁看见那名神秘的乘客打开手中的报纸,目光漫无目的地从报上的文字间扫过,脸上没有任何表情。海鲁或许并不知道,关于那名神秘乘客的消息,正成为报纸的头条新闻。他们就这样对坐了近四十分钟,两人没有任何交谈。车窗外是帝国北方荒疏的土地,冬日里枯树的影子从他的脸上一一掠过,铁路两旁高高低低的树干在疾速滑动的视线中如心电图一般起起伏伏。两点二十五分,车过丰台火车站。对面的乘客依然一动未动。海鲁不知道他是谁,只是感觉到这一定不是一个等闲之辈。海鲁一定要解开他心里的谜。当车上的服务人员给那名神秘乘客送来酒菜的时候,海鲁用英语问验票员,此者为谁,对方告诉他,此人就是这个帝国的军机大臣——袁世凯。[30]

袁世凯离开北京的那天,已经是1910年1月21或22日,先是住在天津的德国饭店,后来转移到杨士骧衙门的署后花园中暂居。袁世凯的家眷,也在这天晚上到达天津,住德国饭店。袁世凯在天津取出银行存款,汇往河南。对于袁世凯在天津的举动,杨士骧要求自己的家人和仆人,必须严格保密,不许泄露一个字。

随着袁世凯的远去,一系列的变化不期而至:杨士骧去世,张之洞去世,邮传部尚书陈璧被革职,实权在握的东三省总督徐世昌调任邮传部尚书,黑龙江布政使倪嗣冲以贪污罪被查办,江北提督王士珍"自请开缺",梁士诒被免铁路局长,唐绍仪被迫乞休,民政部侍郎赵秉钧休致,载沣接管警政……帝国的政治版图,已经大相径庭。

当朝廷的革职激起了端方心中蛰伏多年的隐遁理想的时候,袁世凯也在河南彰德(今安阳)洹上村构筑起他的世外桃源。帝国内部的两只小动物,在严寒里分别钻到泥土里,开始了漫长的冬眠。有意思的是,当南方铁路风潮涌动,端方临危受命,以特命大臣的身份南下灭火,督办川粤铁路事宜时,途经彰德,这两只冬眠动物竟有了一次见面的机会。袁世凯以相当高的礼遇接待来访的端方,还专门为这位酷爱电影和摄影的帝国重臣安排了一场电影。[31]端、袁的这次会晤完成了两件事:第一,端方把自己的长女陶雍许配给了袁世凯偏爱的五子袁克权,端方甚至许诺待完婚时以绝世国宝"毛公鼎"作为女儿的陪嫁品,对如此厚礼,袁世凯婉言谢绝;第二,两人屏退所有幕僚进行了一次长时间密谈,谈话内容成了永远的秘密,但它一定与帝国未来的政治走向有关。中国的史书,将永远遗漏这一极其重要的细节。

袁世凯或许不知道,他的归隐,并没有使朝廷完全放心,就在他定居下来的时候,肃亲王善耆的警察顾问、日本人川岛浪速已经派人尾随而至,密切注视着他的动向,随时向朝廷报告。这一年,善耆的第十四个女儿爱新觉罗·显玗只有两岁,四年后,大清帝国灭亡,善耆把爱女爱新觉罗·显玗送给没有子女的川岛浪速,从那一天起,这个被当作礼物的女孩儿有了一个后来为中国人熟知的日本名字——川岛芳子[32]。

紫禁城内燃起的一丝现代的灯光,就这样被深浓的夜色所吞没。

美国纽约大都会艺术博物馆珍藏着端方当年的藏品,包括西周时期的青铜器、金石书画、石刻和玺印。辛亥年初,闲居京中的端方以社会贤达和金石学家的身份,在社会公益和文人宴饷酬和的场合时常现身。此际端方的全部心愿,只是"苟全性命于乱世,不求闻达于诸侯"。如果没有那场惊心动魄的南方铁路风潮,他就不会在遥远的南方被乱刀砍死,他平静的闲居生活或许会一直持续下去,甚至,他可能像他的好朋友张謇那样,在中华民国的政治版图上占据一席之地。20世纪之初的中国铁路仿佛一条带有咒语的政治绞索,令许多帝国的政治家死于非命。危急之中,摄政王突然又想起了端方的才干,于是,这位希望挽大厦于将倾的改革者将临危受命,作为一只扑火的飞蛾,无怨无悔地奔向那条夺命的铁路,奔向自己无法逃脱的宿命。

慈禧太后葬礼　1909 年

慈禧太后葬礼　1909 年

慈禧太后葬礼　1909 年

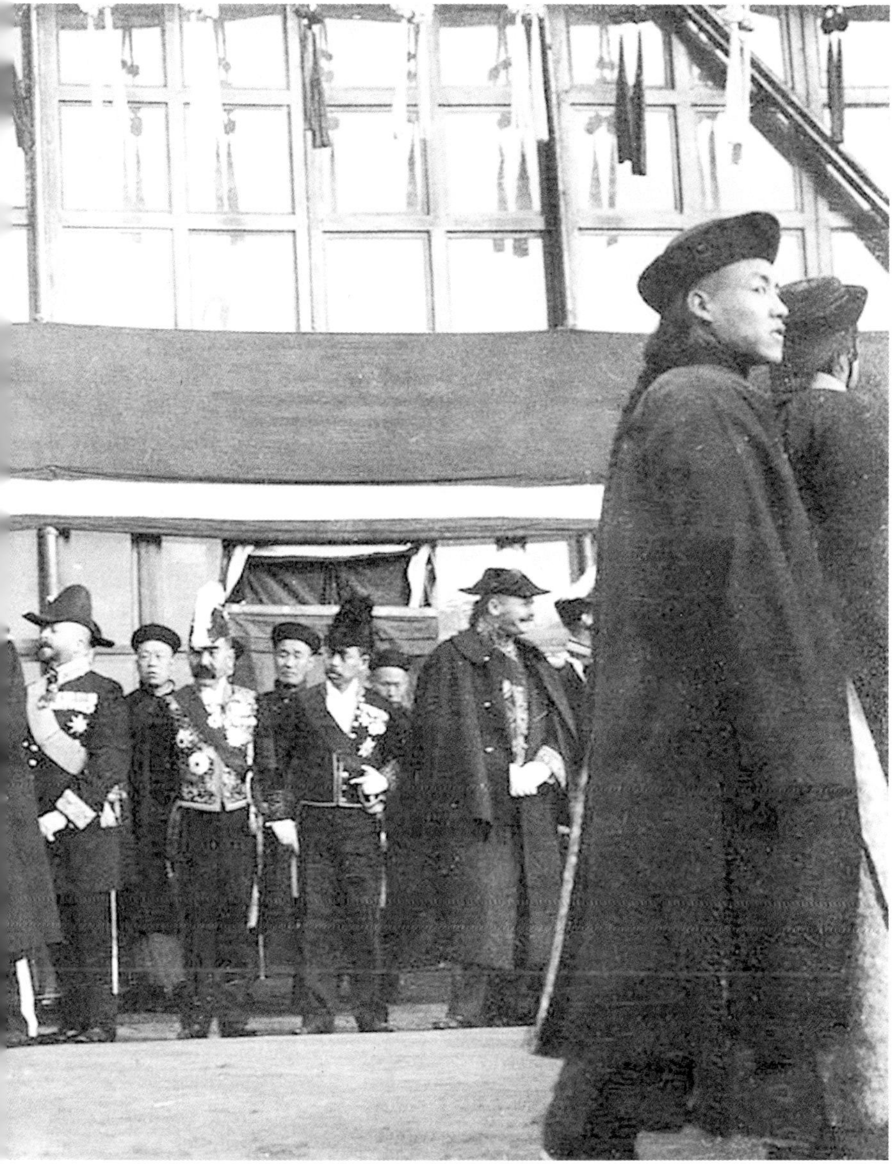

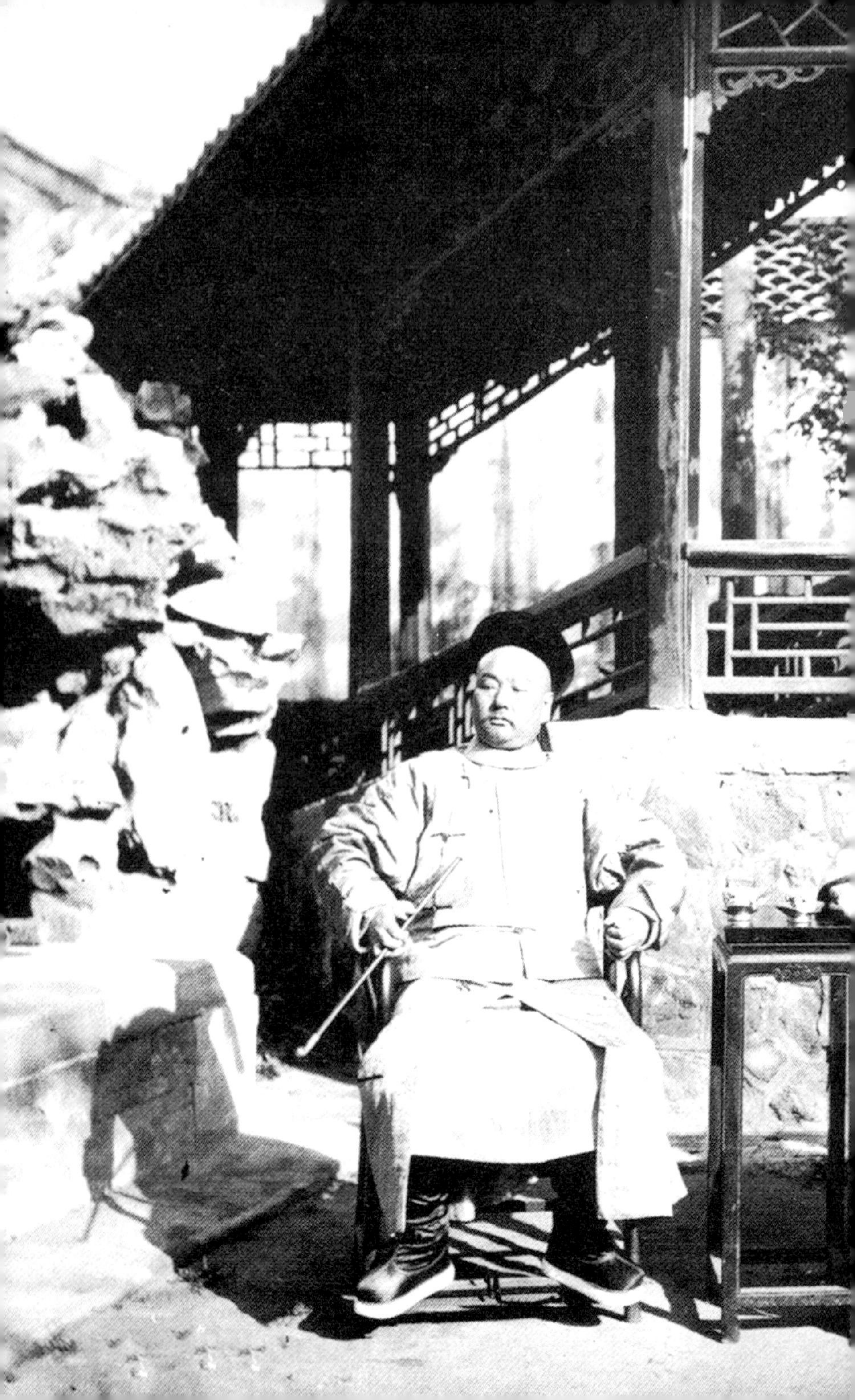

总理衙门的三位大臣,从左至右:成林、宝鋆、文祥 1871年前后

张之洞在保定和英国军官合影（右三袁世凯、右四铁良） 1903年5月14日

陆军贵胄学堂同学合影　前排中立者为奕劻

端方　20 世纪初

戴鸿慈　20 世纪初

五大臣出使西方考察宪政，图为 1906 年在美国
戴鸿慈（前中）、端方（右一）、驻美公使梁诚（端、戴之间）的合影

北京的旧式监狱的囚犯　20世纪初

第二章　冬眠　91

北京的旧式监狱的囚犯　20 世纪初

东三省总督徐世昌等

袁世凯与八国联军将领在天津利顺德饭店合影　20世纪初

袁世凯 20 世纪初

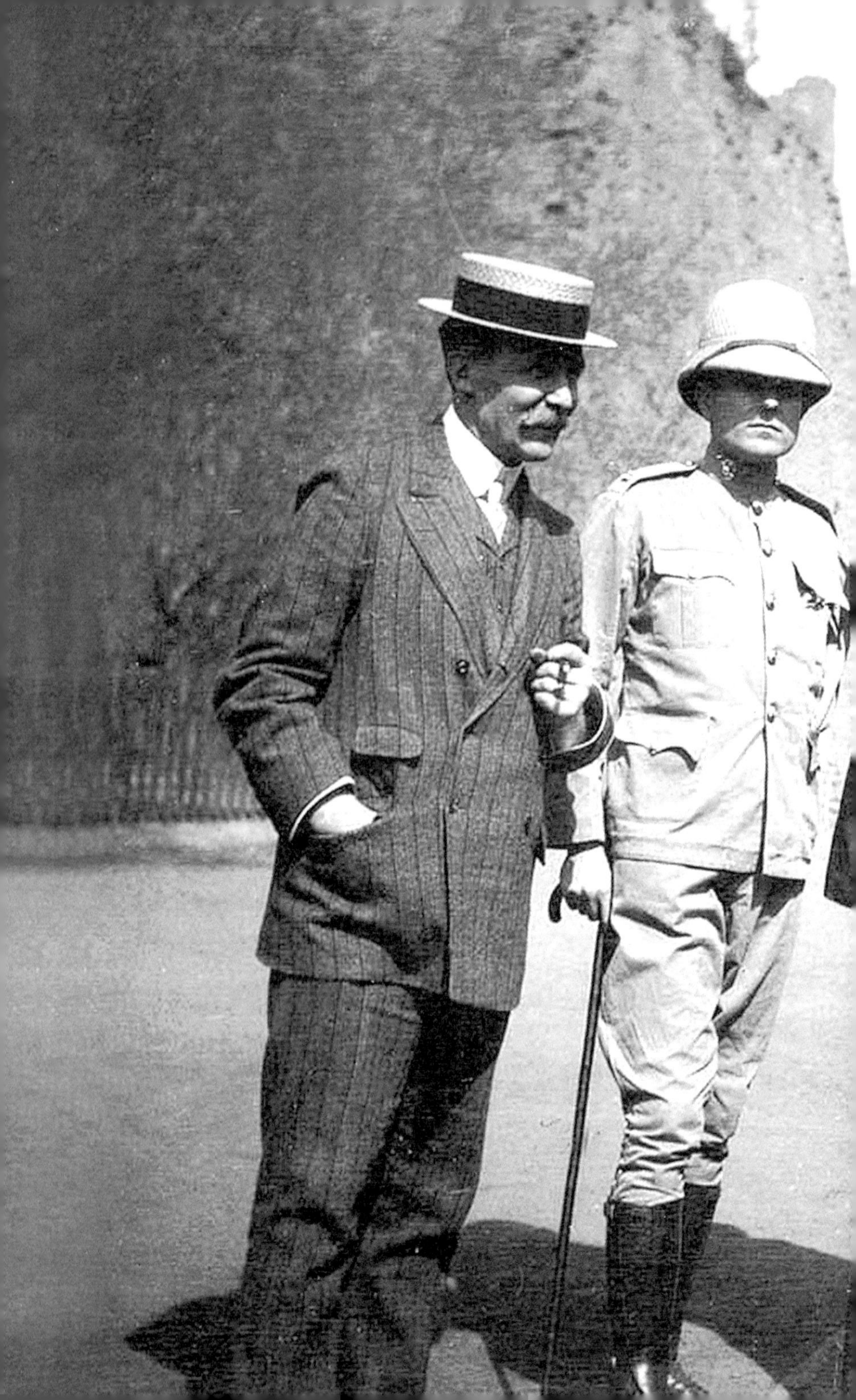

莫理循去参观新军彰德秋操　20世纪初

彰德秋操的中外军官　20世纪初

参观彰德秋操的俄国军官　1906 年

女校学生　清末

第三章 春雪

变化中的中国,有无数条肉眼难于辨识的小径在荒草间蜿蜒盘旋,来路不同的人们,在去向不明的小径上悲欢离合。

一

1911年1月15日，后来被袁世凯称为"旷世逸才"的杨度刚刚呈递了一份奏折，上海《时报》发表了这份奏折，这份奏折于是引起广泛的热议，因为这份奏折的内容，是奏请朝廷赦用维新党人梁启超。杨度在奏折中说，"启超之获罪，以戊戌倡言仿行各国宪政故耳"[1]。如今时代变了，朝廷已经筹备宪政，与其将来赦免梁启超，不如现在就用其所长，为帝国宪政效力。[2]

1898年9月21日，在帝国的军队大肆搜捕的马蹄声中，梁启超冒险前往东交民巷的日本使馆，请求日本人救中国皇帝，当晚住在日本使馆，第二天，谭嗣同来使馆与他会面，劝说他逃亡日本，而他自己，则已"决心一死"，把自己的诗文数册以及家书交给梁启超之后，便消失在北京萧瑟的秋景中。当谭嗣同等六君子的头颅在菜市口的屠刀下滚落的时候，梁启超已经在日本人的掩护下化装逃至天津，在那里登上了前往横滨的海船。

而杨度，则是在1903年，因发表攻击朝廷的策论而遭到通缉的。那一年，杨度第一次走进紫禁城保和殿，在那里参加了经济特科考试，考题是皇上"钦命"的，发榜下来，杨度高居一等第二名，一百八十六位经过选拔的考生中，只有日后成为他的政敌、辛亥年担任袁世凯内阁邮传部大臣、后来又担任袁世凯总统府秘书长的梁士诒排在他的前面。主考官张之洞在读过他们的试卷之后，爱才之心油然而起。然而，此时的帝国政治，正处于高度敏感期，一方面，科举制度已经到了末路，朝廷中的改革派官员要求废止科举的呼声不绝于耳，杨度自然希望自己搭上这最后一班车；另一方面，戊戌年的动荡余波未平，维新党人仍在朝廷的追捕之列，所以，当慈禧太后从军机大臣瞿鸿禨的嘴里听说梁士诒的名字和康有为、梁启超的姓名各有一字相同[3]，是康、梁的同党时，下令立即查办。这自然株连到杨度和其他应考学生。人们人心惶惶，纷纷离京避祸。在一片风声鹤唳中，杨度的四弟杨敞和夏寿田把杨度送上开往天津的火车，准备前往朝阳探望伯父。

就在杨度离开北京的第二天，张之洞便派人去天津，想请杨度回京。这让不知张之洞真实意图的杨度家人感到惶恐不安。不知杨度何时回京的杨敞派了两名家人，每人带上数十元，分别在丰台火车站和前门火车站守候，如果看到杨度在丰台下车，就让他马上转回天津，如果看到杨度在前门下车，就护送他到近在咫尺的东交民巷日本使馆，因为杨度和日本使馆人员熟悉，在那里，他很可能得到庇护。果然，在前门的仆人发现了人流中的杨度，马上将他送上事先准备好的骡车，放下车帘，穿越遍布军警的街衢，仓皇躲进东交民巷的日本使馆。几天后，在日本人的护送下，杨度换上和服，化装成日本侨民，逃出北京，由天津乘坐轮船，东渡日本求学。

1904年，杨度转入日本法政大学速成科，集中研究各国宪政；与汪精卫同学。壮志未酬的杨度在日本怅望祖国，写下一首歌词，名曰《黄河》，歌词中说：

> 长城外，河套边，
> 黄沙白草无人烟。
> 思得百万兵，
> 长驱西北边。
> 饮酒乌梁海，
> 策马乌拉山。
> 誓不战胜终不还。[4]

科举时代结束的一个直接的结果，是斩断了民间士人通过考试进入帝国政治体制的路径，把他们中的许多人，推向了海外，为立宪和革命两派储备了人才。即使最留恋过往生活的士人，后来也义无反顾地加入了"开国会"的请愿行列，既然回不去，就要往前走，而"议员"这种新的士绅身份，完全可以使他们的古老地位在新的时代里得以延续。

时代的转场，已经使得以杨度为代表的新一代士人与以曾国藩为代表的老一代士人拉开了心灵的距离。无论杨度这些民间士人、吴禄贞这些帝国军队中的进步分子，还是载涛、良弼这些朝廷要员，大都是帝国里的"七〇后"和"八〇后"，他们生长在洋务时代，亲眼目睹了"以器具卫名教"的悲惨失败；他们大多在维新变法前后跻身高位，电报机、新闻纸、传教士和西方记者，构成了他们日常生活的一部分。尤其像杨度这些民间士人，传统政治思维和现实的政治利益对他们的牵引力都十分微弱，他们清楚地认识到，西方文明是一个整体，若不进行政治改革，一切都不免形似神非、虎头蛇尾。所以，当杨度这批新士人阶层以"青春中国"的代言人浮出历史的海面的时候，古老帝国内部的知识分子，也经历着一场集体意识的巨变。

1907年春节，帝国的"八〇后"李叔同演出话剧《茶花女》，在剧中扮演女主角玛格丽特。这是国人上演的第一部话剧，布景设计、化装、服装、道具、灯光等许多艺术方面,都起到了开风气之先的启蒙作用。李叔同不仅是中国话剧的奠基人,也是西方乐理传入中国的第一人、西洋画知识传入中国第一人、聘用裸体模特教学第一人,同时是著名画家、书法家、篆刻艺术家、佛学家和词曲作家。李叔同在日本留学时,听到日本歌词作家犬童球溪采用约翰·P.奥德威作曲的美国歌曲《梦见家和母亲》的旋律填写了一首名为《旅愁》的歌,便又用同样的旋律填写了一首《送别》,与杨度的《黄河》相映成趣:

长亭外,古道边,
芳草碧连天。
晚风拂柳笛声残,
夕阳山外山。

天之涯,地之角,
知交半零落。
一壶浊酒尽余欢,
今宵别梦寒。[5]
……

歌词以长短句结构写成，感情真挚，意境深邃。每当夜色降临，这首汉语发音的骊歌，便会飘出留学生的板房，引起无限的怅惘。这首《送别》，也成为当时一代知识青年的精神印记。

"不知不觉中，国家已经以身份、角色乃至年龄为划分，泾渭分明地分裂成了三大阵营：那些垄断着政治资源的人，皇室、贵族和最成功的旧士人，依旧留恋着旧帝国；领导社会、大抵有过举人或秀才功名的士绅，急切地呼喊着一个近代化的、以国会为象征的立宪国；至于边缘化的、与旧时代并无渊源、被'新政'席卷进时代洪流的新学生，则把目光投向更遥远的'合众国'……"[6]

变化中的中国，有无数条肉眼难于辨识的小径在荒草间蜿蜒盘旋，来路不同的人们，在去向不明的小径上悲欢离合。每个人都面对着接踵而至的抉择，而历史，就在这纷杂的抉择中间，选择着自己的道路。

此时的杨度，已经有了鲜明的政治主张，那就是立宪，对于革命的鼓吹者，他不屑一顾。杨度在东京创办《中国新报》，在上面发表的文章《金铁主义说》系统地阐明了他的政治主张：几千年来，中国最缺少责任政府，君主有名义上的责任，"实际也不负责"；这种名实两分，使改朝换代成为中国历史无法脱逃的鬼打墙，"二千余年中，革命之事，数十年一小起，数百年一大起,杀无数之人,流无数之血,而所得之结果又复如前"。杨度认为,倘若实行宪政,以君主维持国体,由政府承担责任,那么,中国就能走出这种历史怪圈。[7]

日本外务省一份秘密情报——秘第1980号,明治三十八年(1905年)7月28日神奈川县报:"清国亡命者孙逸仙于本月19日乘法国邮船'东京号'由法国来日抵港,在横滨市山下町一百二十番租房居住。"[8]

孙中山此行的一个重要目的,就是拜谒杨度。7月下旬,他就在程家柽等人的陪伴下,来到畋田町杨度寓所。在革命与立宪之间的斗争达到白热化的形势下,一个革命领袖、一个立宪首领,见面后居然仿佛同志,热烈地拥抱在一起,这次惺惺相惜的会面,也堪称血腥残酷的中国近代史中最令人动容的一幕。

孙中山说:"当今之世,中国非改革不足以图存。但与清政府谈改革,无异于与虎谋皮。因此,必须发动民主革命,推翻这个昏庸腐朽的政府,为改革政治创造条件。"

杨度说:"民主革命的破坏性太大。中国外有列强环伺,内有种族杂处,不堪服猛剂以促危亡。"

在狭小的居室内,两人饮酒、放歌,关于中国之命运,一步步进行沙盘推演,企图说服对方,二人争论了三天三夜,结果仍然是，谁也没有说服对方。

杨度说："我们政见不同，不妨各行其是，将来无论打通哪一条路线，总比维持现状的好。将来我如失败，一定放弃成见，从公奔走。"[9]

孙中山说：我想说的已全部说完了，先生依然固执己见，"今可分道扬镳，以观最后之成败"[10]。

果然，1922年，杨度制止吴佩孚援助叛变的陈炯明，帮助孙中山度过政治危机。孙中山说："杨度可人，能履行政治家诺言。"就是指他当年在东京时所许下的诺言。这一年，杨度在上海加入中国国民党。孙中山特电告全党，称杨度"此次来归，志坚金石，幸勿以往见疑"。

1905年，孙中山与杨度还在各自的政治轨道上奔走。对于孙中山的革命事业，杨度乐观其成。关于孙中山与黄兴的相识，有两种说法，一种说法是经宫崎寅藏介绍，另一种说法，将黄兴介绍给孙中山的，正是杨度。[11] 反对革命的杨度，将黄兴介绍给孙中山，陶菊隐称此为"天下事不可解者"[12]。正是因为有了黄兴，孙中山才开始酝酿成立同盟会。7月30日下午，黄兴、宋教仁、陈天华等十省七十五人相继走入日本东京赤坂区桧町三番地黑龙会本部（内田良平宅），中国同盟会筹备会议在这里召开。会上，孙中山被推为主席，每个人都签署了盟书，盟书上写:"驱除鞑虏,恢复中华;创立民国,平均地权。矢信矢忠,有始有卒。如或渝此,任众处罚。天运乙巳年七月□日中国同盟会会员□□□",盟书写好后,孙中山领着众人,同举右手,向天宣誓,然后,所有会员的盟书,全部由孙中山保管,而孙中山的盟书,则交给黄兴保管。然后,同盟会会员们分别单独走入旁边的一间小房间里,孙中山把今后同志相见的握手暗号和秘密口号一一告诉他们。暗号是:

问:何处人?

答:汉人。

问:何物?

答:中国物。

问:何事?

答:天下事。

等一切完成之后,房屋里突然传来一阵巨响,声如裂帛,人们回头望时,发现是后部的木板猝然坍倒。孙中山说:"此乃颠覆满清之预兆。"大家听后,鼓掌欢呼。[13] 8月20日下午,同盟会在东京赤坂区灵南坂坂本金弥邸正式举行成立大会,中国革命的程序正式启动。

这一年年底,孙中山在《民报》发刊词中,将"驱除鞑虏,恢复中华;创立民国,平均地权"十六字方针概括为"民族主义、民权主义、民生主义"。

二

1908年,当袁世凯得知杨度回国的消息时,无法按捺自己的兴奋,立即与张之洞联名给湖南巡抚发去一封电报,要他送杨度入都。杨度是由于料理其伯父的丧事,而在一年前回到故乡湖南的。他来得及时,也以一种看似随意的方式,走进那段敏感的历史。那一年,杨度刚刚在日本成立了自己的政党——宪政讲习会。宋教仁1907年2月11日日记中记载:"前日杨哲子等结立一党,……其宗旨在反对政府及革命党,而主张君主立宪云云。"[14]这一政党在6月正式成立。杨度借回到湖南这一机会,力邀武昌起义后领导了长沙起义的谭延闿等成立了宪政讲习会的湖南支部,1908年,杨度将宪政讲习会改名为宪政公会。

袁世凯早就注意到这样一个事实:端方等五大臣所呈递的宪政考察报告,是出自杨度和梁启超的手笔。它们是:杨度撰写的《中国宪政大纲应吸收东西各国之所长》《实施宪政程序》和梁启超撰写的《东西各国宪政之比较》。把这一重要任务托付给他们的,是考察随员熊希龄。在日本东京,熊希龄对杨度说:"五大臣做你的躯壳,你替他们装进一道灵魂,这是两得其所的事情。

当他们在轮船上看海鸥，在外国看跑马和赛狗的时候，就是你们摇笔行文的时候。你的卷子必须在他们回国的时候交到。"[15]

晚清的政治变革，总是因人而废，从洋务运动、戊戌变法、新政到后来的立宪，这条本应清晰的历史线索却充满断点，前者无疾而终，后者另起炉灶。实际上，从洋务到戊戌，从器物到制度，存在着历史的逻辑。由维新党的代表人物梁启超、杨度来完成五大臣的考察宪政报告，是对这种连续性的最佳注解，即使受到政治变局的影响，历史本来的逻辑线索，仍隐约存在。

五大臣返京途经天津时，八万多名学生上书，表达他们的政治愿望。1906 年 9 月 1 日，朝廷终于发布了"预备立宪"的上谕，表明朝廷已经启动了立宪这一浩大的政治工程。9 月 5 日，商务印书馆等多家新闻出版机构悬挂黄龙"国旗"，9 日，上海总商会等多家机构、团体举行集会游行表示庆祝，16 日，扬州城响起了由扬州商学界创作的《欢迎立宪歌》：

大清立宪，大皇帝万岁万万岁！
光绪三十二年秋，欢声动地球。
运会来，机缘熟，文明灌输真神速。
天语煌煌，奠我家邦，强哉我种黄。
和平改革都无苦，立宪在君主。

……四千年旧历史开幕。

……一人坐定大风潮,立宪及今朝。

……古维扬,新学界,侧闻立宪同罗拜。

听我此歌,毋再蹉跎,前途幸福多。[16]

在许多人看来,政治上的任何小修小补、小打小闹,都不足以应对时艰、挽救国家。在这种情况下,什么兴利除弊、"政体清明",不过是一句空话而已。唯有立宪,具有化腐朽为神奇的力量。在这样的气氛下,一些旨在推动立宪的政党、团体应运而生,其中包括杨度组建的宪政讲习会(宪政公会)和梁启超组建的政闻社。成立政党,目的是以政党替代官僚,刷新中国政治的主导力量。为此,1907年年初,梁启超邀请杨度、熊希龄前来神户,"熟商三日夜",以勾勒这个政党的轮廓。

在梁启超的计划里,这个政党将命名为"宪政会"。它将包括三大立宪派势力,在戊戌党人之外,还有杨度的千余名留学生追随者,以及张謇、郑孝胥、汤化龙代表的国内立宪派。梁启超希望,这个政党能"尽网国中之豪杰",以代表千万士绅,与朝廷、革命党进行博弈。然而,事与愿违,张謇、郑孝胥、汤化龙为首的江浙立宪派与梁启超素无深交,也厌恶康有为的为人;更重要的是,梁启超还是朝廷通缉的政治犯,倘若与他来往过密,"必触太后之怒"。因此,在梁启超描画的政治蓝图面前,他们始终态度漠然;而杨度,则盘算着自立门户。杨度发起的宪政讲习会,即后来的宪政公会,就是在这样的背景下成立的。

尽管梁启超联合杨度、张謇的计划没有成功,但他仍然对杨度说,既然宗旨相同,大家一定要彼此合作,对此,杨度不以为然,认为既然不是一个政党,竞争就在所难免。杨度的宪政公会于是不断排挤梁启超的政闻社,甚至散布政闻社的目的就是排斥袁世凯等等,成为政闻社发展的一块绊脚石。

杨度以《中国新报》为阵地,阐发宪政理论,呼吁召开国会是"唯一救国方法"[17]。帝国内部保守派官员,把人民程度不足当作不能召开国会的根本原因,杨度则反驳:首先,人民程度没有一定标准,若以普及教育和全部实行地方自治为准,在专制政体下永远也办不到;其次,衡量人民程度高低,只能以"中流社会"为标准,"一国之优秀者常集于中流社会",因而,只要看"中流社会",就足够了,而目前国内"中流社会",大多倾向于立宪;再次,现在中国人民的程度,已经超过了英国、日本等立宪国刚刚立宪时的人民,而且人民程度是可以逐步提高的;最后,政府官员皆来自人民,如果说人民程度不够,而政府已够,是绝无道理的。[18]

与这些民间的声音相呼应，在帝国政坛内部，形成了以奕劻、袁世凯、徐世昌等要员为主导的立宪派，和他们站在一起的还有学部大臣张百熙，他们与民间舆论，形成了"里应外合"的互动局面；而站在对立面的，则主要有孙家鼐、荣庆和铁良三人，背后是一大群惧怕变革的帝国官僚。1906年8月25日，帝国举行一次廷臣会议，讨论立宪有关问题。这给了持不同政见的双方一次当面博弈的机会。袁世凯进京参加讨论之前，就对人说："官可不做，宪法不能不立"；又说："当以死力争"。奕劻谈不上有什么政见，他见袁老四如此坚决，吃人嘴短，自然随声附和了。论辩中，双方都毫不含糊地攻击对方。此后，当官制编纂会议在原恭王府朗润园举行的时候，袁世凯要求裁撤军机处，设立内阁的论点激怒了载沣，载沣甚至"不辨是非，出口漫骂"[19]，会议主持人的风度，已荡然无存。载沣当着大臣的面怒骂袁世凯："你的意思是让军机大臣卷铺盖回家喽？你还不如直接说皇上靠边站呢！这种无君无祖的话，也只有你袁世凯才能说得出来！"袁世凯没有压住怒火，公然顶撞说："这是世界上所有立宪国制度的通例，非本人之意。"载沣一怒之下竟然掏出手枪，要击毙袁世凯，众大臣慌忙夺枪，袁世凯才躲过一劫……

袁世凯在戊戌年与梁启超结了怨，自认难以取得梁启超的谅解和支持，但他与杨度无怨，而且，杨度是屈指可数的宪政专家。在围绕立宪的较量相持不下的时候，袁世凯迫不及待地等待着杨度的到来。1908年4月，杨度刚刚抵达北京，就被袁世凯和张之洞举荐，在政府的立宪指导机关——宪政编查馆行走，被赏加四品京堂候补，也就是说，这个曾经被慈禧太后痛恨的钦犯，此时已经成为帝国的四品官员，只是开始时未定具体职务，后明确为"参议"，兼考核科会办。在袁世凯等人的劝说下，慈禧太后暗暗饶恕了杨度，传谕："候选郎中杨度着四品京堂候补，在宪政编查馆行走。"陶菊隐说，这是杨度与袁世凯结盟的开始。中华民国临时政府成立后，代表袁世凯南下与革命党谈判，与孙中山、黄兴等人交谊深厚的杨度，堪称不二之选。杨"斡旋其间，颇竭心力"[20]。

1908年8月，慈禧太后怀着对康梁的深仇大恨，在与袁世凯小动唇舌后，下令查禁了梁启超的政闻社，梁启超苦心在国内发展起来的政闻社社员大都望风而逃、流亡海外。而慈禧此举的目的，并非只是发泄私愤，她是要给其他立宪派政党和被发动起来的士绅阶层一点颜色看看。《申报》报道说，上谕发布后，"政学绅商已无敢再述及'立宪'二字，即江苏、江西、安徽、广东、浙江各省公派之入北京代表，亦均束装回省"[21]……

梁启超主张之立宪君主，乃大清帝国之君主，而梁启超苦心维护的这个帝国，却执意将他再度打入深渊，这是梁启超的悲剧,更是帝国的悲剧。梁启超欲救帝国而不能,现在只看杨度了。杨度就这样在时势的逼迫下,半推半就地走上与政府合作的道路,并由此陷入到政府官员与民间士人的双重身份中难以自拔。为了表明自己作为民间士人的独立性,杨度一见到袁世凯、张之洞就向他们申明,此番进入政府,完全是为了开国会,而不是为他们充作幕僚。[22] 杨度在天津政法学堂演讲时,再度表明了他对进入政府的态度:"此次晋京,专为国会而来,如政府不早颁布开设国会年限,仍当出京联合各省要求国会。在朝既不能为富贵所淫,在野更不能为威武所屈,宗旨已定,生死祸福皆所不计,即以此拿交法部,仍当主张到底。"[23]

但是,杨度毕竟穿戴起了帝国四品官员的官服顶戴,住进了北京豪华的宅邸。1909 年的隆冬,杨度和严修在北京车站辞别被逐出帝国政坛的袁世凯以后,他回到自己的住所——锡拉胡同的袁世凯宅邸,那是袁世凯临行前特别借给杨度居住的。辛亥年,袁世凯复出后,又任命杨度为学部副大臣,一座紧邻紫禁城西华门大街的宽大宅院,成为杨度新的官邸。那座大院,有两扇朱漆大门,门上有铜环,门口有两只石狮,院子里有二三十个房间,杨度还拥有一辆豪华的深绿色小轿车,配有一匹高大的黑色洋马,俨然跻身帝国的特权阶层之列。

杨度既然进入了帝国的政治中枢,就应该利用他的地位推动立宪。袁世凯利用在颐和园的外务部公所召集会议的机会,"别有用心"地请杨度前来接受帝国官员们对于宪政的质询,实际上是给杨度一个讲坛,向官员们灌输宪政知识。开讲那天,帝国重臣云集颐和园涵远堂,似乎都不想错过与这个立宪鼓吹者短兵相接的机会。杨度就在台下王公大臣的闲聊声、嬉笑声和议论声中走上讲台。能够对朝中大臣们面对面阐述立宪的必要性和宪政的内容,与戊戌年比,已经是一个莫大的进步。一开场,杨度就毫无顾忌地"威胁"说:

"政府如不允开设民选议院,(本人)则不能为利禄羁縻,仍当出京运动各省人民专办要求开设民选议院之事,生死祸福皆所不计,即以此拿交法部,仍当主张到底!"[24]

宛如天国的颐和园,在帝国暮色中显得格外突兀。这里曾经是当年维新梦断的地方,然而,洁净的天空中,已经不见旧日岁月的一丝痕迹。此时,他试图在虚空中抓取到那些中断和消失的历史线索,将它们连接起来,把帝国改革的绚丽图景牢牢地维系住,让它不再像不切实际的艳遇,一阵风,就能把它刮到天边。

1908年4月30日北京的《盛京时报》就此专门发表社论:《论杨度以党魁入政府》,社论希望杨度"必能出其所学,以编成中国之完全宪法,而为实行立宪之预备"[25],表明立宪派人士对杨度的殷切希望。

三

辛亥年，在紫禁城里栖落的乌鸦格外的多，当它们成群地飞起的时候，紫禁城的长空就多了一层乌云。当大臣们从紫禁城的庭院里穿过的时候，乌鸦的影子，会从他们的绽亮的蓝缎官袍上划过。它们起飞时奋力拍打翅膀的声音，被宫墙聚拢着，形成一种森然的回响，就连角楼上的风铃，也发出不安的叮当声。

立春前后，北京下了一场薄雪，像一层薄纱，笼在紫禁城金黄色的飞檐与黑色的城墙上，使偌大的紫禁城显得有些空旷，像一个巨大的空白，等待填补。节气轮替之际，许多面孔从宫殿里消失了。大清王朝的最后三年，不再有李鸿章、刘坤一、荣禄、张之洞这等老臣的参与，而由于失去了慈禧、张之洞这些保护伞，作为"出头的椽子"，端方、袁世凯这些在晚清改革中最有才干的人物，也被相继排挤出朝廷。

1908年11月14、15两日，光绪帝和慈禧太后先后去世。11月22日的《纽约时报》以整版篇幅刊登对中国的报道《中国的新课题及其含义》，与文中配发的载沣画像不同的是，此时，大清帝国的掌权者，只有一群二三十岁的皇族后裔，脸上洁净无须。这些自幼生长于深宫，锦衣玉食，从未经历过血与火的历练，更不懂民生饥苦的帝国子孙，早已不复当年努尔哈赤的骁勇，更无多尔衮的谋略，除了恐惧与无奈，他们丝毫无力掌握帝国的政治走向。

大清银行兑换券五元样票票面上的头像，就是载沣。这个大清帝国的实际掌权人有两个字从不离口——"依例"。无论家事国事，他都习惯于"依例"而行。载沣的儿子溥仪后来回忆他："每逢立夏，他必'依例剪平头'，每逢立秋则'依例留分发'，此外还有依例换什么衣服，吃什么时鲜，等等。"[26] 甚至有病吃什么药，下人都不用请示，因为即使请示，载沣的回答也只有两个字："依例。"在国事上，他亦遵循旧制，"依例"行事，不越雷池半步。

载沣的七弟载涛后来则回忆说："他遇事优柔寡断，人都说他忠厚，实则忠厚即无用之名。他日常生活很有规律，内廷当差谨慎小心，这是他的长处。他做一个承平时代的王爵尚可，若仰仗他来主持国政，应付事变，则决难胜任。"[27]

载沣所"依"之"例"，就是慈禧太后的政治遗产，归结起来，就是九年立宪、大权独揽、削弱地方和排斥汉臣。实际上，慈禧的政治遗产，本身就是一个自相矛盾的混杂体，如果说求新求变是她的矛，那么紧握皇权不放就是她的盾，以子之矛，攻子之盾，不知她的矛锋利，还是她的盾坚固？这样的矛盾，"照例"

被载沣沿袭下来,所以面对变革,他态度复杂,立场变幻无常,这使他的政治生涯不可避免地成为一场悲剧。

然而此时,远在日本的梁启超,却对载沣充满了厚望。他甚至一厢情愿地把载沣想象成当年的"明主"光绪。他认为,载沣所做的一切,都在不动声色地完成他的权力布局,一旦这个过程结束,他就要开始阔步前进了。尤其载沣驱逐袁世凯的举动,更令梁启超感到快意。梁启超在致友人的信中称赞他"大有深意,其人深沉而有远略,所布置者颇多。现在不遽发者,徒以在大丧中虑失国体。大约百日服满后,必有异动。"[28]

不期而至的雪,毕竟给帝国北方萧瑟的荒野带来了湿润的气息。就在杨度成为四品官员三个月后,朝廷颁布了《各省咨议局章程》和《咨议局议员选举章程》,朝廷谕令限各省一年之内成立咨议局。从而启动了成立地方议会、开展地方自治的进程。而在国会方面,杨度受朝廷之命,撰写了《九年预备立宪清单》,公布了《钦定宪法大纲》,制定了一幅九年立宪的政治路线图,从法律准备、户籍调查、财政准备、教育普及、巡警建设到选举办法等,堪称周详细致。此时的杨度,已经成为朝廷"预备立宪"的事实主导者之一。

摄政王载沣以宣统皇帝的名义连续发布诏旨,一再重申"仍以宣统八年为限,理无反汗,期在必行。"立宪派所期盼的立宪事业，终于上了正式的轨道。

《各省咨议局章程》和《咨议局议员选举章程》，对选民资格、选举规则等做出细致的规定。在选民资格方面，必须具备章程中规定的以下几个条件之一：一、曾在本省地方办理学务或其他公益事务满三年者；二、具有中学以上毕业文凭者；三、有举贡生员以上出身者；四、曾任实缺文七品或者武五品官且未参加革命者；五、在本省有五千元以上的营业资本或不动产者。

根据这些条件，大清帝国四万万臣民中，只有一百七十万人成为选民。顾炎武说，天下兴亡，匹夫有责。然而，此时的大清，匹夫只有经过国家确认，才能真正承担起天下兴亡的责任。但无论怎样，这毕竟是中国历史第一次议员选举，从前的臣民，第一次拥有了选举权和被选举权，冰冻三尺的皇权政治，已经悄然融化。

选举规则规定，以财物利诱选举人，或选举人受财物之利诱，及居中周旋说合者，处六个月以下之监禁，或二百元以下之罚金，等等。

制度设计固然严密，但选举，毕竟是这块土地上亘古未有的新鲜事，对于很多地方督抚来说，好比大姑娘上轿头一遭，他们在接到宪政审查馆的咨文后茫然无措的心情可想而知，这些传统官僚根本就不知道选举为何物，出现各种怪现象，都应在意料之中。无论杨度,还是摄政王载沣,都从报纸上看到了被揭露的选举丑闻。长沙县居然有些选民投了天津著名歌妓杨翠喜的票,安徽英山县的选票大都是由乡绅和地保代写的,在初选当选者中,不乏不孚众望或有劣迹的人。然而,经过初选、复选两次筛选与检举揭发,选举的主流还是好的。从各省咨议局议长的名单来看,其中还是不乏地方精英的,比如江苏咨议局议长张謇、湖南咨议局议长谭延闿、湖北咨议局议长汤化龙、四川咨议局议长蒲殿俊等。一切都在向着杨度这些制度设计者希望的方向发展。至1909年10月14日,除新疆因条件所限准许缓办之外,全国二十一个行省均如期成立咨议局。安徽咨议局,甚至把"为人民谋幸福"六个字,当作自己的宗旨。莫理循在参观了山西和陕西两省的咨议局后,留下了良好的印象。他在致瓦·姬乐尔的信中由衷地写道:"我高度评价在太原府和西安府看到的省咨议局。那里的会开得斯文有礼,大有可为。""格外引人注目的是,代表们那样从容不迫地履行自己的职责,那样有秩序地讨论问题。"[29]《时报》第一、二版均以吉祥的红色印刷,称这一天"为我国人民获有参政权之第一日",并在第一版以整版篇幅刊登了"敬祝各省咨议局开局纪念"的宣传画。《申报》亦以红色印刷版面,并发表了热情洋溢的贺词。

各省咨议局的成立,对于国会的建立起到了助推器的作用,看到了立宪好处的改革支持者们开始无法忍耐漫长的九年立宪预备期,希望尽早成立国会,人们把九年立宪的期限怪罪在身为宪政编查馆主力的杨度身上,杨度有苦难言,急忙发表《布告宪政公会文》,试图进行解释。他一方面撇清自己,"九年之年限太长,向非鄙人所主张",至于预备立宪年表,"鄙人未尝参与一字,且于其时更申三年之说"。与此同时,他又为"九年立宪"不断辩护。他说,"平心而论,世界各国……凡以和平改革者,宪政必有年限,此各国通例";他说,以九年为期,虽然时间长了点,"上可以安皇室,下可以利人民,则朝廷既许立宪,迟早皆同……"[30]

此时,杨度果真像他在颐和园的外务部公所接受帝国官员们对于宪政的质询时所"威胁"的那样,"出京运动各省人民专办要求开设民选议院之事"。他首创了和平请愿活动,各地纷起响应。1907年9月25日,宪政讲习会选派沈钧儒等为代表赴京,将有一百余人签名的请愿书呈递都察院代奏。[31] 三个月后,杨度起草、他的老师王闿运改定了一份《湖南全体人民民选议院请愿书》,指出"国家者由人民集合而成","国家之强弱恒与人民之义务心为比例"[32],要求一二年内召集国会[33],于1908年3月10日呈送都察院代奏。

请愿者所希望的"一二年"转眼即逝,到1910年,请愿者仍络绎于途,为他们所期许的"一二年"期限而忙碌不止。这一年,以各省咨议局为中心,由立宪派领导,掀起国会请愿热潮,先后进行了四次。其中,在1910年10月,奉天的在京学生牛广生、赵振清分别从自己的腿上和胳膊上割下一块肉,涂抹在请愿书上,高呼"中国万岁!""代表诸君万岁!"才拭泪忍痛离开。[34]请愿者征集了两千五百万绅民的签名,与此同时,一个更富刺激性的口号迅速传遍北京:不开国会,"则人民不认一切新租税"。

十万火急之下,一封来自江苏、以张謇为起草人的电报,悄然扭转了这次请愿的方向。在张謇看来,无论再次请愿还是"拒纳租税",都可能激怒朝廷。而对话中止、朝野决裂的后果无疑是可怕的,甚至可能引发全国性的动乱。为此,在这封电报里,张謇首先谈道,"前次谕旨,既断再请之路",再次上书恐怕也无济于事;在这种情况下,不如利用行将开院的资政院,使"速开国会"成为资政院议案。

从这一天开始,"国会请愿"的主舞台,转移到了位于北京西城象来街的资政院大厦。

1909年圣诞节前夕,穷愁潦倒的阿道夫·希特勒把自己的最后一些冬服悉数典当,失魂落魄地进入了一个流浪汉收容所。但没过多久,希特勒在一位朋友的鼓动下,搬进一个廉价的单身汉公寓,靠自己的本事挣钱糊口。他每天待在房间里画他的明信片，由他的这位朋友去兜售。如果这位有画家和建筑师梦想的二十岁青年知道罗克格得到了来自大清帝国的一笔庞大订单，定然会升起无穷的羡慕——在这一年，德国建筑师罗克格应邀为其资政院大厦担任设计工作。罗克格为资政院作了一个非常庞大的设计方案，全部是德国文艺复兴式的。

十一年后，希特勒在慕尼黑的啤酒馆里发表他远大的建筑志向："建筑是一个国家权力和实力的重要象征，伟大的德国必须要有伟大的建筑与之相应。""我们拥有新的意识形态和对政治权力的不懈追求，我们必将创造我们自己的建筑史书。"[35] 1909年，大清帝国已经通过一座宏大的建筑来书写它对民主政治的决心。尼采说，"建筑是一种权力的雄辩术。"一座新型的建筑，象征着一种全新的意识形态，在皇城成片的木构建筑中，这座大厦看上去是那么突兀，在波澜起伏的屋顶间，像一艘孤独的船；但它以石头般坚硬的语言表达了它对永恒的期许。我们今天很难想象，1909年设计的大厦里，居然有电梯、取暖设备，以及电话、电报室等全套现代化设备。据《远东时报》披露，大厦的第一层议院大厅为八边形平面，可容纳一千五百五十人。由于工程浩大，设计任务繁重，当时有八名欧洲建筑师、五名中国建筑师协助罗克格进行设计。[36]

资政院，是大清国会的准备机构，朝廷考虑到"中国上下议院一时未能成立,亟宜设资政院以立议院基础",其目的在于培养锻炼议员的能力,为成立两院制的正式国会奠定基础,是一个过渡性的立法机构。

在帝国的军机处,奕劻与军机大臣毓朗也爆发了激烈的争吵,毓朗毫不客气地对奕劻说,只有速开国会才能挽救危局。这似乎触动了奕劻的软肋,他反唇相讥,"人民程度太浅,速开恐致召乱";而毓朗也毫不示弱:"国会不开,一切新政决办不下去"。两人吵得不可开交,"幸徐(世昌)军机从中调停,始不欢而罢"[37]。

几天后,这些帝国大臣之间的争论纷纷出现在报纸上,一时间舆论大哗,奕劻立即成为全国舆论的众矢之的;而在奕劻看来,这个不识大体的泄密者,无疑就是毓朗……

而载沣召见溥伦,商讨缩短立宪期限的内幕消息,也被《时报》披露。那天傍晚,载沣把溥伦召到紫禁城,问道:情势如此,期限不能不缩。缩短一年,可以吗?

溥伦说:不可。

载沣又问:缩短两年,可以吗?

溥伦说:不可。大抵至少非缩短三年,不足以满足天下人的愿望。

载沣沉默了,一句话也没有再说。[38]

1910 年 11 月 4 日，杨度上折请速开国会，立即起草宪法，作为讨价还价的结果，载沣当天发布上谕，将开设国会的时间，提前到宣统五年，即 1913 年，距离民众要求的 1911 年只差两年。

杨度上折十六天后，一位名叫列夫·托尔斯泰的、八十二岁高龄的俄罗斯老人在离家出走之后，孤独地躺在阿斯塔波沃火车站的长椅上，呼吸了他生命中最后一口空气，再也没有醒来。这位伟大而年迈的作家离家出走的原因，是家庭关系的恶化，而他与妻子发生冲突的原因之一，就是这位人道主义者决心放弃自己全部的私有财产和贵族特权。

托尔斯泰死前偶然读到一本从上海寄来的刊物，他感慨地说："假如我还年轻的话，那我一定要到中国去。"[39]

在托尔斯泰向往的那个国家，贵族们似乎什么也不想放弃。他们像爱慕虚荣却从不脚踏实地的妇人，把帝国内的清醒者们推向绝路。当梁启超得知"三年立宪"的消息时，他对载沣感到了彻底的失望。他说，"奔走呼号、哀哀请愿，至于再、至于三，旬日以来，举国士辍诵、农释耜，工商走于市，妇孺语于间，乃不期而仅得十月三日之治。"紧接着，在奉天、天津学生发生骚乱后，他又多少自我安慰地谈道，"定于宣统五年召开国会未足慰薄海溪苏之望，而宣统五年必有国会，万无反汗之理。"[40]

这一天，北京所有商号、居民和学校都接到了政府的指令，一律悬挂龙旗,装饰一新。大清门前高高搭起了彩棚;棋盘街中心及四周石栏,正阳门直到天桥的马路两旁,都挂上了红灯,灯上统一写着"庆祝国会"四字;商铺字号前龙旗招展;各学校放假三天,人们在晚上会聚在大清门前,开提灯会;连戏院也减价三天,共襄盛举。南方的《申报》却一针见血地指出:这种景象,"皆警厅与学部、民政部等官场授意所为"。

苏州繁华的玄妙观一带,欢庆场面甚至持续了三个昼夜。几天后,江苏的请愿代表回来了,在苏州码头,各界士绅、千万民众,以前所未有的盛大礼仪迎接他们,如同凯旋的英雄。

载沣一直执着地认为,立宪必须循序渐进,只有先把资政院办好,打下基础,才能决定召开国会的期限,因而对人民的请愿不以为然。此时,与各地的请愿活动相呼应,袁世凯的党羽开始散布这样的消息:袁世凯下野,系"因首倡立宪获咎"[41],罢免袁世凯是"实行排汉也,反对立宪也"[42]。人们于是把袁世凯的下野与1906年的"丙午改制"和1907年的"丁未政潮"联系起来。1906年,就在袁世凯与铁良当廷吵架的第二天,朝廷下诏宣布改革官制,将传统的六部改为具有现代政府职能的十一个部级机关,史称"丙午改制"。这是一次看上去进步实则倒退的权力再分配,它的结果当然有利于规则的制定者——汉族在政府高层机构中占据的职位不到三分之一,而1907年,又一轮政治波浪接踵而至——袁世凯和张之洞被任命为军机大臣,这种明升暗降的做法使两位汉族封疆大吏的权力进一步削弱,无数帝国的官员,在这晃动不定的波浪中艰难地求生,历史上用"丁未政潮"来铭记这段历史。

与此同时,袁世凯居住的彰德洹上村,已俨然成为帝国的另一个政治中心。1909 年"袁世凯五十一岁生日时,本来想闭门躲寿,可是京汉道上,车水马龙,往来送礼和致礼的人流不断,拜访袁世凯,成为向载沣抗议的一种方式。一年之隔,虽已为遭遣罪臣,可是仍风光无限"[43],连詹天佑在他主持的京张铁路完工后,也给袁世凯寄来所有的工程照片,因为在西方列强在中国建造铁路的热潮中,正是袁世凯任命他为中国筹款自造的第一条铁路——京张铁路的总工程师。在袁世凯隐居的两年八个月的时间里,前来拜访的人,有名姓可考者,竟至少有一百二三十人之多,其中有些人还不止一次到达过洹上村。袁世凯以不在的方式表明了他的存在。李鸿谷指出:"由此以观,袁世凯明面上所失是权,隐性所得却是人脉资源,换言,即他充分地获得了立宪一派'被选择权'。"[44]主持《袁世凯全集》编纂与整理的研究员骆宝善分析说:"罢官固然是仕途一大坎坷,但恰恰是他的这次闲居,坐养了民望。一旦武昌起义爆发,举国上下,各派政治力量,都把收拾局势的希望寄托在袁世凯身上,即所谓'非袁莫属'。如果不被放逐朝堂,而成为皇族内阁的汉臣权相,武昌起义发生后,至少不会被革命党人视作合作取代清室的理想对象。"[45]

一方面出于各地请愿的压力,另一方面为了击破袁世凯党羽的谣言,摄政王载沣再三申明朝廷立宪的目标坚定不移。

1910年9月23日,资政院宣布成立。本来资政院原定的办公地址在京城的贡院旧址,但由于废除了科举考试,贡院年久失修,以至于第一次开会不得不改在京师法律学堂进行。

10月3日上午,资政院举行开院典礼,原定的地址在北京的贡院旧址,但由于科举考试已废除多年,贡院年久失修,第一次会议的地点于是改在京师法律学堂。摄政王、军机大臣、大学士、各部院尚书等悉数到场。22日,议员讨论,罗杰第一个登台说:"国会速开一事为我国存亡问题。"中国历史上最后一名状元刘春霖也慷慨陈词,他的发言无数次被掌声打断。会议结束时,全场起立,掌声如雷,议员齐呼:"大清帝国万岁!""大清帝国皇帝陛下万岁!""大清帝国立宪政体万岁!"掌声持续了十余分钟之久。据当时凭票入场旁听的《民立报》记者报道:"此次资政院表决此案时,自王公以及民选议员全体赞成,三呼万岁,外人脱帽起敬,电告本国。"[46]

口号、掌声,犹如一种特殊的催眠术,让端坐在主席台中央的人对权力的永恒深信不疑。夏天刚刚到来的时候回到北京的英国《泰晤士报》记者莫理循,看到的是一片歌舞升平的"盛世"景象:"在北京,我发现这个城市正在变样。到处都在铺石子路,重要的宅第家家都点上了电灯,街道也用电灯照明,电话畅通,邮局每天投递八次信件。巡警们简直叫人赞扬不尽,这是一支待遇优厚、装备精良、纪律严明的队伍……"[47]

载沣的两个亲弟弟,禁卫军大臣载涛和筹办海军大臣载洵都是有名的立宪派。在见到资政院议案后,载涛公开表示,"国会早开一日,则中国早治一日。士民得参政权……中国之危局可于是挽回。"而二十四岁的载洵更加急不可耐,当时他正在访德的归国途中,在轮船上,他发来一封电报,说:"明年即开(国会)……再迟一二年后,恐吾国将无以自存。"

此时,距离大清帝国的覆亡,只有一步之遥了。诚如《剑桥中国晚清史》所说:"经过近十年的改良,北京已经陷入难以自拔的困境。它在1908年设法重新取得的主动权又从手中失掉了。……它的旧军队是虚弱的,而新军又不可靠。它的官僚机器中一批干练和献身效忠的人正在失势而让位于谨小慎微和腐化堕落的人。中国受过教育而最有才能的人都致力于新事业,把旧的一套留给最贪婪的人去干。"[48]在隆重热烈的会堂之外,帝国已经陷入痛苦不堪的两难境地:"政府的改革为地方官员培植地方势力提供了机会"[49],改革分权,将彻底拆除这个专制帝国的权力基础,使它陷入分崩离析;不改革,它将死得更难看。李鸿谷说,地方分权与中央集权的冲突,是传统中国的结构性关系之一,没有中央集权,国家难以积累资源与财富,后来无论孙中山继续革命,还是袁世凯复辟的集权化选择,都表明了这一点,但是,在立宪的狂潮中,大清帝国已再无集权的机会。[50]资政院一开,地方的离心倾向就显露无遗。选举制度破除了传统政治的非竞争性,议会政治挑战了专制统治的非公开性,组织政党克服了民众参政的非组织性,地方自治瓦解了集权体制下的非自主性。

1911年1月10日通过的、旨在开放党禁、显示民主的"赦免国事犯案"奏稿,将使孙中山这批帝国逆匪拥有合法身份,对于帝国来说更不啻为自杀行为。两天后,革命党的《民立报》对此评价说:"其举动颇能唤起人民爱国思想及人民对于中国将来之希望。"[51]

那些热烈的场面归根结蒂只是表象,它丝毫不能阻止不满情绪的潜滋暗长。恐惧,痛苦,失望,厌恶,愤怒,正在一股一股地汇集起来,变成一股要求改变现状的强大冲动。几乎所有的执政者都相信自己江山永固的神话,而对这种愤懑情绪的迅速蔓延不屑一顾。

四

国会终于如海市蜃楼般出现在人们面前，但没有人知道自己离它有多远。1911年1月18日，杨度从《天铎报》上读到了一篇惊世骇俗的文章，它的作者，名叫戴季陶。文章毫不客气地指出："将来之内阁，皇族内阁也。"

国会与责任内阁，本来是一个硬币的两面，杨度早就在《金铁主义说》中指明，国会是改造责任政府的唯一方法，也是立宪国家至为重要、唯一不可缺的机关。如果国家中没有国会这一机关，无论用什么方法，都不可能使政府成为责任政府。凡能称得上为君主立宪的国家，都必然是以国会和责任政府为国政的两大枢轴。国会的本质在于人民参政权，重要职权在于监督政府，纠弹政府失政，所以在君主立宪国家，国会和责任政府，如车之两轮，缺一不可。[52] 然而，在载沣收到的一份来自陈夔龙的电文中，它们却被一分为二了。陈夔龙是奕劻的干亲家，素以反对立宪著称，被称为"巧宦"。他与陕西巡抚恩寿、两江总督张人骏一起，被称为晚清政坛上的"三大旧"。这一次，他和恩寿不仅不反对立宪，反而破天荒地提议缩短三年期限，也就是宣统五年召开国会。而这与载沣和溥伦的奏对异常吻合。

但那只是铺垫，后面的文字才表明他们的真实用意，那就是内阁先行："责任内阁尤急于开国会之先"，如果先设内阁后开国会，"似较同时并进略有把握。若阁会并举，窃虞缓急无方，先后失序"，他们公开建议，宣统三年也就是1911年组成责任内阁，以便两年后的召开国会……[53]

出人意料的是，当这一议题进入军机处、政务处联席会议上时，大臣们"彼此研究良久，大抵语多骑墙，无一决断之词"[54]，甚至毓朗也表现出令人难以置信的沉默。几个小时后，它就成为军机处的决议。

辛亥年四月初十，1911年5月8日，清廷的政治体制改革终于迈出了关键的一步——在"丙午改制"中没能裁撤的军机处，这一次被从帝国的政坛上彻底删除，责任内阁取而代之，设外务、民政、度支、学、陆军、海军、法、农工商、邮传、理藩等十部。但这并非问题的关键，关键在于内阁的人员组成——内阁总共十三人中，满族占九人，其中皇族占七人，刚好超过半数，而汉族只有四人。当杨度看到内阁名单时，他被震惊了——一切都与戴季陶的预言如出一辙。

这是载沣所主导的大清帝国在由帝制向民权滑动过程中的一次突然刹车，它令所有在立宪风潮中习惯了原有速度的人都感到突然失重，而作为立宪设计师之一的杨度，更是感到一阵晕眩。"皇族内阁"的出笼，实际上是对"丙午改制"和"丁未政潮"的延续，它们体现了帝国执政者一个根深蒂固的观念：将汉族官员驱逐出帝国的政治舞台。"由曾国藩平定太平天国而形成的满汉权力集团的冲突，也终于让载沣引爆"[55]，从而验证了革命党的宣传口径，被孙中山"驱除鞑虏"的口号所鼓动的民族革命激情，立刻吞没了全国。就当时的满汉关系，著名学者金冲及指出："满族统治者和占人口绝大多数的汉族民众之间的矛盾重新突出出来。'非我族类，其心必异'之类的话，到处被引用着。许多人把清政府种种倒行逆施，包括它所以毫无顾惜地出卖国家和民众的权益，统统归结为'异族'统治的结果。"

立宪，无异于改变帝国的"产权"性质，将《诗经·小雅》中所说"普天之下，莫非王土；率土之滨，莫非王臣"，变为"民有，民治，民享"——然而，"帝国"一词，已经充分表明了皇帝一人对国家的所有权和使用权，摄政王的两个弟弟——二十五岁的载洵和二十四岁的载涛，担任海军大臣和军咨府大臣，帝国的海陆两军，分别掌握在两个涉世未深的年轻人手中，其中，载洵以父亲奕譞办过海军、"子承父业"为由，向兄长载涛逼要筹办海军大臣的职位。而这两位年轻的皇亲国戚，在他们各自的岗位上都表现出难以置信的幼稚。美国驻华公使嘉乐恒认为，载洵不仅腐化，而且对海军事务茫然无知，"美国维克尔和马克西姆造船厂仅仅通过施放一组能在空中展示载洵身穿军礼服形象的焰火,就赢得了订单。"[56]然而,肥水不流外人田,任人唯亲,在皇家政治中成为一项理直气壮的选择,政治生活的一切内容,都必须围绕血缘展开。而立宪,不仅与帝国的所有权性质产生严重冲突,而且,也是这个制度僵死化、思维格式化的国度所难以完成的事业。嗜权的基础,是拥有驾驭权力的能力,而在当时的帝国内部,无法产生一个能将这个古老帝国带入现代社会的强力政治家。早在1909年,即摄政王载沣主政一年之后,曾经对帝国政权持乐观态度的英国《泰晤士报》就改变了论调,认为:"年轻而无经验的满洲贵族以权谋私,狭隘冲动,摄政王缺乏坚定的性格和政治才华,隆裕太后则忙于享受新地位带来的尊荣与享受。""这个古老帝国的命运已经处于前所未有的危险之中。"[57]巴林顿摩尔认为,晚清的最终垮台,并非某个人的过错,而是缘于一种"制度性危机",其深刻的矛盾在于晚清现代化的宏大目标与推进者本身利益与职能的有限性之间。[58]对于帝国来说,也就是说,大清帝国的改革,本身就是一个悖论。帝国的现实处境,使它不改革难以图存,而改革,则必然触及当权者的利益,帝国的统治者有心改革,又不想触及自身的利益。他们的改革一出生就是一个怪胎,一种"看上去很美"的幻象,一定会无疾而终。

政治运作的核心在于利益分配,作为这场轰轰烈烈的政治改革的掌舵者，摄政王载沣过于看重皇族自身的利益，直言不讳地重申了权力的私家性质——即中国传统政治价值观中的家国观念，坚持不与人分羹——如英国《泰晤士报》所说，"这个'皇族内阁'，不过是军机处的一个化名而已"，它将渴望分权的地方和民众拒之门外，这种在传统政权思维（"朕即国家"）下进行的利益分配，完全违背了立宪精神，也必将无法见容于被剥夺了权力的地方和民众。"皇族内阁"的出笼，给正向深渊中滑落的帝国又加了一把力，立宪被断送，民意被玩弄，社会激变已如箭上之弦。《时报》说："一般稍有知识者，无不伤心绝望于政府。"然而，各省咨议局的领导者们还是忍住了心中的怒火，做出了最后一次妥协。他们以咨议局联合会的名义呈请都察院，代奏帝国最高统治者，他们可以承认这个"皇族内阁"，但绝不可由皇族担任内阁总理。他们画出了自己的最后底线，也表明了人民对于统治者权力欲的最大容忍度。这份呈文完全是站在皇族的立场上，痛切之至。他们指出皇族们能放弃一点点利益，以换取更大的利益，那就是帝国的长治久安。可惜帝国的统治者并不打算接受他们的好意。隆裕担心的是"民权膨胀压伏君权"，于是对载沣说："总理一席不必论皇族非皇族。"[59] 她的意思是，这是她自家的事，无须别人说三道四。立宪派的最后希望破灭了，除了与这个不识时务的王朝分道扬镳，他们已别无选择。曾被上海商务总会推为赴京请愿代表的沈缦云感叹道，"釜水将沸，游鱼未知"，认定"舍革命无他法"，索性经于右任等人的介绍加入同盟会。他们反了，反得完全彻底，反得无牵无挂。《剑桥中国晚清史》指出："清政府所持的拒不妥协的态度正在把各地立宪派团结起来。它们虽然不能领导革命，但差不多都能马上准备接受革命。"[60]

如果摄政王载沣是一个优秀的政治家，他一定会对社会的反弹有预案。但他除了武断，什么都没有。张謇急赴上海，与赵凤昌、汤寿潜等人给摄政王写了一封联名信，嘱咐他千万不要以国家为赌注。[61]《剑桥中国晚清史》说："在改良派领袖人士中，只有江苏省的张謇还没有转变原来的立场。但当革命一旦爆发，他在促使清王朝覆灭这方面将起极为重要的作用。"[62] 主张君主立宪的梁启超已对帝国黯淡的前景心知肚明，他痛心疾首地说，"宣统五年"将成为一个永远不会到来的年号。

尽管被任命为新内阁的统计局局长，但杨度倾注多年心血的立宪之梦，已经在这一天化为乌有，历史的最后机会，已经被载沣和他的支持者挥霍殆尽。宪政的外表，无法掩盖这一"皇族内阁"的专制本质，甚至，披着民主外衣的专制，比赤裸裸的专制更令人不齿。

在北京内城东隅古观象台西北，贡院的旧址变成了帝国国会大厦的施工工地。所谓永恒只是一个神话，没有人见到过它在现实中的样子。它还没有出生就已经死亡。它是一团空气，在永远不会长高的工地上，飘荡、徘徊。

辛亥年的初春，革命党也被一种近乎绝望的情绪笼罩着，看不到希望。黄兴在春天里精心策动的广州起义失败后，意气颓丧的他说："同盟会无事可为矣，今后再不问党事，惟当尽个人天职，报死者于地下耳。"谭人凤也表示："决志归家，不愿再问党事也。"心灰意冷之中，他写下这样一首词：

一片红血如冰冷，
鸟飞天外任往还。
团体四散，
心胆两寒，
三分两地散，
势孤单。[65]

早春里那场薄薄的雪，还没有来得及滋润帝国冻结的土地，就融化、消失了。

十八年后的1929年秋天，在白色恐怖最严重的历史氛围下，1922年加入国民党的杨度又做出一个惊人的决定：申请加入中国共产党,在经过潘汉年介绍,周恩来批准之后,成为中共秘密党员,与周恩来单线联系。曾有人讥讽杨度是投机分子,最会看政治行情,杨度反驳说:"方今白色恐怖,云何投机?"

杨度晚年根据孙中山的建议,准备撰写《中国通史》,做了许多准备,并写好了大纲,然岁不与人,1931年在上海租界因病去世。他的党员身份鲜有人知,直到1975年冬天,病危中的周恩来在和王冶秋谈话时说,在重新修订《辞海》时,对中国近代历史人物的评价要客观公正。他特别提到了杨度晚年参加共产党一事:"他晚年参加了党,是我领导的,直到他死。"[64]

朝廷宣布"皇族内阁"的那一晚,杨度或许会想起孙中山当年在东京对他说的话:"与清政府谈改革,无异于与虎谋皮。"朝廷以它犯下的巨大错误证明了革命的正确;从这个意义上说,朝廷是革命事业的最大支持者。

北京颐和园十七孔桥　20 世纪初

孙中山和他的同志们　20 世纪初

第三章 | 春 雪 | 143

清廷地方官员合影　20世纪初

奕劻

第三章 春雪 145

骑马的官员 20世纪初

骑马的官员 20世纪初

地方士绅　William Hervie Dobson 摄　20 世纪初

清朝官员 清末

广西桂林公立学堂运动会,会场主席台横额上有"立宪万岁"四个大字 1905年

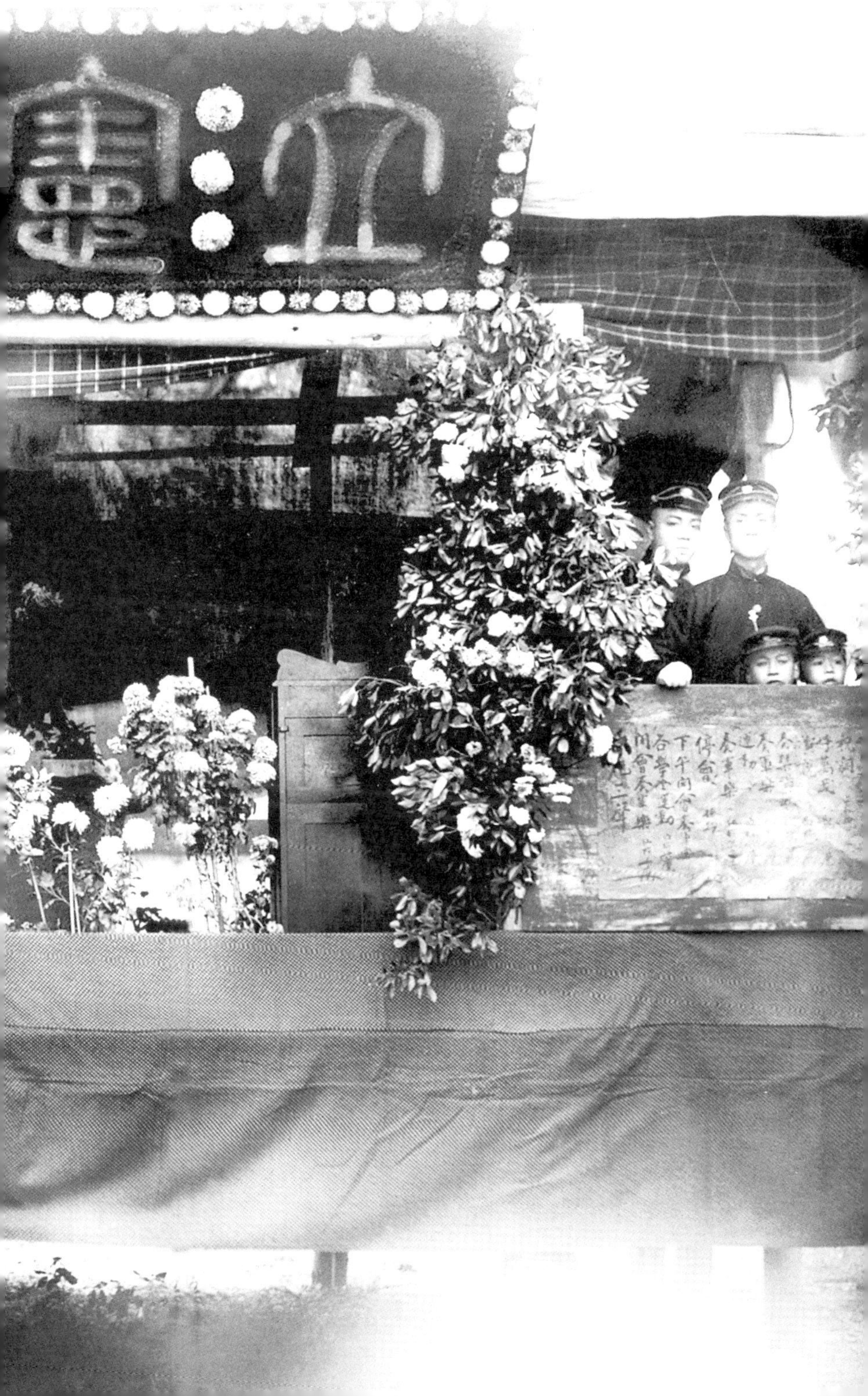

摄政王载沣　20世纪初

溥伦　20世纪初

海军大臣载洵访美,受到美方隆重接待。美国总统塔夫脱亲自接见载洵一行,并在国会年度咨文中,将载洵访美列入该年度美国与东亚国家的重要外交活动。图为载洵与美国接待官员合影 1910年

访美时的载洵

第四章 标靶

深邃的枪口,闪烁着烤蓝的微光,没有任何事物,比枪更能唤起一个男人的野心。

一

4月底,那场在东北的白山黑水间肆虐的"肺鼠疫"已经被全部消灭。不可思议的是,在这场生死大战中,这个摇摇欲坠的帝国表现出空前的冷静和组织力。在东三省总督锡良的支持下,伍连德成为医生、警察、军队,甚至地方官吏的总指挥。在伍连德的统一指挥下,灾情最重的傅家甸被分为四个区,每区由一名医药大员主持,配有两名助理、四个医学生和为数众多的卫生夫役与警察。每天,各区派出四十多支搜查队,挨家挨户地检查疫情。一旦发现有人感染鼠疫,立即送往防疫医院,他们的房子用生硫黄和石炭酸消毒。

英国《泰晤士报》记者莫理循拍摄的这些照片记录了帝国的防疫机构与鼠疫搏斗的过程。这是搜索队在待命出发。这是消毒车准备出发。这是雷医生和他的第一区办公室职员在临时医院门前的合影。这是时疫病院,左边是内科古医生,中立者是查秘书,负责接种疫苗,右边是布博士。这是第二区内的防疫人员,他们个个表情紧张,严阵以待。

为了成功地执行分区防疫计划,朝廷从长春专门调来了由一千一百六十名士兵组成的步兵团。他们被安置在城外一家空旷的俄国面粉厂里,任务是对疫区进行交通管制。政府规定,傅家甸内居民出行必须在左臂佩戴证章,根据各区不同,证章分别以白、红、黄、蓝四种颜色标记。居民在佩戴上证章之后,他们的行动范围就被控制在本区内,要去别的区域,必须申请特别通行证。就连区内的军人们也必须严格遵守这一规定。严格的警戒,使得"任何人偷越封锁线几乎都是不可能的"。

最大的挑战来自对尸体的处置。即使在哈尔滨严寒的气温下,鼠疫病菌也能存活三个月。在这种情况下,对尸体进行火葬是唯一的办法,而这,却是对帝国臣民的传统观念的莫大挑战。终于,在伍连德和当地开明人士的共同努力下,外务部终于发来了火葬的批准电报。这是莫理循拍摄的处理尸体的镜头。这是在对死者进行火葬。这是第二区在焚烧被遗骸污染的尸布。这是中国历史上的第一次火葬。伍连德后来回忆说,目睹亲人遗体化为灰烬,两万名傅家甸市民面无表情,"呆呆出神"。

4月里在奉天(沈阳)召开的国际鼠疫大会上,有人总结:"在新的防疫机制建立之前的那个月,死亡人口总数为三千四百一十三人,在新的防疫机制建立的时候,几乎每天死亡两百人,但在三十天后,死亡记录为零。"[1] 2011 年,哈尔滨一位名叫迟子建的作家写下一部长篇小说《白雪乌鸦》,来纪念她所生活的城市在一百年前经历的劫难和拯救它的英雄。

对于这个末日帝国来说,这是一个奇迹,一个由出手果断的伍连德、"一代能吏"锡良、医生、志愿者,甚至外国人像零件一样精准地咬合而共同创造的奇迹,然而,这却是这个虚弱的帝国所能容纳的最大奇迹,它只能在局部发生。对于整个国家,不会再有一个伍连德式的强人力挽狂澜。

二

辛亥年农历八月初,人到中年、身体已经发福的黎元洪接到命令,带领他的暂编第二十一混成协从江苏江阴出发,一路向北行进,目的地是距离北京不远的直隶省永平县的滦州。与溽热难挨的南方不同,此时,帝国的北方已经透出几分秋凉的意味。黎元洪在这里发现,帝国新军统一的黑色军装,已经汇成一股黏稠的黑色河流,一股一股地吞没了北方干燥的土地。黑色的河流上,一支支雪亮的枪管熠熠发光,在阳光下整齐地移动。

这里只发生了一场联合军事演习,时称"滦州秋操"。参加演习的，全部是帝国南北新军的精锐部队。没过多久，其中一些士兵就会调转枪口，向帝国射出致命的子弹。那时的黎元洪没有想到，起义士兵会把冰凉的刀刃抵在他肥硕的脖子上，逼迫他成为革命领袖，砍头的命令下达了，他闭上眼睛，漆黑中，他看到一片金星闪烁。

从来没有这么多的枪汇集在一起。滦州让黎元洪开了眼界。他知道袁世凯在操练北方新军的时候，由外国购进了大量的先进武器。北方新军的炮兵一律装备的是德国克虏伯厂生产的五十七厘米过山炮和七生特半陆路炮等，步兵则一律装备奥地利制造的曼利夏步枪，骑兵则是清一色的曼利夏马枪和马刀，军官一律佩带六响左轮手枪和佩刀[2]。总之，与大都使用着"汉阳造"这一国产仿制品的南方新军比起来，无论装备还是战斗力，袁世凯编练的这支军队都令人刮目相看。

与黎元洪的目光比起来，此时另一个人的目光似乎更加重要，他就是军咨大臣载涛。载涛是道光皇帝的孙子、醇亲王奕𫍽的第七个儿子、光绪皇帝载湉和摄政王载沣的弟弟，几个月前，他刚刚度过自己二十四岁的生日。此时的载涛，早已不是"河间秋操"时那个不起眼的十八岁青年，而是帝国军事力量的最高指挥者之一。大清帝国最高军事参谋机关——军咨府位于北京西安门内，办公大楼平面为"T"字形，楼高二层，大厅中间有四根方柱，上为圆券，外墙用花岗石和青石饰面，具有欧洲古典主义建筑风格。载涛，就是它的两位主人之一——军咨府设有两位军咨大臣，一位是载涛，另一位是同为皇族子弟的毓朗。当年轻的载涛在滦州立马横刀，总监两军，毓朗则留守京师，以备不测。

新军的兵力以汉族士兵为主。这些质朴的农民子弟不会想到，自己已经无意中闯进了中国历史的关键点。与他们结实的身体相比，满族人的血性在他们后代的身上已经消失，龙种变成跳蚤，这个游牧民族剽悍的生命力急剧枯萎。更多的人沉迷于鸦片造成的幻象，而对迫在眉睫的灾变无能为力。但载涛心有不甘，他不相信大清的基业会在他们这一代人手里终结。

梁启超后来在给徐君勉的一封信中这样评价载涛："两年以来，朝贵中与吾党共事者惟涛、洵[3]两人而已，而洵实无用，可用者惟有一涛。"[4] 载涛爱马，更爱枪。深邃的枪口，散发着烤蓝的微光，没有任何事物，比枪更能唤起一个男人的野心。与马比起来，子弹无疑有着更快的速度和更大的杀伤力，更重要的是，在枪与权力之间，存在着某种无言的默契。载涛喜欢射击，而且有着精准的枪法。一年前，以载涛为首的陆军考察团和以海军大臣六贝勒载洵为首的海军考察团赴美访问，著名的西点军校，被载涛列为最重要的目的地。1910年4月17日，载涛一行抵达美国纽约，美国军方举行正式欢迎仪式，鸣枪二十一响，然后由舒勒上校（Col. Schuyler）陪同前往旧金山。4月28日，载涛一行抵达华盛顿，并于当晚参加了美国第二十七届总统威廉·塔夫特在白宫举行的欢迎宴会。

西点军校是美国军事学院（The United States Military Academy at West Point）的简称，是美国第一所军事学校，建立于美国独立之初的1802年，许多美军名将如格兰特、罗伯特·李、艾森豪威尔、巴顿、麦克阿瑟、布莱德利等均从该校毕业。位于哈德逊河西岸纽约州的西点，距离纽约市约八十公里。5月2日上午九点三十分，考察团乘专列离开纽约，一个多小时后，火车到达西点车站。载涛穿一件蓝色丝质长衫，头戴黑色瓜皮帽，李鸿章的小儿子李经迈也一副中式打扮。西点军校总监斯科特上校及其副官查尔斯上尉身着笔挺的军装在车站迎接，由盖·亨利上尉属下第十骑兵队的一组黑人士兵担任护卫。

考察团对西点军校兴趣浓厚，希望能够全面了解，美方也表示不会让载涛一行失望。他们首先参观了旧兵营，南北战争对垒双方的将军——深受林肯倚重、后任美国第十八任总统的格兰特将军和南方邦联的总司令李将军都曾在那里居住过。载涛从一个走廊转到另一个走廊，几乎每个房间都进去看看。据《纽约时报》报道哈汉章将军对美军的军容赞不绝口。

载涛一行还观看了骑兵学员的马术表演。表演结束后他向斯科特上校表示这是他一生中最快乐的一天，还表示希望在中国也建立一所这样的军校。当时美国军人询问载涛，脑后拖着长辫，如何能够战斗？载涛当即回答他，要征求兄长（载沣）的意见，也许回国后就会剪掉辫子。果然载涛回国后不久就在贵胄学堂推行剪辫子，这所由帝国的骨血聚集的军校，居然在帝国的内部引领了剪辫的潮流。

除了载涛考察团外，大清帝国巡洋舰也开始对西方进行访问。1911年6月22日，帝国巡洋舰"海圻号"抵达英国，参加英国国王乔治五世加冕庆典，以及24日举行的海上多国舰队校阅仪式。

1911年6月26日，完成赴英庆贺英王加冕大典外交使命的"海圻"舰，自朴次茅斯港外锚地启航，经过两个星期的连续航行，抵达纽约。中国军舰首次出访美国本土，在全美上下引起了强烈反响。这是中国军人第一次在美国国土上武装行进。

在滦州，那些密集的枪口重塑了人们对于这个虚弱帝国的印象，它们掩盖了帝国的顽症，使它至少在此刻颇显强大。辛亥年七月二十四日（1911年9月16日）星期六上午，载涛二十四岁生日三个多月后，北京德胜门外，军歌嘹亮，战旗在秋风中飘扬，在载涛的亲自指挥下，全体禁卫军官兵整齐列队，接受摄政王载沣的检阅。当载沣出现在校场时，军乐"崇戎谱"响起，全军均按阅兵式队形举枪致敬，林立的枪管在秋天的阳光下形成一排整齐的平行线，似乎在表明帝国军队的坚不可摧。戴着雪白的手套、手持指挥刀的载沣，脸上露出骄傲的笑容。

三

10月，奥地利工人事故保险公司的二十八岁职员弗兰茨·卡夫卡陷入一种莫名的不安中。他在日记里这样描述他的不安："我什么事情都干不出来，因为我没有时间，而我心里却是那样紧迫。要是整天自由自在，以及这个早晨在我心中的不安要是能延伸至中午，直到晚上能精疲力竭的话，然后我就能睡觉了。但对于这种不安来说，最多只在朦胧的黄昏停留一个小时，这一个小时变得有些浓烈起来，后来又变得压抑起来，最终又为我无益而有害地打开夜色。我会长时间地忍受它吗？而且，忍受它有没有一个目的呢，我究竟会不会得到时间呢？"[5]

在遥远的东方，大清帝国的皇族后裔们并没有赢得他们的时间。德胜门阅兵仅仅二十多天后，由枪杆子许下的有关帝国永恒的诺言就被打破了。一支枪在遥远的武昌向帝国的权威率先发出挑战，更多的枪杆子紧随其后，争先恐后地向帝国不朽的神话发出致命的咒语。

那是一支普普通通的"汉阳造"。如果说北方新军配备的曼利夏步枪是武器中的贵族,那么南方新军普遍使用的"汉阳造"则是地地道道的平民,因为曼利夏步枪是原装的进口货,而"汉阳造"则是仿制品。"汉阳造"是汉阳兵工厂 1904 年仿照德国 88 式连珠十响毛瑟枪制成的,此枪重约七斤半,口径小,性能优良,坚固耐用,一度被帝国定为制式步枪,19 世纪末在汉阳兵工厂和江南制造总局大量生产,到 1944 年停产时,总产量已达一百万支以上,汉阳兵工厂生产的这种枪,因此被俗称为"汉阳造"。帝国新军已经建成的十四镇,湖北只有一镇一混成协,兵力总计一万六千人左右,配备的轻武器全部是"汉阳造"。从 1896 年开始,"汉阳造"已经落后,但仍在中国军队中服役了七十余载,十六年后的"八一南昌起义",也是"汉阳造"打响了第一枪,它可以被视为中国军事近代化的元老级武器,只是它的发展历程,体现了中国武器装备的落后与无奈。

辛亥年农历八月十九日(1911 年 10 月 10 日)晚,湖北武昌,正是一支普通的"汉阳造"步枪,射出了一颗影响历史的子弹。起义前一天,文学社领导人蒋翊武就下达了起义命令,与此同时,听到风声的帝国军警展开搜捕,刘复基、彭楚藩、杨宏胜等三位领导人在革命前的晨曦中被害于督署东辕门,三十多名革命党人陆续被捕。这天晚上,起义军枕戈待旦,帝国军警大肆搜捕,工程营士兵程定国在情急中发现他们的意图，排长陶启胜射出的一枪，使等待起义信号的各营士兵立刻沸腾起来，在没有统一指挥的情况下，冲向各枪械所、炮台和制高点。

在今天的眼光看来，这是一场低烈度的革命，以至于历史学家们常用偶然性来形容这次革命，武昌起义的成功，即使在有心栽花的同盟会领袖看来，也颇有无心插柳之感，如孙中山所说："成功之速，出人意料之外。"[6]德国哲学家赫尔德在描述大清帝国时说："这个帝国是一具木乃伊，它周身涂有防腐香料，描画有象形文字，并且以丝绸包裹起来；它体内血液循环已经停止，犹如冬眠的动物一般。"[7]或许，要撬动这一庞大沉重的躯体，只需要轻微的力量就足够了，关键是要有一个合适的支点。

"楚虽三户，亡秦必楚。"这个支点，正是出现在距离帝都北京一千二百公里外的武汉。辛亥年，京汉铁路已经在五年前建成，使号称"九省通衢"的武汉更加名副其实。武汉处于全国的中心位置，与长沙、郑州、洛阳、南昌、九江、合肥、南京等大中城市相距七百公里以内，与北京、天津、上海、广州、重庆、西安等特大城市均相距在一千二百公里左右。到清末，武汉已经成为水陆交通的枢纽，超过广州、天津等城市，成为仅次于上海的全国第二大工商业城市。铁路与江运的交织，带来的不仅是物质的繁盛，还有思想文化的交融。与传统忠君观念浓厚的北洋新军不同，湖北新军中的士兵，多为破产农民子弟和城镇小资产阶级子弟，许多中级军官，更是留日士官生出身。《革命军》《猛回头》《警世钟》等革命书籍，早已是湖北新军中的流行读物，而"文学社""共进会"这样自发的革命组织，无疑对革命起到催化剂的作用。在军队中排斥以袁世凯为首的汉族军官势力的载涛忽略了一点，那就是这些留日的士官生，与海外革命激进团体的关系越来越近。《剑桥中国晚清史》说："在几支新军中，百分之七十的士兵属于革命组织，其他的新军中有许多同情者和骑墙派，但反革命士兵则少而又少。"[8] 与自上而下的朝廷立宪相对称，在湖北，革命在沿着自下而上的线路进展。在留驻武昌的八千新军中，明确反对革命的，只有一千人。当训练有素的帝国正规军成为革命主体，其冲击力当然是由不谙军事的留日学生所承担的历次起义所无法比拟的。张继煦后来说：

> 辛亥革命曷为成功于武昌乎？论者以武昌地处上游，控扼九省，地处形胜，故一举而全国响应。斯固然矣。抑知武汉所以成为重镇，实公（指张之洞）二十年缔造之力也。其时工厂林立，江汉殷振，一隅之地，足以耸动中外

之视听。有官钱局、铸币厂，控制全省之金融，则起事不虞军用之缺乏。有枪炮厂可供战事之源源供给。成立新军，多富于知识思维，能了解革命之旨趣。而领导革命者，又多素所培植之学生也。精神上、物质上皆比较彼时他省为优。以是之故，能成大功。虽为公所不及料，而事机凑泊，种豆得瓜。[9]

张继煦这段话所提到的那个缔造者，就是两年前过世的抱冰老人张之洞。1909年，张之洞在袁世凯离京返乡前见过袁世凯之后，就再也没能与袁见面，更不会想到，自己编练的这支南方新军在武昌的枪声中成为革命的主力。张之洞的幕僚辜鸿铭后来说："民国成立，系孙中山与张香涛的合作。"[10] 对于辜鸿铭的戏谑，孙中山心领神会，1912年，孙中山应黎元洪之邀到达武汉，游览张之洞的祠宇奥略楼时，不无幽默地说："以南皮造成楚材，颠覆满祚，可谓为不言革命之大革命家。"[11] 张香涛、南皮，指的都是张之洞。

参加过"滦州秋操"的新军暂编第二十一混成协协统黎元洪是在黄陂司令部里得知武昌起义的消息的。在司令部里，他一刀捅穿了被俘的起义士兵周荣棠的身体。因为黎元洪后来被推举为革命领袖，周荣棠的死，很少有人提及。午夜时分，革命军在蛇山上架起了大炮，猛轰黎元洪的司令部。此时，湖广总督瑞澂早已在第一时间挖开督府衙门的院墙逃到江中的"楚豫号"军舰上。黎元洪也决计要走，不过他的目标不是长江上的军舰，而是自己的参谋刘文吉的家中，只是他没有瑞澂幸运，他的逃亡之路被几名工程营士兵斩断。身穿青呢马褂、灰色呢长夹袍，头戴瓜皮小帽，一脸愁容的黎元洪就这样被送往楚望台。楚望台上，士兵列队整齐，见黎元洪到达，他们手里的"汉阳造"突然向空中鸣枪。黎元洪的脸色瞬间变得煞白，他以为那是革命军的行刑队。抵在脖子上的刀刃以它锋利的语言表明了它的态度：他们需要这个俘虏成为他们的领袖。然而，即使刀刃压在脖子上，黎元洪也不会相信来自武昌的这个小规模起义会断送帝国的前程。他相信这次起义会像革命党以往的所有起义一样无疾而终，所以，直到最后一秒钟，他才勉强接受了刀刃的要求——他被这一天成立的湖北军政府推举为大都督。不是出于对革命事业的信心，而是出于最后一刻的胆怯。不久，武汉的市民就看到了以"中华民国政府鄂都督黎"的名义张贴的布告。

武汉的枪声，以不同的方式传向全国。辛亥年农历八月二十一日（1911年10月12日），京戏名伶梅兰芳在北京煤市街南口文明茶园演出的时候，觉得当天的气氛有些异样，台下的观众，不再像往常一样目不转睛地盯着舞台，而是手持报纸，相互传看，交头接耳，议论纷纷，似乎精美的戏文，已经引不起他们丝毫的兴趣。

台上的梅兰芳并不知道，在千里之外的武昌，一场气势磅礴的大戏刚刚拉开帷幕。

几位京师译书馆的朋友到后台，告诉他这几天发生了什么：湖北新军发动兵变，武昌被革命党占领了。言简斋还对梅兰芳说："此地不是讲话之所，回头到饭馆里再谈。"

那天散戏后，他们穿越长长的胡同，到煤市街北口的致美斋小酌。几位朋友把当天的《政治官报》拿给梅兰芳，上面登着八月二十一日清廷关于镇压武昌起义的"上谕"。

梅兰芳放下报纸，对友人们说："这件事情可不小，结果如何，且听下回分解。"[12]

大家表示，以后有何消息，彼此要特别留意，互相转告。[13]

力主君主立宪的梁启超在日本听到武昌起义的消息，几日后在给友人的信中写道："天祸中国，糜烂遂至今日，夫复何言。"[14]

时任"皇族内阁"统计局局长的杨度，在北京得知武昌起义的消息后，立刻收拾行装，前往河南彰德，他的第一愿望是尽快见到袁世凯。

十八岁的吴宓在清华学堂新学期开学上课不久就听到了武

昌起义的消息。作为满族人大本营的北京陷入一片动荡中。他的日记中记道:"清华人心惶惶,学生'请假'离校,随其家人出京南归者日多。"[15]

凤凰出生的作家沈从文后来在《从文自传》中记录了辛亥革命的一幕。那时,他"一有机会就常常到城头上去看对河杀头,……与其他人比眼力,一二三四屈指计数那一片死尸的数目……"[16]没有人分得清,被杀的是革命党人还是普通百姓。直到1912年3月,凤凰的革命才宣告成功,"各处悬上白旗,写个'汉'字,算是对革命军投了降"。[17]

正在绍兴家里抄古书的鲁迅为枪声而兴奋,迅速组织人力,欢迎革命军进城。此前,在越社(即南社的绍兴分社)的一次大会上,鲁迅已经被公推为主席。鲁迅当即提议了若干临时办法,如组织演讲团、成立人民武装等。他每句话将完未完时,就有一个坐在前排头皮精光的人,弯着腰,将站未站地说一句:"鄙人赞成!"又弯着腰坐下去。鲁迅说了几句,那人就站了几次,像两个人的双簧。这是《略谈关于鲁迅的事情》一文中的一个细节,被周作人照抄在《知堂回想录》里。那篇文章说,那个人,就是后来鲁迅文章里曾经说起的孙德卿。

鲁迅率队,一共去欢迎了两次。第一次扑空了,没有等到革命军来:"晚饭后大家兴高采烈的走到西郭门外。到了黄昏,不见什么动静，到了二更三更，还是不见军队开到。学生穿的操衣很是单薄，夜深人静时觉得很寒冷，于是只好敲开育婴堂的门，到里面去休息，叫起茶房，贴还些柴钱，叫他们烧茶来喝。"[18] 第二次，鲁迅带着欢迎的人们在绍兴东门列队迎接，天黑时，听见远处响起枪声，没过多久，就看见几只白篷船开过来，曾经率军攻进杭州城的革命党人王金发离船上岸，士兵们穿着蓝色的军服，草鞋，打着裹腿，拿着崭新的枪，跟在他的身后向城内进发。

"这时候是应该睡的时候了，但人民都极兴奋，路旁密密的站着看，比看会还热闹，中间只留着一条狭狭的路，让队伍过去，没有街灯的地方，人民都拿着灯，有的是桅杆灯，有的是方形玻璃灯，有的是纸灯笼，也有照着火把的。小孩也有，和尚也有，在路旁站着看。经过教堂相近的地方，还有传道师，拿着灯，一手拿着白旗，上写'欢迎'字样。兵士身体都不甚高大，脸上多数像饱经风霜的样子，一路过去，整齐，快捷。后面跟的人，走的慢一点的便跟不上。不久到了指定驻扎的地方，去接的人们有跟了进去，也有站住在门外面，大家都高叫着革命胜利和中国万岁等口号，情绪热烈，紧张。不久就有人来叫让路，一班人把酒和肉等挑进去，是慰劳兵士去的，外面的人们也就渐渐的散去了。"[19]

周作人在《知堂回想录》中抄了这长长的一段，一方面是它提供了浙江革命军进入绍兴，以及鲁迅在那个晚上欢迎革命军的详细过程，另一方面，是因为周作人在这一天依旧抄他的古书，而没有跟随鲁迅到达现场："辛亥秋天我回到绍兴，一直躲在家里，虽是遇着革命这样的大事件，也没有出去看过"[20]，以至于半个多世纪后，当他在北京回忆故乡辛亥年的一幕时，只能转引别人的记录。他相信革命成果来得太容易了，也就潜伏着危机，世界上绝没有这样速成的革命。

时为中学生的梁漱溟从革命报纸《民立报》上获知了这条新闻，那时，他已是革命组织"京津同盟会"的秘密成员。

10月12日，正在从美国西海岸乘火车前往中、东部向华侨募捐旅途的孙中山，在科罗拉多州丹佛城的报纸上读到了武昌起义的消息。此前，他曾劝湖北同志不要妄动，原因是武汉为四战之地，即使起义成功，也容易遭到四面围攻，无法坚持，所以起义的消息，令他大为意外。

10月13日，武昌起义后开出的第一条船抵达长沙，把武昌起义的消息带到长沙。与吴宓同龄的毛泽东就在此时得知了消息，决定从军参与革命，他"听说汉口非常潮湿，必须穿雨鞋"，22日，毛泽东出城，"向驻扎城外的一个军队朋友去借"，就在这一天，驻扎长沙的新军起义，毛泽东就在借鞋的途中，目睹了大批起义士兵开到街中去的场面。由于清朝地方督军为防范新军反叛，采用限发弹药的手段，所以那天，很多起义士兵第一次领到子弹。很多年后，毛泽东在延安对来访的美国记者斯诺回忆说："新政府设在省咨议局的旧址，议长谭延闿被免职了。省咨议局本身也被撤销。"[21]那一天，毛泽东一直"站在一个高地上观战，最终终于看到衙门上升起了'汉旗'。那是一面白色的旗子，上面写着一个'汉'字。"[22]。

毛泽东不需要舍近求远前往武昌了，他在长沙直接投入湖南新军二十五混成协五十标第一营左队当列兵，成为革命沧海中的一粒芥子。饷银为每月七元。毛泽东对斯诺说，这一待遇比他在红军中的饷银要高出许多。

此时，两年前下野的袁世凯正在河南彰德（今安阳）洹水北岸自己的别墅里，沉醉于自己的隐退生活。"洹上村"虽为一村之名，但大约三百亩的地面上，只有袁世凯一所宅第，这片地，是袁世凯的亲家、当地实业家何炳莹赠送给他的。这座巨宅，四周有高大的围墙，并建有几座威严的炮台，对胆敢侵犯者拭目以待，还有两营全副武装的护卫马队保护着它，在中原的旷野上，这座不伦不类的建筑宛如突兀而起的中世纪城堡。

然而，城堡内景致，却别有一番韵味。袁世凯将洹水引入园内，园内小桥流水，危峰孤峭，绝境之巅的乱石丛中，半枝饱经沧桑的虬松，盘旋着倒挂下来，冷隽而刚毅地绝处逢生，超然洗练地孤芳自赏。袁世凯为他的园林起了一个名字：养寿园。当帝国的政治空气日渐紧张的时候，袁世凯不是在园内散步，就是与来访的文人饮酒唱和，打发落寞的时光。《东方杂志》发表了袁世凯"披蓑垂钓图"，这张照片，是袁世凯特别安排发表的，表情祥和的袁世凯，与姜太公确有几分神似。显然，故乡的青山碧水，无法安顿他动荡的人生和孤傲的灵魂。闲居的日子里，袁世凯一天也没有闲过，一名职业政治家永远不可能放松对帝国政治风声的谛听。在他卧室的不远处，有一个不起眼的小房间，作为这座园林中最现代也最核心的地方，它暴露了袁世凯的真实用心，它，就是电报处。

袁世凯小心翼翼地关注着帝国的政治动向，他甚至随身携带着胶鞋，以应付可能出现的危险。辛亥年农历八月二十日（1911年10月11日），是袁世凯五十二岁生日，他属下的文武，如赵秉钧、段芝贵、王锡彤、杨度等，正齐聚洹上村"养寿园"为他祝寿。就在袁世凯的生日宴会上，一条有关武昌起义的电文送到袁世凯的手里，袁世凯那张肥胖而幸福的面孔骤然变色，立刻下令停止寿宴。面对"相顾失色"的宾客们，袁世凯只说了一句话："此乱非洪杨可比，不可等闲视之。"

此时，北京的《政治官报》刊登了清廷关于镇压武昌起义的"上谕","上谕"写道：

> 据湖广总督瑞澂电奏，革匪创乱，十九日猛攻楚望台，省城失陷，瑞澂退登楚豫兵舰，移往汉口……览奏殊深骇异。此次兵匪勾通，蓄谋已久，乃瑞澂毫无防范，竟至祸机猝发，省城失陷。湖广总督瑞澂着即行革职，戴罪立功。……并着军咨府陆军部迅派陆军赴鄂剿办，海军加派兵轮饬萨镇冰督率前进，陆军大臣荫昌着督兵迅速前往……

四

辛亥年八月二十日（1911年10月11日）早晨，一阵急促的电话铃声令昏睡中的冯耿光骤然惊醒。电话是军咨府秘书科科长打来的，暂时留京的外宾接待处处长冯耿光听到了一个令他震惊的消息："接到湖北的电报，昨晚九时，武昌兵变，湖广总督瑞澂和提督兼第八镇统制张彪都已弃城逃到汉口。"冯耿光忙问："滦州涛贝勒处发出电报没有？有没有打电话给朗贝勒？"电话的另一端回答："电报、电话都已打过，朗贝勒就要到衙门来了。"冯耿光放下电话，立即乘车赶往位于北京西城西长安街的军咨府办公地。

在貌似平静的社会图景的背后，在载沣、载涛这些年轻的实力派的视线之外，帝国向深渊滑落的进程一天也没有停止过。他们的固执里，包含着某种毁灭性的因素，将改良派和革命派压缩到一个空间里，使上流社会的新士绅与下层社会的军队士兵共同站在反清的立场上，实现"革命的大联合"。"皇族内阁"成立的第二天，它所办的头一件大事，就是宣布"铁路国有"。如果说"皇族内阁"把国家权力集中于满族，那么"铁路国有"就是把地方权力收归中央。正是这一事件，让号召"排满"（即"驱逐鞑虏"）的革命党人，与争取权利的地方民众，第一次站到一起。革命，从此不再是革命党人的单打独斗。

如此急匆匆地将民营铁路收归国有，目的在于以铁路为抵押，向外国银行贷款，因为立宪、剿匪，样样都不能缺钱，而这个梦想江山永固的帝国，早已一贫如洗了。东三省总督锡良在奏折中说："财政日窘，外祸日迫，惟有实行借债可为第一救亡之政策。"甚至认为"借债乃十年内救亡之要着"[23]。办事素来拖沓的清政府，第一次变得雷厉风行起来：从宣布铁路干线国有政策，到在《借款合同》上签字，只用了十天时间，"力图在最短时间内把一切都造成既成事实，使人民难以再起来反对。"[24]只是这一次，集权者显得过于势单力孤。这一贸然的行动因触及了已经入股的普通民众的切身利益而引起巨大的反弹，而川督赵尔丰鲁莽地对示威者开枪射击，则更使局势火上浇油。同盟会会员龙鸣剑等人裁取了上百块木板，在上面写上"赵尔丰先捕蒲、罗诸公，后剿四川，各地同志，速起自保自救"等字样，涂以桐油，投入府南河中，成都血案的消息就通过这种极具创造力的方式传遍四川，川人谓之"水电报"。保路运动，也随着"水电报"，沿江蔓延到湖北。而湖北新军中的革命党，正是利用端方率领一部分新军入川弹压造反的机会，发动了武昌起义。事态就这样环环相扣地发展着，在随后的七个星期里，有十五个省宣布独立。当"蝴蝶效应"的最终结局出现在满清权贵们的面前，所有的始作俑者都目瞪口呆。

冯耿光进门不久，留守京师的军咨大臣毓朗也急急忙忙起来。冯耿光问："您看这件事我们应该怎么办？"毓朗犹豫片刻，说："这是内阁的事，我们不用管，还是让内阁去办吧。"冯耿光站在原处，揣摩着毓朗的意思，就在这时，电话响了，是庆王府打来的，要军咨大臣毓朗立刻到庆王府开会。毓朗抬腿便走，留下一句话："我还是听候王爷的意见。"

毓朗走后，军咨府一片沉寂，冯耿光坐在桌前，心情焦躁，却无事可做。帝国万分危急之际，作为帝国最高军事机关的军咨府里，居然鸦雀无声，连一封电报也没有，黑夜里沉寂的气息令冯耿光几乎透不过气来。冯耿光在寂静中苦熬了一个多钟头，毓朗回来了，说："庆王的意思要派陆军大臣荫昌到湖北去督师。"冯耿光问:"带哪些队伍呢?"毓朗说:"还是等涛贝勒回来再决定吧。"又过了一个多小时,军咨府终于收到滦州发来的一封急电,说载涛就要回京,一切事都等他回来再决定。

滦州秋操戛然而止,从北方各地来到滦州的新军相继离开,唯有第二十镇统制张绍曾按兵不动,企图相机起义。载涛在永平的演习地接到电报,暂时只好放下蠢蠢欲动的滦州新军,带上李经迈、良弼等人,从操地飞马赶到车站,到车站后,仅仅找到一个火车头和两节车厢,连路签都没来得及办,就冒险驶向北京。夜里十点多,军咨府接到铁路局摇来的电话,说:"涛贝勒的专车就要到了。"当时的军咨府,只有冯耿光一人。冯耿光立即赶往车站迎接载涛。不久,一条光柱像一把雪亮的刀,划破暗夜从远处刺来,伴随着火车的轰鸣声,载涛的专车进站了。火车刚刚停稳,载涛就从车上下来。冯耿光上前迎接,看到载涛的精神很好。载涛说:"到我府里来吧。"冯耿光就跟着载涛同来的李经迈、良弼等人,一起前往载涛府邸。

载涛匆匆忙忙赶回府邸,对面前的官员们说:"听说上头已有意要派荫午楼前往湖北督师了。"他一边说,一边把地图拿起来,"现在的兵力已经都开到滦州去了,从滦州到武昌有很长的路线,调兵遣将可就很费事。别处又无兵可派。"

载涛与大家商议了一阵,就说:"夜深了,我们憩息一会儿,明天早晨朝房里见面吧。"大家于是各自散去，此时，早朝时间将至，官员只能回去把身上的军服换成朝服，已经没有时间睡觉了。

天刚刚亮，冯耿光在候旨室里，与其他人谈论着当前的局势。片刻之后，有人传说，庆亲王奕劻、徐世昌、那桐已到了，请载涛过去谈话。冯耿光看到载涛匆匆忙忙走出候旨室。

在一束束青紫色的晨雾中，紫禁城高低错落的宫殿群，浮出它们沉默的轮廓。那些在青雾中若隐若现的檐角，仿佛波浪中起起伏伏的船头。一片静寂里，那场唇枪舌剑的战斗显得格外尖锐，其激烈程度，丝毫不逊于湖北前线的厮杀。载涛主张从河南和京畿附近调兵，弹压湖北的造反，但遭到时任内阁总理大臣的庆亲王奕劻的坚决反对，他担心帝国的这些军队一旦被抽调，那么载涛所控制的禁卫军便会控制京城，他担心载涛会借此机会除掉他这个眼中钉。为确保自己的安全，奕劻首先把姜桂题的武卫军调进京城，分驻九门要冲和庆王府周围，进行防范。冯耿光后来在回忆中写道："当时不但革命与反革命之间的斗争很激烈，就是清皇室亲贵内部的互相疑忌也很深刻。"[25]

那时，各种各样的小道消息彼此交织着，在北京城拼合成一幅奇异的政治拼图。没有人知道这份传说中的政治拼图与政治博弈的实际状况是否吻合，也没有人知道它们来自何方，又将如何演变，但这丝毫不能阻挡这些小道消息的传播，每个人似乎都隐隐感觉到，一种亘古未有的大事正在发生。各种来路不同、立场不同甚至相互矛盾的政治新闻在这座政治城市里畅通无阻。

这些谣言包括：

皇帝北逃说。辛亥年九月初八（1911年10月29日），清廷给直隶总督陈夔龙发去电报："据电奏，天津等处日来浮言四起，竟谓宫府之内，有将以北狩之说进者等语。"[26]

北狩，是对皇帝逃跑的官方说法。此前的判断，帝国皇帝曾有两次悲壮的逃亡。一次是1860年第二次鸦片战争期间，英法联军进军北京，咸丰皇帝害怕之余逃到承德避暑山庄，之后，一直没有回京，两年后死于承德。当时咸丰的说法就是"北狩"。另一次是1900年，八国联军攻占北京，慈禧太后带着光绪皇帝西逃至西安，当时的说法却叫"辟地西狩"。

此时，"北狩"之说再起，从中可以推测时局之乱。为此，清廷急忙辟谣，"现在人心不靖、谣诼纷纭，朝廷一以镇静为主，并无北狩之说。著即传谕士绅，万勿听信讹言，致滋纷扰"。清廷自己也承认现在谣言很多，天津为北洋门户，要求陈夔龙力保天津、直隶局面稳定，并派得力大员坐镇交通枢纽保定，以定人心而维大局。

宫闱不和说。辛亥年十月二十日（1911年12月10日），清廷下旨，将吉林巡抚陈昭常等"传旨申饬"（相当于现在的通报批评）。其原因，就是陈昭常等散布"庙堂之上先事纷更及政权不一，宫廷不和"等说法，并推测隆裕将要实施垂帘听政。这令隆裕太后十分生气。隆裕在处分陈昭常的同时，也证明时下已经确定按照立宪政体施政，用人行政大权将归内阁，"与先朝垂帘训政制度迥然不相同"[27]。

北京被占领说。辛亥年十二月十五日（1912年2月2日），内阁代递四川提督田振邦的奏折，谈四川独立之始末。其中有这样一段：经过一番苦战，"川省所失城池，俱已收复，所余者惟灌县一处……讵意浦罗（指四川保路运动领导人蒲殿俊、罗纶）九人释放以后，日与革党造作谣言，伪为电报，谓北京业已失守，各省均已独立，湖北革党，不日来川"。

成都与朝廷不同，使用电报已经有一段时间，比如辛亥年七月二十五日（1911年9月17日），当时还是湖广总督的瑞澂就电陈朝廷"四川省城城外聚有乱党数万人，四面围攻，势甚危急，成都电报现已数日不通"等语；在武昌起义第二天朝廷发给代理川滇边务大臣补用道傅嵩炑的电报中，亦有"据电奏，川边邮电毁阻，文报不通"[28]等语。

"川边邮电毁阻，文报不通"，使清廷在这场信息战中输给了革命党。蒲殿俊等伪造电报，说北京已经被革命军占领。身为四川总督的赵尔丰"惑于谣传"、信以为真，于是大失方寸，提出以不当总督为条件，请求四川保路同志会保全其性命。据四川提督田振邦说，为此，赵尔丰还将田从前线调回成都并解除其兵权，并在辛亥年十月初六（1911年11月26日）将总督印交给蒲殿俊，以致四川第二天就独立。赵尔丰后来还是被四川革命军绑赴皇城公堂处决，不过，一条谣言经过革命党的巧妙利用，竟然能够产生如此大的威力，实在出人意料。

满汉分界说。 辛亥年九月二十日（1911年11月10日）朝廷的一道谕旨中说，"近因各省纷扰、军人交战、谣诼繁兴，并有以满汉强分界限，意在激使相仇"[29]。

满汉强分界限，顾名思义，就是让满族人和汉族人分开居住。试想，清朝开国至此已二百六十八年，满汉融合已久，如果真的要分开，岂不引起社会大乱？清廷也知道其中利害，于是赶紧颁布谕旨进行澄清："试思满汉皆朝廷赤子，一视同仁，军民人等群居州处近三百年，亦并无丝毫芥蒂，有何猜嫌致生疑忌？"[30]

为了整饬这些谣言，辛亥年四月二十四日（1911年5月22日），御史陈善同给朝廷上了拯救"内乱叠生"之时局的八条对策，其中第二条就是"禁流言"，由此可知辛亥年谣言危害程度之大。

而清廷在1912年1月25日的谕旨中也承认,"现在谣言繁兴,人心不靖"[31]。

辛亥年八月,河南巡抚宝棻上奏"近年海外革党,时有悖逆书函,邮寄内地,煽惑人心"。宝棻请求朝廷下令让邮政大臣在"入口各埠暨内地各局,遇有寄交各处学堂、军队、会社公函悉心检查"。[32]

政治谣言,是政治生活缺乏透明度的结果,而帝国对舆论的封杀,反而加剧了民众的不安定感,助长了谣言的传播,使帝国的舆论环境陷入恶性循环。帝国毫不犹豫的舆论封杀政策,证明了它新闻法律的出台只是权宜之计,它施舍给国民的一切权利都可以随时收回。

几天后的一个晚上,谭鑫培、杨小楼在北京宝禅寺街庆升茶园合演《连营寨》,当谭鑫培唱到刘备哭灵牌的时候,电灯突然间熄灭了,整座戏园,笼罩在一片漆黑之中,没有人知道发生了什么,人们惊恐万状,摸索着逃出戏园。

此时的帝国,是一座更大的戏园,帝王将相即将谢幕,人们在摸索着奔走和逃亡,如《泰晤士报》驻北京记者莫理循发给《泰晤士报》的电文中所说:"革命爆发和军队叛乱的消息使北京陷入极度惊慌之中……"[33]

不久,所有的戏园接到京师巡警总厅的命令,不得上演夜戏。这道命令是由刚刚上任民政部大臣的桂春下达的。入夜后，停电的京城闹市里一片漆黑，少有行人，出现在梅兰芳面前的，是一幅萧条的城市街景。谎言再度趁机而入，说民政部大臣桂春从城外调来三营旗兵，准备屠杀汉人。人们脆弱的内心，在这种谣言面前已经不堪一击，纷纷冲向西交民巷的大清银行兑现，银行发生了严重的挤兑现象，门口人声嘈杂，车辆拥挤，都是拿钞票来兑换现洋，准备拉车回家的。大佬富商们更用银圆兑换赤金，北京的金价一路飞涨。

此时，大清银行发行的纸币已经沦为一堆废纸，无法流通，它的信誉已彻底破产。辛亥年八月二十五日（1911年10月16日），御史萧丙炎在奏折中写道："近日，大清总银行及北京储蓄银行执票取银者，几于给不暇给……致使市面恐慌，竟有不用该银行纸币之说。谣言四起，人心惶惶，恐大乱之作，必自此始矣……不惟大清银行受其影响，各城银号钱店皆被其害，连日倒闭钱铺不下一二十家。"

内阁印铸局局长陆宗舆就上奏建议：首先不论是度支部的大清银行还是邮传部的交通银行，以及各省官办银行之纸钞，都由度支部及各省藩库负责偿还，同时下令民间将纸币作为法定货币通用，铺户买卖等，都不准不收；其次规定民间持票取现洋暂以二十圆为限，以杜绝大宗现银外流。[34]

陆宗舆的建议受到朝廷的高度重视，清廷下令度支部与各省督抚会商，迅速妥拟办法上奏。陆宗舆的建议，也得到督抚的响应。九月初四（10月25日），山东巡抚孙宝琦就电奏"京外财政因鄂乱牵动，请旨通谕人民照常通用纸币，再由各省出示晓谕钦遵"[35]。

但乱世之下，这样的措施能否落到实处还是问题。一个例子，八月三十日（10月21日）袁世凯出山后，河南钱荒依旧。为此袁世凯请求允许自行开铸铜圆。清廷答复："暂准该省自行开铸当十铜圆，以应急需。"

富可敌国的皇亲国戚们，在帝国的经济危机中，首先想到的还是自身的财产安全。"摄政王、庆亲王、那桐和旁人大量提款使政府银行处境困难。庆亲王从大清银行提款二十五万两白银直接导致了我在15日电讯中所报道的危机。"[36]莫理循在给布拉姆的信中描述北京的金融恐慌："国库贮备的白银不足一百万两，可以肯定，它无力支付官员的俸禄。而失信又会加深财政恐慌。汉人害怕满人报复，大批出走或将他们的家眷送走。满人出走是因为害怕将来的下场。各种财宝从北京运往安全的地方，如天津、上海的外国租界，更珍贵的则运往奉天，人们相信那里在日本人的保护下可保安全。"[37]

天津的租界，此时成为达官贵人最理想的避难地。官商云集的北京，突然空寂了许多。他们纷纷携家带口，拥向天津的租界。天津的租界，也迎来了历史上最好的商机，旅馆、饭店纷纷涨价。根据梅兰芳的回忆，"日租界的德义楼、奥租界的春满楼旅馆的房金猛涨几倍；花旗、汇丰、道胜、正金等外商银行以存款骤增，对新存户采取不付利息的办法。"[38]

天津的粮价，更是一路飞涨。武昌起义六天后，御史萧丙炎上奏朝廷："（京城）米价忽已飞涨。推原其故，固由于南省来米之源一时受阻绝。亦实有奸商牟利，将京中米石运往天津出售者。"[39]天津的粮荒，使北京的米商将大米运至天津出售，并导致京城米价上涨。天津人口之急增，由此可见一斑。

戏园的营业状况已经一蹶不振。梅兰芳所在的双庆班，因为云集了须生王凤卿、贾洪林、李鑫甫、李寿峰，武生俞振庭，小生朱素云、德珺如，花旦王蕙芳，武旦九阵风、朱桂芳，老旦谢宝云，青衣梅兰芳，花脸金秀山、李寿山、李连仲，丑角王长林等一批名角，白天的演出还可以维持。

梅兰芳又从军咨府的朋友那里得到消息："**武昌兵变**"的消息到京后，载沣立即召集御前会议，各部大臣全部出席。大家面面相觑，没有人敢先开口，也没有人知道应该如何开口。僵持许久之后，内阁总理大臣、庆亲王奕劻才用低沉的语调说了一句话：

"还是请午楼（即荫昌）辛苦一趟吧！"[40]

荫昌，字五楼，后改字午楼，满洲正白旗人，姓氏不详，与袁世凯同岁，1859年（清咸丰九年）生于北京城。荫昌是在1908年取代铁良，任陆军部尚书的。这一任命也表明了摄政王要满族人掌握枪杆子的决心。辛亥年二月初九（1911年3月9日），荫昌被赏为陆军正都统（相当于陆军上将），成为清末新军施行新官制后唯一的陆军正都统。同样在这一年，随着皇族内阁横空出世，荫昌任陆军部大臣。

荫昌是深得摄政王信任的人，对于奕劻的提议，载沣立即表示赞成，这次重大的会议，就这样草草收场了。

载涛不到半个小时就回来了，对大家说："王爷已经决定了，由荫昌督师，抽调滦州两镇向武汉出发。"他沉思片刻，又说，"洵贝勒要海军提督萨镇冰抽调海军的'四海'[41]驶进长江，以壮声势。"这一决定，令在场所有人颜色大变。载洵在这个时刻做出这样的决策，无非为了保全他的面子，然而，海军军舰因吃水很深，在江面作战行驶很不灵活，扬短避长，一旦失利，就会酿成不可挽回的损失，何况沿海的军力反而因此而空虚，万一再发生类似武昌的兵变，帝国将无力弹压。但决定既已做出，便无可挽回，军令如山，作为下属，除了执行，别无选择。

实际上，"海圻号"官兵在归航途中，已经从美国的报纸得知了武昌起义的消息。巡洋舰队统领程璧光为此专门集合全舰官兵列队甲板训话。他开门见山地说:"你们任何人如欲回国参加革命工作,请站到右舷,不赞成的站到左舷。待我唱出'一二三'末一字时,即请各位按自己的意愿,决定行动。"言毕,程璧光略为停顿了一下,接着高声唱出"一……二……三"。霎时,但见站在甲板左舷的官兵全部移至右舷,而站在右舷的官兵则无一人走至左舷,就连访美时纽约海军造船厂厂长罗伊泽将军赠送给程统领的那只白色波斯猫也不例外。一时间全舰鼓声雷动,官兵们欢呼雀跃。

朝廷在匆忙之中拼凑了两镇,准备交给陆军大臣荫昌,由他率领,南下平叛。同时,从东北向国外购买大批军火,刚刚取代铁良任东三省总督的赵尔巽派彭家珍押运进关,转送前线。彭家珍是革命党人,不久之后,因在北京行刺良弼而广为人知。而此时,彭家珍最急切的愿望,是将这批军火交到新军第二十镇统制张绍曾的手上,准备起义。张绍曾在截留这批军火之后,果然致电清政府,吁请停战,倾向革命,同时致电武昌的革命领袖黎元洪、黄兴、宋教仁等,示意他们趁此机会向帝国军队发动进攻。[42]

这时,那个在上谕里出现过无数次的荫昌,在军咨府出现了。他身穿袍褂,脚上却蹬着一双长筒军用皮靴,这种不伦不类的打扮，让人们颇感奇怪。他抱怨说："我一个人马也没有，让我到湖北去督师，我倒是用拳打呀，还是用脚踢呀？"他话音未落，有一个声音传来："叫荫昌！"直呼其名，说明是摄政王载沣在召见荫昌了。[43]

正在北京吟风弄月的端方，就在这时，接到朝廷委任他为川粤铁路大臣的命令，前往被川督赵尔丰一再激化矛盾的四川紧急救火。直到端方接到任命之时，他都不赞同"铁路国有"政策。他回到了紫禁城，在朝廷的辩论中，他颇有预见地指出："将来民气嚣张，大事愈不可为。"[44] 1911年6月29日，在朝廷的"十三道金牌"的催促下，端方颇不情愿地踏上了南下的列车。他并不知道，他此行踏上的是一条不归路。出于对朝廷的不满，他有意延缓行程，经过河南彰德的时候，他还下车，前往洹上村拜访了正在修身养性的袁世凯。端方的专列直到7月4日才抵达汉口。

剿灭武昌革命军的历史使命，就这样落到荫昌的头上。根据清制，大臣在奉命离京前，皆须上朝面见皇帝请训，由于宣统皇帝年幼，由摄政王载沣代见。请训后，大理院正卿岳柱臣、鸿胪寺正卿英杰臣等在观音寺福兴居为荫昌饯行，席间，帝国的官员们恭祝他旗开得胜，马到成功，荫昌却放下杯盏，道出几句《战太平》的念白：

又道是，母子好比同林鸟，

大难来时各自飞，

嘻嘻嘻，哈哈哈哇呀……

辛亥年农历八月二十二日，武昌起义之后的第三天，陆军大臣荫昌率全体幕僚自北京西车站乘专车奔赴前线。禁卫军步队一连及军乐队到站送行。莫理循的身影夹杂在站台上诸多中外记者中，目睹了这一场面。"当站长手展绿旗，乐队预备吹奏，禁卫军连长拔刀在手拟行撇刀礼之际，忽由车站跑来一人（大约是副站长），高声说：'适接电话，邮传部大臣即刻来站送行，并有要事与荫大臣面谈，车请缓开。'"[45] 没过多久，跟随李鸿章办洋务多年、时任邮传部尚书的盛宣怀气喘吁吁地赶来，把手里的一张地图交到荫昌手上，请他下令前线军官，在进攻汉阳时，一定要保护好铁厂，少受损失，即赏银十万元，由他本人负责照交。盛宣怀似乎还不放心，对荫昌身边的恽宝惠说："恽世兄，你亦谨记弗忘。"说完，又隔着车窗，向荫昌再三嘱咐，荫昌高声回答："你就准备钱吧。"于是，乐曲响起，荫昌的专列缓缓驶出车站。[46]

南下督师的荫昌，将第一军司令部设置在他那辆从北京西车站驶出的专列上。当火车开到湖北刘家庙时,有卫兵向在车厢里办公的荫昌报告:"司令,不好了,您看那边革命党三四百人,直奔火车而来!"吓得荫昌赶紧下令开车北逃。当时车上有一位第六镇卸任协统周符麟对荫昌说,请大人且慢下令,待他前去查看实情后,再作定夺。他回来报告说:"有百十人都是农民父老下地来摘棉花,并不是什么革命党。"荫昌这才安定下来。[47]

生死存亡之际,载涛没有看到同仇敌忾的景象。帝国的同林鸟们表现出惊人的自私、怯懦和冷漠,让心怀大志、却没有经历过战火考验的载涛感到无所适从。他只能做些力所能及的事——他得到清军在前线的作战部队缺乏炮弹的奏报,于是派遣禁卫军炮标统带吴金声带领炮队一营,配带应需实弹,专车向武昌抢运。但他深知,决定胜负的将不是武器本身,而是手握武器的人,统帅的退却将使北方新军那些先进的武器装备百无一用。他想起一年前的那次脱靶,对战争的信心,突然间消逝无踪。

五

几名外国人在武昌跑马场听到炮声,就争先恐后地爬到活动靶子台的有利位置上,向炮响的方向探望。除了偶尔腾起的烟雾,像乌贼吐出的墨汁,在阴冷的天空下散开,他们什么也看不见。炮声是零星的，有很长的间隔，似乎每一次发炮都要经过漫长的酝酿。那是五门小型野战炮，架设在离跑马场后面约三百码的一所旧冰厂附近。它们居高临下，向清军阵地发射炮弹，却几乎无一击中目标，原因是距离太远，清军前哨和刘家庙的清军主力几乎都在它们的射程之外。又一阵炮响，声音远而空洞，像没有内容的咆哮，是从武昌东面的江边发出的，目标就是载洵派来的帝国军舰，但那些炮依旧脱靶，那几名外国人站在跑马场的高处，可以看见革命军的炮弹在江水里掀起的水柱。

那一天是起义后的第九天，辛亥年八月二十八日（1911年10月19日）。一天前，新成立的鄂军都督府就任命胡鄂公为指挥，在刘家庙对岸青山、红关之间构筑炮兵阵地。革命军新招募的步兵，在距跑马场约半英里的位置上部署了一条散兵线，那些没有制服的新兵，蹲伏在坟堆或其他掩体后面，向清军的阵地射击，由于他们对手中的武器十分陌生，所以很少击中目标。无独有偶，江面上的军舰射出的炮弹呼啸着从他们头顶飞过，也很少击中目标。帝国装备的优势在那些虚弱的手中被无形化解。双方的炮弹都远离靶心，在战场的周围四处开花。在那几名观战的洋人们眼中，这不像一场战斗，至少是一场效率不高的战斗，更像是枪弹的礼尚往来、花拳绣腿的比武。双方似乎有着惊人的默契，都未能打中对方的要害。

临近中午的时候，被送到租界医院里的革命军伤员说，武昌方面已经派兵增援了。接着，部署在老高尔夫总会的小型野战炮发威了，下午两点半，革命军十四门野战炮把积攒已久的愤怒一齐向敌军阵地抛过去，在炮火的掩护下，那些被掩体遮挡起来的步兵变成了冲锋的战士，他们很快暴露在军舰的射程内，军舰上沉默已久的火炮突然间激动起来，大批的炮弹倾泻下来，冲锋的革命军步兵变成了活靶子，在空中飞舞起来，又落下，变成姿态各异的尸体。

英文版报纸《汉口日报》(Hankow Daily News)即时地报道了战况，比帝国军咨府的奏报更加客观、及时和准确。对于那些在败退中发出的"捷报"，载涛不屑一顾——帝国的官员们已经习惯于邀功请赏，即使在性命攸关的时刻，也不忘记向朝廷敲诈。载涛粗通英文，他绕过那些华丽的表面文章，把《汉口日报》作为他了解前线战况的重要媒介。鲜血透过字缝渗透出来，顺着纸页往下淌，令他感到离奇和恐怖。鲜血淋漓的纸页让载涛陷入冥想，他在想象中冲锋陷阵，把所有企图颠覆帝国基业的叛军撕成碎片，但那却是名副其实的纸上谈兵，在他和战场之间，不只隔着一层纸，而是隔着一个遥远的世界。他无法真正地抵达那里，他和他的政府所做的一切都是隔靴搔痒。

尽管帝国一再加强舆论控制，然而辛亥革命，还是有幸成为中国历史上第一次由媒体进行跟踪报道的革命。这使这场革命即使在今天看来，仍然充满了血肉饱满的细节。新闻是对于事件的记录，它在事件之外，但在一百年后看来，却又内在于事件，成为事件的一部分——辛亥革命新闻史，不仅是对这场革命的客观报道，更成为革命的一部分。当文字披露了政治的隐秘，那么，政治后来的发展就可能因这披露而改写，而被改写的政治，又继续被文字记录，改写又继续发生，直至永远。如同一只正在画线的手，偶然的一次撞击，就会改变线条的走向，当这种撞击连续发生，纸上的图像就会发生巨大的改变。文字不仅仅是记录历史，也参与到历史中，为历史提供了新的可能。辛亥革命中的媒体，就这样深刻影响了历史中的每个人，又反过来影响了历史，其中包括鲁迅、周作人这样的"八〇后"，也包括毛泽东、吴宓这样的"九〇后"[48]，包括"海圻号"全体官兵，包括载沣和帝国官员，也包括在历史中仓皇奔走的平民百姓。北京《国风日报》在获知武昌起义消息后，立刻出版号外，把这一重大新闻用二号字排出来。然而，这份皇城脚下的报纸远远不如《汉口日报》幸运，号外的出版，招致大量帝国警察前来干涉，禁止刊登任何与武昌有关的消息。于是，《国风日报》第二天在头版位置干脆开了一个整版的天窗，上面只印了一行字：

> 本报得到武昌方面消息甚多，因警察干涉，一律削去，阅者恕之。

这版天窗带来了更加意想不到的效果，人们以为肯定是革命党大胜，帝国已危在旦夕了，否则怎么会空了一整版？警察在无奈之下，央求报馆，该登什么就登什么吧，只要不是谣言就行。武昌的革命党，就这样在帝都的报纸上横冲直撞，在文字中乘胜追击。

《汉口日报》要晚一两天才会送到军咨府。载涛从报上看到，在19日的战斗中，双方都没有取得决定性的胜利，战斗以前哨战开始，后来军舰向革命军轰击迫使他们后退。军舰的炮火并没有使革命军受到重大的损伤，相对而言，革命军的炮弹，则有几发落在清军的营房，帐篷在尘雾中被撕成碎片。

帝国的枪杆子并不那么可靠，而革命者的笔杆子却似乎更得人心。这两点，载涛似乎都没有想到。帝国的枪，与从前相比，已经具有了空前的杀伤力。那些在秋操中闪闪发光的枪管，以斩钉截铁的语言表明了它们捍卫帝国的意志和决心，在与一些学生乱党的对话中，它们无疑会占上风。它们不需要辩论，只要射出杀人的子弹，所有企图争辩的嘴都会沉默下去。枪有排山倒海的气势、不容辩驳的霸气，只要轻轻钩动扳机，就可以以一种极为简洁的形式宣告对生命的判决，而"皇族内阁"和陆军贵胄学堂的成立，则使皇族成为那些扳机的法定操控者，他们的号令，瞬间便会化为枪的怒吼。经过一系列的"改革"之后，载涛觉得天下已经万无一失了，那些威风凛凛的枪仿佛庄严的锁，把帝国放置在永久的保险箱里，然而，此时的载涛，却看到了枪的局限，子弹的速度再快、射程再远，也没有语言更快、思想更远。在所有这些德国进口的新式武器之间，一张宣扬造反的嘴，就让那些枪管飘摇起来，而一支落伍的"汉阳造"，就能力排众议，直捣帝国的命门。

他看到《汉口日报》在20日的战斗报道中写道："如果我们以昨天的战斗情况为标准来衡量清军，那么十年来形成的中国在军事上有进步的看法，就完全站不住脚了。从他们过去两天在军事上的表现来看，使人难以想象天下还有比他们更为无能的军队。在第一天的战斗中，他们稍微表现了一点作战能力，可是后来战斗能力越来越小，以至于完全消失了。"[49]

一位到过刘家庙的外国人说，这一天一早，清军就开始沿着铁路线撤退了。那些被载涛寄予厚望的枪弹，此时被溃逃的帝国士兵们沿京汉铁路丢了一路。有人在造纸厂里看到残留的三十名清军，《汉口日报》描述说，他们"据守在石头防御物的后面,看来对局势不大关心"[50]。

六

一个有名的瞎子给袁世凯算过命,说,辛亥中秋节,官星就动了。果然,三天后,阮忠枢抵达彰德洹上村,他带来了"皇族内阁"的总理大臣奕劻的一封亲笔信。

荫昌的怯懦无能,使袁世凯的复出变得无可辩驳。一片风声鹤唳中,以内阁总理大臣奕劻、协理大臣那桐为首的大臣不顾摄政王载沣的反对,向隆裕进言,要求将袁世凯召回。而此时,西方列强也担心中国境内再一次爆发类似"义和团"的运动,这将使他们在中国的贸易额骤减,在他们看来也只有起用袁世凯才能稳定局面。在内外的压力下,隆裕已经别无选择,她又将问题抛给了载沣。载沣最后顶不住压力,万般无奈地对奕劻、那桐等人说:"你们既然这样主张,姑且照你们的办","但是你们不能卸责"。那桐回答他说:"不用袁,指日可亡;如用袁,覆亡尚希稍迟,或可不亡。"

然而,对于湖广总督的任命,袁世凯淡然一笑,不为所动,以足疾未愈为名婉拒。

在洹上村络绎不绝的访客中,张謇是较早抵达的一位。自"皇族内阁"出笼,张謇联合赵凤昌、汤寿潜等给摄政王发去一封急信后，他的心里就想到了一个人，那就是闲人袁世凯。访问袁世凯的念头蛊惑着他，使他立即奔向京汉线，在辛亥年五月十一日（1911年6月24日）下午五时抵达彰德，在火车上，张謇的面色有些紧张，他反复思量，见到袁世凯时如何措辞，如何与他谋划局势。那天，他与袁世凯的密谈，自下午五点一直持续到深夜十二点，张謇的随行人员看到他回来时，脸上挂着笑容，他不加掩饰地说："慰亭毕竟不错，不枉老夫此行也。"[51]

那天分别时，袁世凯对张謇说，如有出山之日，当一定遵从民意，希望张謇给予多方合作。[52]

但是，来自朝廷的请求，几个月之后才在武昌事变的催化下抵达洹上。得过且过的朝廷，只有到了生死攸关的时刻，才想起袁世凯。载沣派袁世凯小站练兵时期的部下、时任内阁协理大臣的徐世昌亲赴洹上，请袁出山，袁慢条斯理地提出六条复出条件：

一、明年即开国会；二、组织责任内阁；三、宽容参与此事件诸人；四、解除党禁；五、须委袁世凯以指挥水陆各军及关于军队编制的全权；六、须与袁世凯以十分充足的军费。此六条缺一不可，否则绝不出山。

六项条件，如六把钢刀，让摄政王载沣感到寒光凛凛，但他别无选择了。他只能断臂求生。辛亥年九月初六（1911年10月27日），清廷召回荫昌，授袁世凯为钦差大臣，督办湖北剿抚事宜。九月十一日（1911年11月1日），袁世凯被授予内阁总理大臣之职。这一天，载沣被解除摄政监国的职务。

被夺权的载沣，内心平静得近乎麻木。对于这个风雨飘摇的帝国，他不想再操心了。有一次，为了日俄瓜分满蒙的密约，东三省总督锡良和湖广总督瑞澂专程赶赴北京面见载沣，召对时，载沣除了与他们寒暄，说一番不着边际的废话，什么也没有说，瑞澂终于忍不住，试图进入正题，但载沣却顾左右而言他道："汝痰疾尚未愈乎？"似乎有意回避他们的话题。

广东御史、著名廉吏胡思敬屡屡上折弹劾两广总督袁树勋，载沣始终置之不理。胡思敬到底也忍不住了，他不仅搜集了异常确凿的证据，并且把载泽拉出来做证人。在这种情况下，载沣不得不召见载泽，做做样子。在听完奏报后，载沣说："既确有此事，则必交查可矣。"走出紫禁城后，载泽以为袁树勋倒霉的日子到了，然而过了许久，什么动静都没有。

被解除职务，或许是最让载沣快乐的。回到醇王府，他如释重负地对福晋瓜尔佳氏说："从今天起，可以回家抱孩子了！"果然，此后在政治上无欲无求的载沣，后半生平平安安，无病无灾，比起他的胞兄光绪帝载湉及其子宣统帝溥仪来说，或许可以算是幸运多了。

袁世凯自然也不会放过载涛。一封冠冕堂皇的奏折,足以把载涛置于死地。这封奏折的内容是:"当此干戈扰攘之际,皇族必须亲自出征,以为各军表率。"[53] 这份奏折的潜台词是,既然你们这些皇亲国戚们将天下视为自己的私产,那么,当这份私产受到侵犯,你们自己都不去捍卫,难道还指望别人?如此,"皇族内阁"成员,都将被推上战场。几个月前还争先恐后地挤进内阁的皇室贵族们一下子傻了眼,他们不会想到,转眼之间,他们就会变成帝国的炮灰。载涛被难住了。他知道,即使他有心杀敌,也孤掌难鸣。终于,在反复思量之后,载涛辞去了军咨府和禁卫军的一切职务,拱手交出了兵权,袁世凯立即任命冯国璋为禁卫军总统官。

冯耿光和其他官员们谈起这件事时,认为"清廷起用袁世凯是万不得已的,并且不是一件好事。因为谁都认得袁是一个奸雄,多年来背地里都叫他'活曹操'"[54]。

整个朝廷只有袁世凯一个人在笑。

与荫昌相反,打仗的消息让冯国璋精神抖擞,对于一介武夫来说,他全部的人生价值都体现在战争中。接手指挥的冯国璋,把指挥部设在前线,亲自上阵地考察敌情。十万火急之际,袁世凯仍然深居彰德,按兵不动,似乎他对自己的渔翁生活充满留恋。治大国如烹小鲜,对火候的掌握至为关键,它不仅能区别政治家的优劣,而且能决定政治家的命运。就在他密切注视帝国局势的这段日子,山西、云南、江西……越来越多的地方宣布独立,海军"四海"中的"三海"——"海琛""海容""海筹"三艘舰艇一齐反正,"半壁江山"尽失的清廷,无奈之中将庆亲王奕劻内阁总理的职权,交到了袁世凯手上,此时,这位渔翁才对自己的收获感到满意,他的"足疾"也突然痊愈了,迅速由彰德直接南下督师。

袁世凯受命之后,未出十日,便完成了对前线的一切部署,而那时,他人还未到京。荫昌即使不回,也已成赘物。清廷发布命令,命荫昌把前线指挥权交到冯国璋手上,"俟袁世凯到后,荫昌再行回京"。

袁世凯终于踏上了从湖北前线返回北京的火车。他黯然离开北京的那一刻,他就知道他会回来。所有从他手中剥夺的权力,都会加倍地返回他的手中,那些多出的部分,是昏庸的王室为他们的武断和无能而支付的利息。

哈尔滨车站　20 世纪初

伍连德　20世纪初

黎正医官（左一）和他的第一区办公室职员在临时医院门前　1911年

第四章 标靶 203

火葬死者现场　1911 年

一支搜索队在哈尔滨待命出发　1911 年

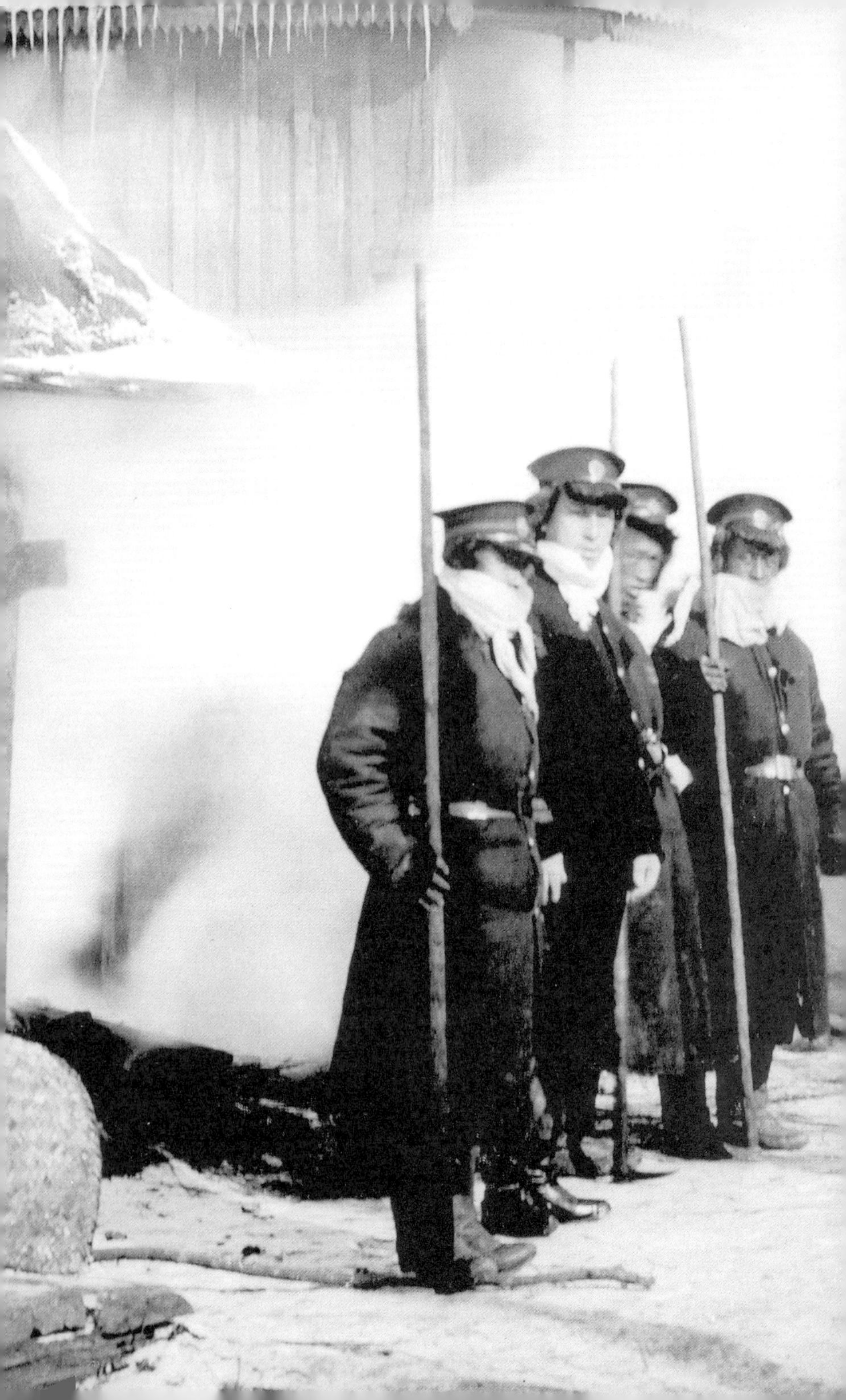

第二区在焚烧被遗骸污染的尸布　1911 年

伍连德（前排左一）与防疫总局工作人员合影　1911年

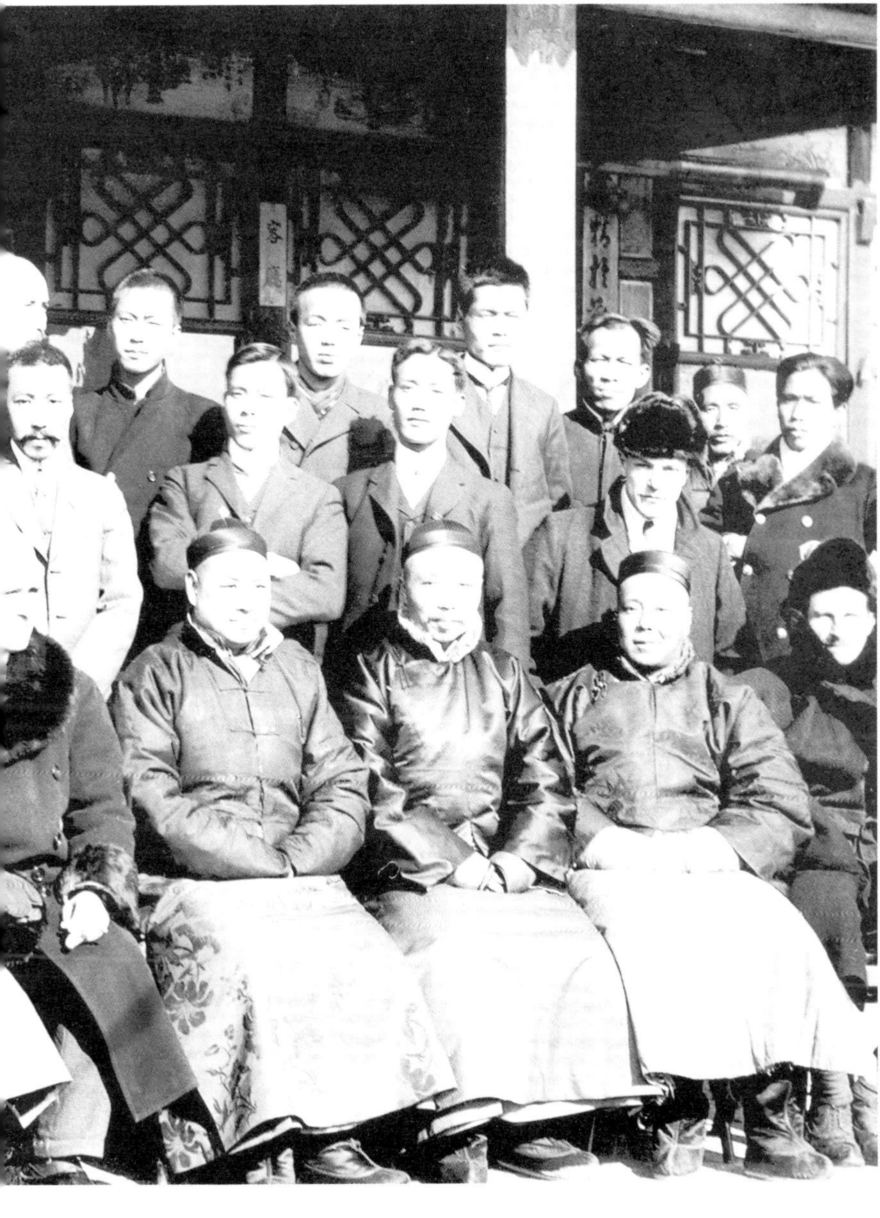

东三省总督锡良　清末

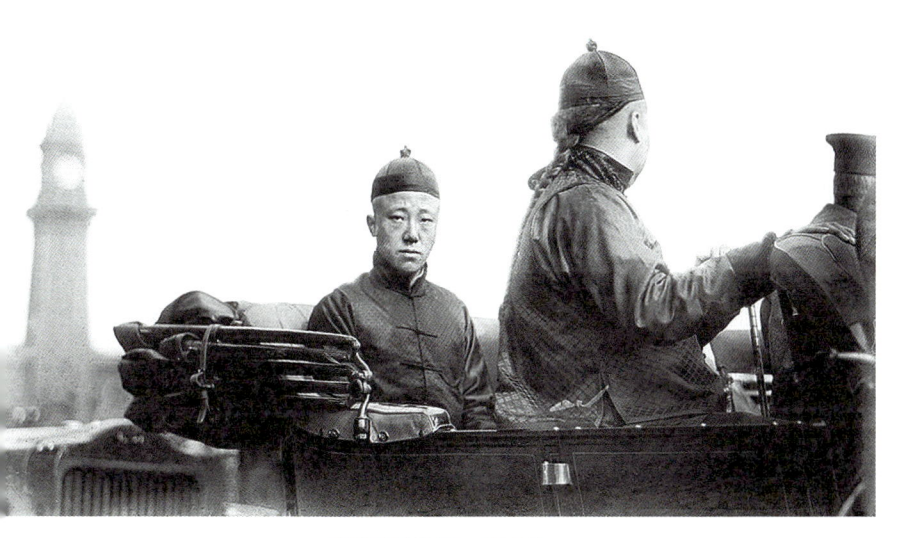

载涛出访美国　1910 年

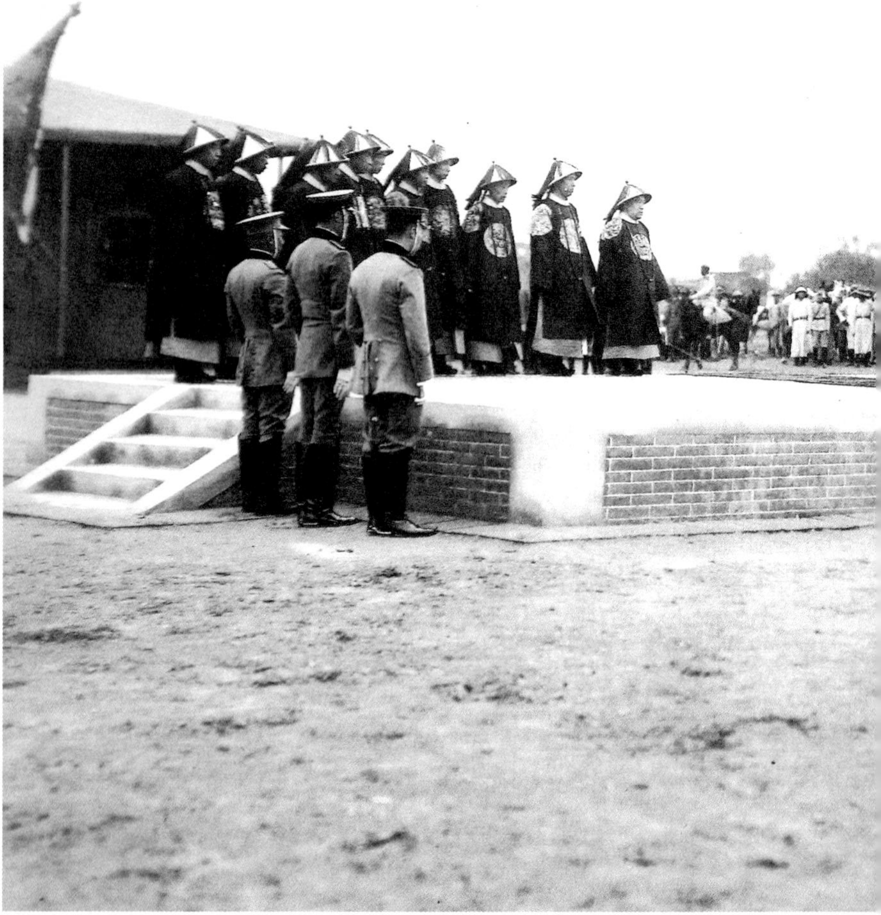

载沣在北京德胜门外校场检阅禁卫军　1911年

"海圻号"官兵在美国　1911年

"海圻号"官兵在美国　1911年

第四章 标靶 | 213

"海圻号"官兵在美国 1911年

"海圻号"官兵在美国 1911年

汉口的革命军　1911 年

第四章 标 靶

人们从报纸上得知武昌起义的消息　1911 年

荫昌　20世纪初

在汉口码头上视察人员伤亡情况的外国人　1911年

第四章 标靶 219

清朝陆军大臣荫昌在湖北孝感前线　1911年

THE ILLUSTRATED LONDON NEWS, Oct. 21, 1911.—637

THE CITY OF THE CAPTURED ARSENAL AND IRON-WORKS: HANYANG.

Photographs by Dr. Thomson and Topical.

1. IN THE HANDS OF THE REVOLUTIONISTS: THE HANYANG IRON AND STEEL WORKS.
2. ONCE A PRISONER IN THE CHINESE LEGATION IN LONDON; NOW "NAMED" AS FIRST PRESIDENT OF THE CHINESE REPUBLIC: DR. SUN YAT SEN.
3. A CITY CAPTURED BY THE REVOLUTIONISTS: HANYANG FROM THE FOOT OF TORTOISE HILL—ON THE OPPOSITE SIDE OF THE RIVER, WUCHANG.

It was reported last week that double shifts were being worked at the arsenal at Hanyang, one of the cities taken by the revolutionists, and that 25,000 rounds of ammunition were being turned out daily; while there were 140 field-guns ready for action. The revolutionists also, it is said, captured the Mint, worth 2,000,000 taels. Hanyang gains its chief importance from the arsenal already mentioned and the iron-works. Dr. Sun Yat Sen, who has been "named" as certain to be President of the first Chinese republic should the revolutionists be successful, has had a most remarkable career; but, as he is in the United States at the moment, it is obvious that he cannot be taking the all-prominent part in the present revolution which is generally assigned to him. He is best known in England from the fact that on October 11, 1896, when he was "wanted" for his part in a conspiracy in China, he was enticed into the Chinese Legation in London by a fellow-countryman, and there kept prisoner. He contrived to throw a message out of his window, and this reached his friend, Dr. James Cantlie, the well-known surgeon, with the result that such steps were taken that Sun Yat Sen was set free after twelve days' imprisonment.

第五章 车站

历史的走向，就这样在毫厘之间决定了。所谓乱世枭雄，就是指那些在纷乱的局势中抓住机会的人。

一

北京东车站的站台。一百年前的秋天，这里堆满了行李，梅兰芳后来回忆说：那些来自南方的帝国官员，在他们效忠的帝国摇摇欲坠的时候，争先恐后地带着家眷离开北京，他们担心一旦革命军攻入北京，就会像明末一样，出现屠城的景象。与他们急切的心情相反，那时，京奉铁路的慢车已经停开，快车也只卖二等票；京汉铁路的车票只卖到黄河北岸，而且开车钟点也不确定。

在王公大臣们的带动下，京城九门的许多军警，在惊恐之余弃械逃走。入冬的第一场雪，覆盖了紫禁城。只是这场雪，与辛亥年初春的第一场雪，给人带来完全不同的感受。所有关于丰年的想象，就是在春天的那场雪里变得丰满充盈的，然而，此时的雪，却封冻了帝国所有瑰丽的梦想，后花园那些曾经绽放的花木，在风雪里瑟缩和战栗。帝国一半的基业已失，而另一半，亦在摇晃中。漫天的雪中，紫禁城正一步步沦为一座没有外援的孤岛。

二

辛亥年九月初九（1911年10月30日），北京的军咨府接到一份报告，说陆军部紧急运往武昌的武器装备被吴禄贞在石家庄火车站截留了，连吴禄贞的老同学良弼也不知道他要干什么。[1] 第二天，良弼接到吴禄贞的一封电报，电报中说，"山西兵变，袭击石家庄。经派朱鼎勋手执白旗，突入敌阵，宣布国家意志。敌军三十营，完全就抚。"[2] 良弼当时拿着这份电报，眉飞色舞，大声说："吴绶卿[3]真了不起，山西巡抚不能不给他！"他给载沣（也可能是载涛）拨通了电话，胸有成竹地说："山西的事请放心吧，吴绶卿来了电报！"[4] 放下电话，他还滔滔不绝地向身边的军官夸奖吴禄贞的人品。

吴禄贞和良弼，是留日时期的同窗好友。才华与风流，互不相让。良弼回国，入练兵处，又在陆军部任职后，力荐吴禄贞担任练兵处监督。凭借良弼的信任和倚重，加之向庆亲王奕劻贿赂两万元[5]，吴禄贞迅速晋升为北洋新军第六镇统制。

就在良弼接到他的老同学吴禄贞发来电报六天前，辛亥年九月初三（1911年10月24日），陕西新军在管带张凤翙和张益谦的指挥下，激战三昼夜，胜利光复西安。此后陕西各县陆续光复，起义者于1911年10月下旬在陕西革命军司令部举行会议，与会者暗中拥戴井勿幕为大都督。井勿幕在耀州得到消息，派人转告他们，临时换主帅，只会自乱阵脚，婉言谢绝了大家的好意，会议于是推定张凤翙为秦陇复汉军大统领。

良弼收到吴禄贞电报两天前，辛亥年九月初七（1911年10月28日），山西新军第四十三协第八十五标奉命出发南下平乱，领到子弹后，标统阎锡山等同盟会会员当即决定起义。第二天的晨雾中，起义军攻进太原城，杀死山西巡抚陆钟琦，成立军政府。

南方战事胶着之时，多米诺骨牌效应已在帝国的北方开始显现。尽管紫禁城厚实的城墙，把饥民的呻吟和叛军的呐喊声严严地挡住了，但他们筑造的政治堤坝在崩塌前发出细若游丝的响动，更令他们感到惊怖万分。南方革命在武昌成功，得益于武汉水陆要冲的地位造就了市民社会的成熟与资产阶级民主思想的输入，与江南繁华之地相比，帝国的北方，无论经济，还是文化，均显得荒疏沉寂。而陕西、山西的革命能率先发动，与这里地处黄土高原，气候酷寒干旱，生存环境恶劣，民风强悍，历史上不乏武力起事的传统有关。其中最著名的，当属明末由高迎祥、李自成、张献忠等人领导的农民起义，参加民众数以百万计，由天启到崇祯，历时十七年，像一股巨大的旋风，把大明王朝铁打江山变成一片粉末。而明末"匪患"猖獗的时期，刚好处于历史上的"小冰期"，气候酷寒，导致农业减产，灾祸连年，民不聊生。在这块土地上，革命不需要太深刻的大道理，酷寒导致的饥饿与酷政导致的绝望，是对革命的最好动员。革命缘于人们改变自身命运的本能，在这种本能面前，王朝苦心孤诣建构起来的所有对于效忠的要求都是一堆垃圾。

20世纪的第一个十年，大清帝国的天象十分异常，各种类型的灾祸，在这个企望重生的帝国轮番上演，"天灾流行，饥馑洊臻，民之死于无告者，其数尤夥。"[6] 辛亥年东北的鼠疫，在一系列骇人的灾变面前变得不足为道。仅以1909年（宣统元年）为例，甘肃持续多年的旱情在这一年发展到顶峰，持续九百九十五天不雨，发生了特大旱灾。夏秋以后，又连降暴雨，黄河猛涨，沿岸居民淹没大半。浙江则正好与此相反，春夏之交迭遭淫雨，积潦成灾，杭、嘉、湖、绍、严五府田地被淹，有的田中积水逾丈；七月后，又连旱数十日，"田皆龟裂"，农民"有向田痛哭者，有闭户自尽者"，当时报纸认为浙灾可与"甘陇之奇荒"相比。与此同时，一些省份发生了相当严重的水灾。湖北连续六年遭受水灾，湖南也因夏季雨水过多，荆江决口四百余丈，流离转徙各地的数十万饥民，"靠剥树皮、挖草根，勉强过活"。江苏、安徽及黑龙江瑷珲（今爱辉）等地春旱夏涝，新疆、福建、云南、奉天、广西等局部地区大水，加上台湾连续三次发生地震，整个帝国，几乎体无完肤。

黄土高原上的陕西与山西等省自然也不能幸免，这一年，陕西、山西经历了水、旱、风、雹四种灾害的煎熬，使得这块土地上的生民连低水平的生存都难以维持。或许辛亥年帝国北方丰沛的雪量，使直隶总督陈夔龙有了底气。这一年五月十五日（1911年6月11日），他在上奏朝廷的一份奏折中一再豪言，"得雪较多，可望丰收"，然而，他的这份豪迈，在十月初四（1911年11月24日）的那份奏折中消失得无影无踪。其中说道："顺直各属本年秋禾，除被水、被旱、被雹、被风、被虫各村外，顺天、保定等约收六分；永平、河间等约收七分余，天津、赵州等约收七分。"直隶各地的收成仅为平常六七成。然而与全国相比，直隶还是幸运的。

人们对食物的欲望不会因为天灾而有所收敛，相反会变得更加强大。然而，在这种王朝末世的惨象面前，专制权力的贪婪本性丝毫也没有收敛。那些少得可怜的赈款，也大多为官吏所侵渔。所谓赈恤，不过是封建统治者"邀弋美名"的一种手段。孙中山在《中国的现在和未来》一文中指出："中国所有一切的灾难只有一个原因，那就是普遍的又是有系统的贪污。这种贪污是产生饥荒、水灾、疫病的主要原因。""官吏贪污和疫病、粮食缺乏、洪水横流等等自然灾害间的关系，可能不是明显的，但是它很实在，确有因果关系。这些事情决不是中国的自然状况或气候性质的产物，也不是群众懒惰和无知的后果。坚持这说法，绝不过分。这些事情主要是官吏贪污的结果。"[7] 对于灾变与酷政所引起的连锁反应，连清廷官员都直言不讳："……其或民不聊生，起为图存之计，则又目之为乱民，为匪徒，召兵遣将，流血成渠……"[8] 官吏的贪婪与暴戾并不是一件新鲜事，它们之所以引起普遍的反弹，是因为灾变使它们的本性变得更加惊心骇目，民众对它们的反应也比任何时候都更加敏感。在孙中山以前，中国历史上还从来没有哪一个人以如此敏锐的目光、如此深邃的思维和如此清晰的语言来分析和说明灾荒问题。

与饥饿相比，朝廷的任何道德说教都是苍白的。辛亥年三月二十日（1911年4月18日），因下雨等天灾人祸，河南鹿邑、祥符等县米价飞涨，导致饥民抢米事件的发生。根据陆军第二十九混成协统领马增福的报告，在鹿邑县的请求下，马增福派一营人马前去弹压。[9] 几乎与此同时，在遥远的湖南浏阳县县衙前，聚集了众多的饥民，他们骨瘦如柴，形如僵尸，只有从他们偶尔转动的眼珠，可以判定他们一息尚存。他们就凭借这仅存的力量，捣毁了警察总分各局，拥入各碓坊米铺及绅士家抢米。[10]此后,抢米事件在帝国的土地上层出不穷,令帝国的军警力量应接不暇。

1908年,二十岁的井勿幕在《夏声》杂志第九号发表时评说:"甘肃三年不雨(甘人谓有四年不雨者),官场匿不报灾,而苛征依然。其昧良丧心如此,即就中国旧法论之,皆当首服上刑者也。"[11]

革命思想渗透到陕西新军中,与一个人密切相关,这个人,就是井勿幕。井勿幕,1888年生,与吴禄贞等同为留日学生,是最早的同盟会会员,早在1905年就加入同盟会,并主动向孙中山要求回陕发展同盟会组织,被孙中山誉为"西北革命巨柱"。辛亥年,他又在香港与吴玉章、熊克武等人一起策划广州起义。个头不高、脸上还带着几分孩子气的他,在陕西革命者中已颇为"资深"。陕西起义后,清军第三镇协统卢永祥率部由正太铁路入晋,迅速攻下太原,陕甘总督升允率甘肃汉回各军二十余营东下,连陷邠州(今彬县)、长武、沂阳(今千阳)、陇州(今陇县),围攻乾州(今乾县)、醴泉,侵入三水(今旬邑)、淳化。井勿幕命标统胡景翼率部于三水张洪塬,与甘军展开一场血腥厮杀。双方在乾州、醴泉之间成相持局面,这种局面一直维持到清帝退位。[12]

山西军政府成立的同一天,第二十镇统制张绍曾截获了彭家珍运往湖北前线的军火，其中包括五千支枪和五百万发子弹。实力大增的张绍曾立即于十一月初十（12月29日）电奏清廷，提出"废除内阁，速开国会"，表示只要"实行立宪"，即可"停军不发"，同时提出政治改革的十二条政纲。

滦州距离北京不过三百公里，如果滦州新军哗变，直捣北京，北京指日可下。朝廷也看到了危险，第二天就接受了他们的要求，资政院开始以最快的速度起草宪法，并在辛亥年九月十三日（1911年11月3日），迅速颁布了《宪法信条》十九条，主旋律仍然是："大清帝国皇统万世不易"，"皇帝神圣不可侵犯"。

同一天，根据载涛的提议，朝廷派吴禄贞前往滦州，安抚张绍曾。

辛亥年九月十四日（1911年11月4日），朝廷正式任命吴禄贞为山西巡抚。

朝廷把陈兵石家庄的第六镇统制吴禄贞当作救命稻草。如果吴禄贞也出了"问题"，几方联手进攻北京，那么南下汉口的清军主力就会被截断后援和退路，陷入腹背受敌的困境；京城中的王公大臣，将成为瓮中之鳖；而袁世凯的山水园林，无疑会成为他的葬身之地。[13]

这个宝，他们还是押错了。

帝国新军第六镇统制吴禄贞与第二十镇统制张绍曾、第二混成协协统蓝天蔚为日本陆军士官学校同学，与革命党素有联系，被称为"士官三杰"。对于吴禄贞的革命倾向，良弼在日本时就有所耳闻。吴"素抱革命主义"[14]，在留日同学中，几乎是公开的秘密，而良弼主张立宪，"他留学日本的时候，认识到清朝政府的腐败，贵族子弟的荒淫；也知道汉人正在奔走革命，图谋推翻清廷。但他究竟是一个满人，不甘心把三百年的江山，拱手还给汉人。于是就想效法明治维新。采用君主立宪政体，延续满人的统治"[15]。在日本陆军军官学校，两人时常争执不下。但是作为皇室贵族后裔，良弼十分欣赏他这个志向不同的同学，利用自己的身份，千方百计保护他。良弼回国，入练兵处，又在陆军部任职后，力荐吴禄贞担任练兵处监督。身为宗社党领袖的良弼曾对吴禄贞说："吾两人尔汝如兄弟，如携手练兵以御外侮，左提右挈，天下事大可为。尊主庇民，何必革命！"[16]

摄政王载沣在紫禁城召见了吴禄贞。那一天，摄政王给吴禄贞一个小匣子，吴回家打开一看，发现里面满满的全是检举他是革命党的信件。摄政王以这种方式表达了对吴禄贞的绝对信任。朝廷用人不疑，是因为它没有别人可用，如果连吴禄贞都是革命党，那便是毁灭，而朝廷的信任里，包含着它自己的幻想。此时的朝廷，已经分不清哪些是幻想，哪些是真实。

此时的吴禄贞，身着帝国的军服，心里却想着如何毁灭这个帝国。他的两个计划,倘被他的老同学良弼知道,定会感到彻骨的寒意。"第一个计划,滦州第二十镇往南开,保定所驻军队往北开,一同直趋北京,打出旗号是推翻清室,创造民国;第二个计划,滦州和保定军同样会师北京,打出旗号是维护清室,革新政治。但第一个计划,我们力量太薄弱,而北京新军除已编陆军开赴汉口外,尚有第一镇、禁卫军,并其他各镇所剩各营,还有直隶巡防营及旧式练军,如打出革命旗帜,北京所有力量足够抵抗,在奉天的第三镇,可开进关内,扼我东路,袁世凯汉口军队,亦可抽一部分北来,阻我西路。而且北方民气,不如南方,此方号召,彼方未必响应,我们本钱有限,虽然革命总带危险,但看出危险,是不能不顾虑的。其次一策,袁世凯素为北京亲贵(除奕劻一派外)所敌视,我们会师北京,拥护清室,铲除袁世凯。此种计划,肃(善耆)、泽(载泽)、涛(载涛)、良(弼)等都已谅解,他们认我们为友军,不会冲突。到京后我们拿到中央政权,挟天子以令诸侯,先解决了袁,对于汉口前线军队,酌量调拨,分化这一部分旧势力,再进一步完成我们最后目的,这只好看机行事。"[17]

就在吴禄贞将计就计,前往滦州的时候,九月十四日(11月4日),张绍曾召见了特地赶来的王葆真,直言不讳地提出了进攻北京面临的两个障碍:一、《辛丑条约》规定,天津二十里以内不许中国驻军;二、宣告独立以后,军队需每月饷银十余万两,失去朝廷支持的军队,将陷入财政危机。

王葆真是这一年春夏之交刚刚从日本派回国内筹划革命的同盟会会员。他是在农历九月初一(1911年10月22日),武昌起义十二天后,穿越华北平原,抵达滦州的。王葆真略微思索了一下,然后回答道:"一、武昌起义之后三天之内,英、日各国领事团俱已承认革命军为交战团体。二、革命军是为了救国救民而革命,政权公之于人民,实行民主政治,义师所向,定能受到箪食壶浆以迎。区区十余万饷银,自不成问题。"

四天后,王葆真出现在日本驻天津总领事小幡面前,打探列强对滦州新军将通过天津的态度。小幡爽快地说,他知道张将军的军队纪律严明,他没有意见,但需要与各国领事团商议一下,并约三日后再谈。三天后,小幡面带忧虑地对王葆真说:"美国领事不答应,说条约不能变更。"谁也不会想到,十年前签订的《辛丑条约》,此时会绊住北方革命的脚步,历史的环环相扣,令人觉得不可思议。第二天,九月初七(10月28日),《天津日日新闻》刊出一则报道,声言天津士绅主张宣告独立。不久,当王葆真再度出现在小幡面前的时候,他得到了一个令他兴奋的消息:美国领事答应了。领事团认为:张绍曾将军率领的滦州新军如到天津,若仅从天津通过,并不作为长期驻军,如此,即与《辛丑条约》不相干涉。[18]

至此,似乎北方革命的一切障碍都已解除,如果进攻北京的目标顺利实现,不仅帝国政府束手待毙,袁世凯所期待的一切前景也都将荡然无存,袁纵然苟活,也必将成为历史中的一个废人。以后的历史将被彻底改写,从孙中山这样的革命领袖,到帝国内部的每一个草民的命运,都将改变。然而,就在此时,历史却再次转身,向另外一个方向急奔而去。

现实世界里的黑白对弈,远比棋盘上更加复杂和真实。也是在辛亥年九月十四日(1911年11月4日)[19],北京的军咨府接到一份报告,说陆军部紧急运往武昌的武器装备被吴禄贞在石家庄火车站截留了,共有"几十万饷银,十几车皮粮食、弹药、棉军装,把仓库塞得满满的"[20],连吴禄贞的老同学良弼也不知道他要干什么,而袁世凯在听说这一消息后,一口浓血从他的胸腔里喷出,他似乎已经对吴禄贞下一步的举动心知肚明了。[21]

三

何遂第一次见到吴禄贞的时候,就被他的面容吸引住了。他眉宇间散发的不是北方青年的强悍,而是书生般的文静,但在这儒雅的外表背后还多着一层内容,他说不出是什么,他觉得他像一把剑，优雅、秀丽，却寒光闪烁。

何遂在北京一下火车，就听说了武昌起义的消息。在广西干部学堂参谋处任筹略科科长的何遂，在三月里参与了广州黄花岗起义的策划。三月三十日（4月28日），他收到了一封由香港发来的电报，上面只写了七个字："父已死，毋庸来港。"他知道起义失败了，呆坐了许久。那时刚刚下过一场雨，泥土深处蒸腾出万物垂死与生息的气味。他和广西同盟会年轻的盟友们在熬过了漫长的春天以后，在七月里乘火车到北京，参加永平秋操。秋操在武昌的枪声中戛然而止，载涛在那个夜晚急速赶回北京，无事可做的何遂也来到北京。

那天，新军第六镇统制吴禄贞的副官长王孝缜找到何遂，对他说："绶卿要见你，请你去一趟。"何遂就这样跟在他的后面，第一次见到了吴禄贞。

出现在何遂面前的吴禄贞，英武、率直而亲切。他说："我早就听勇公谈起你，你来得正好，马上有事托你。"

何遂问："什么事？"

吴禄贞说："武昌战事荫昌打得很不好，他大概吃不消了。载贝勒（载涛）把我找去，告诉我山西已经宣布独立。派我的一协人到山西去镇压。你跟队伍去，担任十二协的参谋，马上动身到保定去报到。"

何遂从吴禄贞那里得到了一份重要的使命:"镇压"山西起义新军。至于把这一重任交给何遂的原因,两个人心照不宣。

深夜的石家庄车站,寂静中埋伏着骚动的信息。由于山西是窄轨铁路,为了调兵,帝国的军人们紧急商议如何接通与山西接界处的铁路。这时,有一条情报,穿越秋夜里潮湿的雨雾,抵达第六镇军官面前,情报清晰地报告了山西革命军的真实势力:那里只有一个混成协,起义后跑的跑,散的散,剩下不过三千来人,内部空虚,横在太原前面的娘子关要塞,几乎是一座空城,在那里防守的兵力十分有限。团长曹进趁着夜色跑到井陉县去视察,打电话回来说,娘子关防卫单薄,催促队伍迅速进攻。以旗人为主的禁卫军一团此时早就吓破了胆,不敢向前。于是吴鸿昌和何遂率领第六镇的三营人出发了。

如果真的开了火,一打进娘子关,就可以直捣太原了。此时的何遂,看到了山西革命军的危险。过了获鹿县,渐渐进入了太行山,火车像海底的鱼,沉入深不见底的黑暗。何遂看到,没有任何战斗经验的吴鸿昌面色愈发阴沉。突然,他想出了一个办法,就是分散兵力。他对吴鸿昌说:"你看这地势,车行于峡谷之间,万一旁边插出一支敌人来,我们怎么应付?还是停下来搜一搜吧。"吴鸿昌立即命令下车搜查。

何遂又说:"头天门是个险要的据点,如果被敌人控制,我们想回头都回不成。"

吴鸿昌说:"那么应该留下一营人来守卫。"

于是,第一营便留在头天门。他们继续前进,到了二天门、三天门各留下一营。再前进到了微水,山势更凶险了。车行于陡崖巉壁之间,昂起头来只能看见一线天光,前面的路轨被两侧的山岩挤得好像没有了。吴鸿昌下车看了又看,徘徊道旁,进退失据。何遂便劝他留下三营士兵,乘车回石家庄。

石家庄火车站坚硬的外壳,像一座岛屿,在夜幕中浮现出来。吴禄贞办公和休息,都在车站的站长室里。吴禄贞回来了,何遂听见他和军官谈话的声音,从站长室里透出来,何遂便找到他的副官长周维桢,对他说:"我做了一件很有趣的事,至少几天打不起仗来。"然后,故意把军队分散驻扎的情况向他叙述了一遍,还说,最好让我到娘子关去联系一下,可以把山西的兵带出来,与第六镇会合,一起进攻北京。周维桢说:"你做得很好。"紧接着,他说了一件让他忧心忡忡的事情。

此时何遂才知道:驻滦州的二十镇统制张绍曾和混成协协统蓝天蔚曾向清政府提出改革政治条件,朝廷大为震惊,派往滦州抚平军心的朝廷特使,居然是吴禄贞。吴禄贞从北京出发的时候,军咨府的一个厅长陈其采随行。吴禄贞太大意了,以为陈其采是领导光复上海的革命党人陈其美的胞兄,于是把陈其采也当作革命党，把自己准备联合张绍曾和蓝天蔚攻打北京的计划向他和盘托出，说这次去，联络张、蓝，加上自己石家庄的队伍，会师北京绰有余力，光复之功，唾手可得。火车到达滦州的时候，张绍曾和蓝天蔚果然如约而至，他们随即召开了紧急会议，饭后，他们发现陈其采溜了，滦州车站空空如也，停在滦州车站上的所有车皮全都消失了踪影，一丝不祥之兆，掠过所有人的心头。

第二天，辛亥年九月十六日（1911年11月6日），吴禄贞带着何遂等人抵达娘子关，秘密会见了帝国的叛逆阎锡山。阎锡山亲自迎接，并且集合手下的重要将领，请吴禄贞训话。吴禄贞登台，大声地说道：

"兄弟们！现在山西的成败很要紧。山西的独立使京畿震动。我已经和二十镇统制张绍曾、协统蓝天蔚联系好了，山西的军队，张、蓝的军队加上我们第六镇的队伍，会师北京是一定可以成功的。现在袁世凯派人到武汉捣鬼，他是有阴谋的，我们如果早到北京，就可以把他的计划完全打破。"

他演讲的时候，台下被一种悲壮的情绪所笼罩，鸦雀无声。吴禄贞又说道："现在北京授命我做山西巡抚，我是革命党，这对我真是笑话。阎都督是你们山西的主人，我是替他带兵的。"阎锡山举起手高呼道："我们拥护吴公禄贞做燕晋联军大都督！"

何遂陪同吴禄贞乘坐火车，当晚回到石家庄。空旷的站台在月色下泛着幽黑的光，看不出任何动荡的痕迹。青色的铁轨仿佛若隐若现的伤疤，被深浓的夜色所包裹。阎锡山率领的山西起义军，将在这个夜晚抵达石家庄车站，与第六镇会合后，在第二天的早上，向北京进发。此时，有一束灯光勾勒出几名军官的面孔，他们正暗地里开会，召集人，他们就是曾被吴禄贞撤职的前第六镇协统周符麟，参加者有马步周、吴鸿昌等。

载涛后来回忆说，周符麟因为嗜好鸦片，被吴禄贞解除了第十二协统领的职务，任命自己手下任参谋的张联棻取而代之。因为周符麟是高级军官，所以此事必须经过北京的陆军部，为此，吴禄贞还不顾劝告，大闹陆军部，所以载涛对此事的印象十分深刻。看到这种僵局，张联棻劝吴禄贞撤回这道任命，自己说什么都不干，吴禄贞说："你怕什么？有我呢！"张联棻说："我不是害怕，我是为了你！"[22]

张联棻不幸言中了后来的事实，正是周符麟这个看似微不足道的因素，使吴禄贞、张绍曾、蓝天蔚、阎锡山等人的所有努力前功尽弃。在微明的灯光下若隐若现的面孔中，又增加了一张面孔，秘密集会的人们都认得出那张脸，他，就是陈其采。正是在这次密谋中，周符麟、吴鸿昌等军官决定向荫昌和良弼发去密电，告发了吴禄贞的动向，相约以吴禄贞的首级来报效朝廷。"荫良二人得电,大惊且悦,即复电四人,谓事若成,当以万金赏。"[23] 载涛这句话里,藏着太多的信息。首先,一个"惊"字,非同小可。良弼之惊,不是因为吴之革命,而是因为他革命得如此坚决;继之以"悦",是因为告发及时,否则不堪设想;及至"以万金赏",则大局定矣。在帝国的政治哲学中,还有什么是钱搞不定的?电文当于11月6日晚上传到四人手中,他们于是确定了刺杀吴禄贞的步骤,由周符麟、吴鸿昌、马步周、骑兵营营长马惠田等具体实施。

何遂似乎嗅出了空气中的火药味,他把这一重要情况及时地报告给了吴禄贞。如果吴禄贞警觉,那么,在这个深夜里,他可以神不知鬼不觉地将这几人除掉。但他没有这样做,不是因为他仁慈,而是因为他疏忽,他低估了他们的作用。

历史的走向,就这样在毫厘之间决定了。所谓乱世枭雄,就是指那些在纷乱的局势中抓住机会的人,无论吴禄贞,还是张绍曾,都不是这样的人。与南方新军比起来,当时的北方新军,成分复杂,政治取向不一。尤其这几支北京近畿的部队,革命党并没有长期渗透,既没有井勿幕在陕西打下的基础,更没有像武昌"文学社"那样的组织。因而,与湖北新军"自下而上"的起义不同,北方新军的革命,是一场由思想先进的留日士官生主导的"自上而下"的革命,革命的领导者与社会底层的灾民、饥民被一道看不见的绝缘体隔绝了,无法合成一股摧枯拉朽的破坏力。这一先天缺陷,使革命变成一场来得快、去得也快的独角戏,深夜凄冷的车站里,藏着他们的宿命。

第六镇沉闷似铁,哪怕细微的渗透都难以进行,吴禄贞于是在北京东城大方家胡同修了一所楼房,经常住在那里,与朋友们饮酒赋诗,索性不去过问第六镇的事,与第六镇官兵的关系更加疏远。他就是在北京的家中,得到武昌起义的电报。这封电报令他喜忧参半。他为革命的爆发而喜,为自己放松了对第六镇的掌控而忧。离开北京前,他对着镜子,端详自己良久,不无感叹地说:"我真是一个倒霉的相!"[24]

后世历史学家在回顾这段历史时认为:北洋新军,尽管不乏革命党人,但毕竟是袁世凯的基本部队,"而张绍曾的第二十镇和蓝天蔚的第二混成协,也是从北洋军发展出来的部队。这些部队,军官都是北洋系的,有些还是淮军的老人,士兵则是北方的农民,官兵思想都相当保守,跟南方新军完全不能比。……要带领这样一支军队揭竿而起,反叛清朝,打到北京,其实大有难度。……自打统带第六镇以来,吴禄贞改造部队的企图,几乎是寸步难行"[25]。甚至连卫队长,都不能自己任命,更何况吴禄贞这样的"空降干部",不是与士兵一道摸爬滚打出来的,很难与部队血肉联系在一起,而北方军队,传统习气甚浓,与其说是一支国家军队，不如说是一支私军。许多官兵的脑子里只效忠一个人，那就是袁世凯。袁世凯对北洋系长期的栽培，终于在关键时刻见了成果。这也是袁世凯这只百足之虫在他的人生寒冬里死而不僵的根本原因。

在石家庄对起义做出一系列布局之后，吴禄贞志忑的心平静了许多，面对忧心忡忡的何遂，吴禄贞面色坦然地说："不要紧的，骑兵营营长马惠田担任警戒，他是我的心腹，靠得住。"半晌，又说，"禁卫军一团人天天跟在身边我都不怕，这几个人怕什么？"

何遂问："山西队伍就快到了，是否派一营人来做你的卫队？"

吴禄贞说："不用了，你带着马营长去替我慰劳慰劳，说我明天接见他们。"

夜里十点，山西的队伍来了，驻于石家庄郊外。何遂和马惠田坐着摇车前去迎接。那时的何遂不会想到马惠田会在历史中扮演如此重要的角色。慰劳晋军回来，已经是夜里十一点多了，何遂感到一阵疲倦，便昏昏沉沉地睡去了。[26]

夜色像一堆堆的石头，向车站挤压过来，仿佛要把车站压垮。站房内，一灯如豆，照亮吴禄贞的面孔。历史的各种线索犹如铁轨，在一片寂静中向前延展，又消失在夜的尽头。这是一个能够改变历史方向的夜晚,在这样一个深不可测的夜里,注定有人要死,有人要活。那些在晨光中一梦醒来的人们,一定会为现实的突变而深感错愕。

四

在何遂眼中,马惠田是一个丝毫不引人注目的人。他身材瘦弱,相貌平常,如果混杂在队伍里,根本无法把他辨认出来。只有在那个特定的夜晚之后,马惠田才成为一个引人注目的人,以至于很多年后,何遂仍然在寻找他的下落,了解那个夜里的真相。但马惠田却是一个拒绝被人辨认的人,以后的他,已经在芸芸众生中悄然隐身。

出事时何遂距离吴禄贞只有几十米。他滞留在梦中。这几十米的距离横在他和成功之间,无法逾越。

那个夜里,何遂的警告,像一阵阴云,盘旋在吴禄贞的心头。吴禄贞决定扫除那片阴云,于是将马惠田传来问话。

吴禄贞的目光逼视着马惠田,问他:"听说你要杀我?"

现场的空气骤然凝固了,没有人知道要发生什么。

吴禄贞接着说,我就在这,你杀吧。

片刻的停顿之后,马惠田突然跪下了,带着哭腔说道:"统制待我甚厚,我再大的胆子也不敢。"

吴禄贞说:"谅你也不敢,起来去吧。"[27]

吴禄贞采取的是光明磊落的办法。他不会使用诡计。历史中的英雄,往往是被各种诡计网罗的目标,与对手相比,他们的坦荡时常与愚蠢为伍,犹如我们的敬佩常常与愤怒做伴。这是英雄的悖论,也是英雄所必付的代价,他们的大义凛然使对手的诡计得逞并顺理成章。

就在这时,子弹突然冲出了枪膛。吴禄贞愣了一下,就倒下去了。

枪声划破车站的静寂,在旁边的房间里酣睡的何遂猛然惊醒,下意识地摸身边的手枪,没有找到,随手抓起一把短剑冲出门去。

这时,正是深秋的午夜,夜色似铁,寒风飒飒,站台上一个卫兵也没有。突然间,他看见有一队人从吴禄贞的住室中奔跑而出,迎着他跑来。他大叫:"站住!站住!"这些人,毫不理睬,愈跑愈快,一溜烟就不见了。何遂知道,出事了,正往前走,忽听地上有人痛苦呻吟,仿佛是张士膺的声音(他是奉天小学的总办,是应吴禄贞之约而来的)。何遂叫道:"你怎么啦?"他此时已不能言语。何遂借着朦胧月色,低头一看,发现他的头已被一刀劈开了,眼珠突出,脑浆流了一地,快要断气了。何遂说:"我不能顾你了。我要看绥卿去。"说完便向站长室疾奔。他希望吴禄贞还活着。他穿过外面的一条过道,刚到吴禄贞的卧室门口,就被绊了一下,定神一看,发现正是吴禄贞,穿着第一次见到何遂时穿的那件军大衣,胸前闪烁着一颗双龙宝星。何遂一惊,俯下身去大叫:"绶卿,绶卿!"同时在他的身上摸索,他的手停在吴禄贞脖子上整齐的刀口上,那里是空的——他的头颅已经去向不明。

何遂猛然跳起,向着仓库跑去,他依稀记得那里有一连守军。他声嘶力竭地喊:"快来人呀,统制被人刺死了!赶快跟我去报仇呀!"跑到仓库,听到一个声音传来:"这家伙乱喊些什么,杀了他!"何遂见势不妙,急忙调头,向着郊外晋军宿地奔去。那时他方寸已乱,一路上无数次跌倒又爬起来,已经丝毫感觉不到疼痛。他一口气跑到晋军宿营地,一个更令人吃惊的情景出现在他的面前:营帐虽在,但空无一兵。他找了许久,才找到三个兵。他们对他说,晋军听见枪响,怕是中了第六镇的圈套,祖营长带着队伍回娘子关了。何遂在夜色中一路狂奔,追上祖营长,对他说,吴统制被刺了,我们要马上回去给他报仇。他已经忘了他们是山西的队伍,而且只有一个营,石家庄却有整整一个旅。他带上士兵又向石家庄车站奔跑,到了石家庄,回头一看,发现只剩下他找来追队伍的那三个士兵。他颓然地坐到地上,号啕大哭。[28]

那天晚上，数发子弹一齐射在吴禄贞的身上，几股血流顺着几个不同的方向喷溅而出，他应声倒地。马步周上前，雪亮的刀锋在他的颈际划过，吴禄贞的头颅，就这样变成马步周手里的战利品。马步周对自己的收获十分满意，仿佛收割了一颗最丰硕的果实。

这天晚上，吴禄贞草拟了一封发给张绍曾的密电，电文如下："愿率燕赵八千子弟以从。"[29] 吴禄贞断气的时候，办公桌上的那纸电稿，正在风中微微地战栗。

五

关于吴禄贞的死，有几种不同的解释。载涛说："我当时正掌管着军咨府，对于刺吴的真相，有较多的了解。"[30] 他说，从洹水村出山的袁世凯，并不知道吴禄贞有"异志"，尤其不可能知道吴的起义密谋已经迫在眉睫，加之鞭长莫及，不可能行刺吴禄贞。[31] 而朝廷方面，在听到武昌起义的消息，早已乱作一团，不可能有如此精准的预判力，加之良弼与吴禄贞交情甚笃，不可能买凶杀人。因而，这只是周符麟寻私报复。[32]

载涛的回忆，意在排除良弼刺杀吴禄贞的可能性。然而，如果周符麟只是在报私仇，为何刺杀行动有多人参加，况且撤职之恨，是否值得周符麟以杀人的方式报复？同盟会会员任芝铭说,他后来在北京见到了曾经做过袁世凯贴身随从的唐天喜,向他询问是谁杀了吴禄贞,唐天喜开始不肯说,后来由于袁世凯主使行刺已成公开秘密,唐天喜才对任芝铭说了实话,还说:"老头子不止一次说要杀吴禄贞;有时不明说,用右手做砍杀的手势代替。"[33]

国民军占领北京之后,有一次何遂与段祺瑞的长子段宏业闲谈时,听到段宏业称赞马惠田说:"马惠田是英雄,够朋友,他的行动省了不少事。"[34] 何遂认为,这句话可以作为解开吴禄贞遇刺之谜的一把钥匙。刺杀之夜就在石家庄车站的骑兵队军官元柏香说,那天午夜时分,周符鳞已经带着吴禄贞的人头去北京请赏,作为对马惠田的回报,他支付给他五万元酬金,马惠田后来花了两万元,在保定妓院买下一位名叫"看蕊"的妓女。[35]

更多证据表明,暗杀吴禄贞,是刚刚从洹上村复出的袁世凯早就看准的一步棋。袁世凯尽管隐居洹上,但他的目光一刻也没有从大清王国的政治棋盘上离开。袁世凯取代庆亲王奕劻出任内阁总理大臣这一天,距离吴禄贞遇刺只有六天。面对帝国的残局,没有谁比袁世凯更知道自己该干什么——逼摄政王下台、派冯国璋取代荫昌进攻革命军、暗杀吴禄贞,成为袁世凯新官上任的三把火。这三把火,招招制敌,毫不拖泥带水,尤其暗杀吴禄贞，不需要证据，不需要审判，甚至不需要一个堂而皇之的理由，最重要的，是以快打慢，绝不留情。与袁世凯相比，满族的统治者们徒有专制之心，而全无专制手腕，如果他们像袁世凯这样出手迅猛，局面也不会烂到这步田地。

紧接着，在袁世凯的迫使下，朝廷解除了张绍曾在滦州新军的职务，蓝天蔚被迫离开奉天驻地，摄政王载沣也于十月十六日（12月6日）交出印信，退出政坛，当天晚上，袁世凯就得到了行刺吴禄贞成功的消息。摆在他面前的所有障碍，就这样被一一扫除了。北方形势，突然急转直下，完全陷入袁的掌控。这一晚，没有人比他睡得更香。

吴禄贞被害十二天后，北方革命协会会长胡鄂公在上海与宋教仁和沪军都督陈其美商讨对策时无奈地说：自从吴禄贞被刺身死后，北方军政大权，已入于袁世凯一人之手，这样，与革命军争天下者，只有袁世凯了。[36]

未来得及动手的张绍曾是突然接到解除他第二十镇统制职务的手谕的。他的表情突然凝住了，有一万种念头从他的脑海里掠过。他的手下、主张革命的管带王金铭、施从云等力劝他拒绝交出兵权，按原计划起义，直捣北京。张绍曾犹疑片刻，心情黯然地说："你们万不可轻举妄动，你们这一协才几营人，其他的协不见得和你们一致行动。本镇内部既不统一，如何能行大事？何况曹锟[37]、王怀庆[38]都是效忠于袁世凯的。他们的军队驻扎在通州、永平、丰润、玉田一带，距离我们很近，一有动作，定被包围，外面没有应援的军队，如何能行？"张绍曾又说，"现在袁世凯所嫉恨的只是我个人。我离开本镇，交出兵柄，正所以保全本军。"[39]

张绍曾交出兵权之后，他的军队并没有像他期望的那样得到保全。他在关键时刻的软弱与犹疑，使自己的部队蒙受了更加惨重的损失。

六

如同戊戌年的有病乱投医，手握重兵的袁世凯，在辛亥年成为汪精卫眼里的救星。

对于汪精卫来说，革命已经成为一场赌博。

辛亥年十月初七（1911年11月27日），一辆由北京开来的火车驶进天津车站，被清廷释放不久的汪精卫从车上走下来。一年前，他行刺摄政王载沣的行动，已经无限接近成功，被后世学者称为"革命对清朝最大的威胁"[40]。从上海回到天津的胡鄂公见到汪精卫，感到十分惊讶。此时，北方革命党已经做出于十月初九攻打紫禁城的计划。胡鄂公对汪精卫说：你今天到达天津，初九北京的计划，由谁来领导呢？

汪精卫胸有成竹地回答他：九日之进攻清室大内，自有运筹指挥之人，我们就用不着留在北京，冒此危险了。

胡鄂公急切地问：先生所说的运筹指挥者到底是谁？

汪精卫说出了一个令胡鄂公大吃一惊的名字：

袁世凯。

面对胡鄂公的满面愁云，汪精卫解释说："（双方）已经约好，以九日晚十时由吾党鸣炮为号。炮响，吾党同志即发难于正阳门、崇文门、宣武门诸处。世凯则命禁卫军第四标由西直门以进攻西华门，并命其长公子克定率兵三千攻东华门以应之。"[41]

辛亥年十月九日（1911年11月29日）晚，北京的革命党人如约在正阳门、崇文门、宣武门起事，一路向天安门、东华门和西华门进攻。十时，炮声响起，整个京城都听到了这一震耳欲聋的响声，然而，似乎有一个人没有听到，这个人就是袁世凯。当党人冲到皇城脚下，所谓禁卫军第四标踪影全无，取而代之的，是早已做好镇压准备的帝国军警。革命党人在距离胜利咫尺之遥的地方束手就擒。高新华、陈雄以自杀来表达被袁世凯出卖的愤慨。

第二天天还没亮，在天津老西开胡同吉祥里十四号的家中，胡鄂公于睡梦中听到有人在轻叩他的门扉，紧接着，他听到一个熟悉的声音，是同志白毓崑。恍惚中，他听到一条坏消息：

袁世凯和汪精卫"相济为奸，以杀我北京革命同志矣"[42]。这句话，令胡鄂公与室内同住的其他革命同志吴若龙、孙谏声、陈涛、易宣等骤然而起，他们大惊失色，相顾无言。

三百里外的滦州，引信上几经引燃和扑灭的火光，气若游丝地向着火药靠拢。十月二十五日（1911年12月15日），胡鄂公与孙谏声等人，由天津启程抵达滦州，住在城内的泰昌酒店，出发时，他们带上了通过叶季高从洋人手中购得的炸弹十二枚，作起义的信炮之用。十一月初四（1911年12月23日），当王葆真抵达天津的时候，发现事态已经有了戏剧性的发展。滦州新军全体官兵电告上海的南北议和代表，"本军全体主张共和"[43]。

十一月十五日（1912年1月3日），张绍曾的部下王金铭、施从云、白雅雨、凌钺等宣布滦州独立，正式成立北方革命军军政府。推举王金铭为都督，张建功为副都督，施从云为总司令，冯玉祥为总参谋长[44]。第二天，曹锟率领的第三镇就乘火车出现在滦州新军的面前，他们带来了步队三营、马队一营，通州毅军一营，炮三十五尊，以及一场惨烈的战斗。

帝国的军车仿佛闪着寒光的利剑，一列接着一列地向滦州方向驶去。铁道边上，黑暗中浮动着两个身影，他们是当时正在天津北洋法政学堂读书的中学生于树德和一名姓孙的士兵，他们受北方革命组织"克复学会"的派遣，正在古冶、雷庄之间的铁路上破坏电话线。列车带着怪异的鸣叫从他们身边疾驰而过，他们感到，事情不好了。他们打算立刻跑到滦州报告。凌晨三点钟，他们走到雷庄，剧烈的枪炮声就从远处的天际线上传来，清军与起义的新军已经交火了。他们在清军的正后方，无法与起义部队会合，那名姓孙的士兵就带着于树德，穿过冬日里空旷的野地，找到他的一个朋友家里。远方地平线上透出光芒，他们不知道，是天快亮了，还是两军枪炮的火光。那个朋友叫他们在他的农舍里休息，便背上一筐粪，循着枪炮声，去打探消息了。没过多久，他带来了坏消息：清军在小山头上架起了大炮，向滦州城猛轰，他们还拆毁了一段铁路，起义部队在调兵时突然翻车，当幸存者从血泊里爬起来的时候，炮弹如雨点般落下来，血液像花朵般在夜空里飞舞和绽放。他说，北方革命军大都督王金铭和总司令施从云都已经殉难了，其余的部队被俘的被俘，逃散的逃散，已经溃不成军。听他说完，于树德和姓孙的士兵已经面色煞白。无奈之中，他们只好黯然登上返回天津的火车。

　　在天津，他们遇到了从起义部队中逃回的军官，得知当起义部队登车出发时，副都督张建功突然叛变，由于他管辖的第二十镇第三营驻扎城内，所以他此时下令关闭城门，坚持不登车，并下令向起义军开枪射击。当硝烟散尽的时候，王金铭和施从云身边的兵力，已不到一千人。[45]

曹锟率领的第三镇很快荡平了滦州城和车站，当中华民国临时政府的五色旗在南京上空高高飘扬的时刻，效忠袁世凯的曹锟，已经将滦州杀成一片血海。凡遇到剪发之人，一律当作革命党处死。起义策划人孙谏声被张建功诱骗到滦州城楼上，趁孙谏声不备，一把刺刀突然向他的腹部刺去，他的心肝被挖出，尸体则被踢到城墙下面。城里的人们看到孙谏声的尸体拖着一条血色的弧线重重地跌在冬日板结的地上。很多年后，王葆真都对这血腥的一幕记忆犹新。

根据王葆真的追述，起义另一位领导人白雅雨化装逃至古冶，被敌军捕获，死得最为惨烈。对他斩首时，刽子手令他跪下，他坚决不跪，刽子手于是举刀，先将他的双腿砍断，又将他的头颅割去。这具无头无腿的尸体在曝尸多日之后，才由天津红十字会找到白雅雨的侄子、时任帝国教育部佥事的白汝霖收殓。

将滦州杀得片甲不留之后，十月中旬，曹锟的队伍从石家庄出发，开始向娘子关推进，进剿山西革命军。詹天佑主持建成的京张铁路已经成为帝国军咨府向山西运兵的动脉。山西革命军，几乎成为北方革命的最后希望。娘子关，成为他们抵御帝国军队的唯一屏障。正因如此，阎锡山亲自到娘子关督师。此时的何遂，已经成为燕晋联军的副都督。阎锡山命令他："我们防守的是正面，侧面是芦凹口，有敌人活动。你去打退他们，然后偷袭他们的后方。从平山县到滹沱河大桥，把桥炸毁，这样，敌人的主力就不战自溃了。"又补充说，"守芦凹口的就是到石家庄去过的祖营长，他的队伍由你指挥。"

在石家庄车站追赶祖营长的夜晚，又浮现在他的眼前。

天亮时，何遂率队出发了。疲惫不堪的队伍愈拉愈长，太阳落坡的时候才到芦凹口。祖营长把何遂接到指挥部，和阎锡山通了电话。阎锡山说："前面紧得很，最好今晚去夜袭。"祖营长说："我的队伍没有经过训练，是不能夜袭的。"

何遂手下的队伍，也只经历过一个月的训练，白天又经过了一整天的行军，他认为夜袭的风险很大。他想了片刻，想出一个办法，那就是组成敢死队。命令下达后，有六十多人报名。那天是十月十七日，月亮又大又圆，在它的照耀下，巨大的山谷如同一张黑白分明的木刻。空气是透明的，不含一丝杂质。那几十名敢死队员悄悄摸进桃林坪。侦察兵报告，前面有敌情。何遂跑到前面命令队伍："不准放枪，跟我前进！"话音未落，砰砰两声枪响，子弹呼啸着从他耳边飞过。何遂喊了一声："冲！"敢死队员们一拥向前，冲到村子里，敌人已经跑了，衣服、枪支、望远镜等抛了一地。营长说，大家原地休息。何遂疲惫地坐下时，耳边已经响起士兵们的鼾声，在风声中游来荡去。

第二天一清早，何遂就听到一个凄惨的消息：娘子关丢了，电讯也断了。祖营长对他说："两面都是敌人，军心动乱，怎么办？"何遂命令集合，准备增援娘子关。队伍刚刚开拔，一个老百姓送来一张纸条，上面写着："正面已全线撤退，娘子关不保，请自择出路。"何遂于是带领剩下的士兵，沿着一条隐秘的小路穿越太行山。他们在崎岖陡峭的山路上走了一天，傍晚到达盂县。半夜，忽听外面人喊马嘶，有人报称敌人来了。何遂急忙起来集合队伍，但是已经控制不住，士兵们大部分都散光了。这些士兵大多是在太行山上长大的，他们嗅到了太行的气息，就不愿意再走了。山谷有无数条裂纹，他们就像山谷里的水流，顺着那些裂纹漏走了。何遂的耳畔嗡嗡地响，不是枪声，是山谷里回旋的风声。

很久以后，有三个头戴风帽、身穿僧衣的云游僧人从太行山中穿过。他们一个是何遂，另两个一个叫胡亮天，一个叫张绍丰。三个革命党人在历尽千辛万苦、九死一生之后，终于到达灯火繁华的南京。

他们在铁汤池见到了黄兴。从黄兴那里，他们确切地知道了晋军后来的动向。阎锡山在帝国军队的猛攻之下，在那一天的早晨放弃了娘子关，向河东一带退却，但实力得以保存。后来，阎锡山的部队没有散，他们一部北上绥远，曾攻克包头、萨拉齐，并向归绥（今呼和浩特）进军；副都督温寿泉率民军一部南下河东，配合山西民军攻克运城、绛州并围攻临汾，在后方和侧背对清政府构成极大威胁。[46]那天，黄兴对何遂说："阎锡山已经回到忻州了，袁世凯在谈判中想把陕西、山西撇开，不算是革命的省份。阎锡山没有什么力量，袁世凯的兵要是真打进去就完了。经过我们和袁力争，现在大概没有问题了，阎锡山可以复任山西都督了。"[47]

这段戎马倥偬的岁月，被后来在另一个巨变之年——1949年出任中华民国行政院院长的阎锡山视为自己一生中最有光彩的一页。孙中山于1912年9月视察太原时曾说："去岁武昌起义，不半载竟告成功，此实山西之力，阎君百川之功。……倘非山西起义，断绝南北交通，天下事未可知也。"获得中山先生如此评价，阎锡山是绝无仅有的一人。

民国建立后，目睹了滦州惨剧的王葆真在白雅雨的追悼会上致悼词时说："白雅雨先生和滦州殉义诸烈士，为什么在南北议和之际举义殉难呢？他们是坚决主张革命必须彻底，妥协就要失败的。他们是坚决反对与屠杀革命志士的军阀谋妥协的。""说什么革命成功，请看一般的贪官污吏还不是和从前一样吗？白雅雨先生的热血白流了，滦州许多烈士的血白流了，天津、北京、石家庄、张家口、通州、任丘、雄县许多烈士的血白流了,全国各省许多烈士的血都白流了。白先生和许多烈士死不瞑目。"[48]

确如王葆真所说,滦州起义失败后,于树德被北方革命组织派往迁安县长城一带寻找溃散的军队,回到天津时,他发现"克复学会"内一部分人腐化堕落,一部分人粗暴骄矜、相互埋怨、相互攻击,革命时那种慷慨悲壮的气概,已恍如隔世。[49]

北方饥民　20 世纪初

少年乞丐　20 世纪初

陕西泾州巡警　1910年

吴禄贞　20 世纪初

张绍曾　20 世纪初

何遂、陈立坤在日本　1913 年

帝国新军　20 世纪初

第五章 | 车站 | 263

训练中的新军　20 世纪初

训练中的新军　20 世纪初

第六章 风向

战争的危险,像一把利剑,悬在每个谈判代表的头上。

第六章 风 向

一

辛亥年九月二十三日（1911年11月13日），袁世凯乘坐专列自湖北前线返回北京。当袁世凯走下火车的时候，"一队手持长剑、威风凛凛的卫兵紧随其后"[1]。袁世凯回到北京，取代庆亲王奕劻出任内阁总理大臣，任命桂春重新担任仓场侍郎，任命赵秉钧为民政部大臣，北京城纷乱的秩序终于渐渐平静下来。戏园又得到警厅的通知，可以开演夜戏，广德松、天乐园最先恢复了夜戏，前门大街的夜市也恢复了，沉寂的街巷，一点一点地恢复了正常。

辛亥年十一月初六（1911年12月25日），圣诞节，细雨如织的上海三马路（今汉口路）码头，杨士琦所说的广东人孙中山走下悬挂着革命军旗帜的"江利轮"，回到了巨变的祖国。那通缉他的王朝已经气若游丝了，紫禁城就是它的病榻，遥远的黄浦江畔，归来的孙中山面对的是手摇欢迎旗子的民众。

自此，两位在幕后遥控国家走向的人都完成了各自的亮相，开始了面对面的博弈。

在接受革命报纸《民立报》采访时，孙中山一针见血地指出："武昌举师以来，即由美旅欧，奔走于外交、财政二事。今归上海，得睹国内近状，从前种种困难虽幸破除，而来日大难，尤甚于昔。"[2]

第二天，在接受美国人在上海创办的英文报纸《大陆报》主笔采访时，孙中山丝毫没有回避钱的问题。

主笔问：先生是否携带巨款到上海，以支援革命军？

孙中山听后大笑着反问道：何故问此？

主笔回答：世人都说革命军之成败，很大程度上取决于军饷是否充足，所以才这样问。

孙中山说："革命不在金钱，而全在热心。吾此次回国，未带金钱，所带者精神而已。"[3]

然而，当孙中山在美国听到武昌起义成功的消息时，首先想到的，不是回国，而是前往欧洲寻求资金援助，他深知，对于革命政权来说，财政是第一位的。辛亥年八月二十三日（1911年10月14日）《纽约时报》披露了孙中山一封给金融家的信件，信中说：

我们希望你们积极寻求愿为我们提供资金的金融家。如果他们愿意提供上述贷款的话，请尽快通知我们，他们愿意以什么条件和什么方式成交。一旦从贵处确知细节，我即按照这些金融家的意愿展开工作。[4]

胡汉民回忆，孙中山两手空空地就任临时大总统后，一次安徽前线告急，急向中央索饷，孙中山大笔一挥，拨二十万元救急。当总统府秘书长胡汉民手持总统批示，前往财政部提款时，发现国库之内，仅有银圆十枚。[5]

朱步冲说："民众的乐观情绪却在短短几个月后消失殆尽。1911年的辛亥革命无法在使清王朝骤然解体的同时迅速组织一个全新的现代社会政治结构。民国新政府首先继承的，是一个空空如也的国库。"[6]

实业家张謇拒绝担任临时政府的财政总长，原因是他算出全国的赤字已达八千万元之巨，即使有关税、盐税以及国营铁路的收入进行补充，仍然入不敷出。

只有"革命精神"，既无法打仗，亦无法立国。孙中山的南京临时政府开始谋求举借外债，与清廷的借债方案区别只在于，前者是以川汉铁路为抵押，而临时政府则准备以汉冶萍（即汉阳铁厂、大冶铁矿、萍乡煤矿）公司抵押。莫理循注意到了这一动向，日本人更加敏锐，打算在诸国银行的竞争中脱颖而出。莫理循说："各国银行多年来一直在争着做这笔贷款，然而人们承认日本人对权利的要求最为强烈。"然而，这一计划因遭到参议院和独立各省，以及公司股东大会上的一致反对而宣告流产。此后，孙中山又谋求以租借满洲为条件向日本贷款，因谈判破裂而再度搁浅。诚如一位学者所言："既有的中国政治结构，以中国资源与主权换列强借款，并不会因革命而一夕逆转。所以，若不建立政治结构性观察坐标，我们很难真正理解当年政治人物的进退与选择。"[7]

正是财政上的困顿，将清廷推入万劫不复的深渊。1911年5月9日，清政府宣布"皇族内阁"的第二天，内阁宣布铁路国有政策，意在剥夺民营的铁路，来向列强抵押贷款。执政者们没有想到，他们抵押的，不是从民众手里抢来的铁路，而是帝国的前途，以及自己的身家性命。正是"铁路国有"政策，挑动了铁路这根敏感的神经，引发了民变和起义。这也注定了袁世凯受命平定湖北叛军时的财政处境也好不了多少。袁世凯在给朝廷的一道奏折上写道："库空如洗，军饷无着，请将盛京大内、热河行宫旧存瓷器发出，变价充饷，以救目前之急。"——以瓷器充当军饷，在古今战争史上闻所未闻。

莫理循不止一次地和蔡廷干谈论过帝国的财政状况，蔡廷干说，外务部已经无钱为雇员发放工资，邮传部简直应当关门了事。[8]

然而，帝国的要员们却从来都不缺钱。那时北京城内的名王巨府鳞次栉比。"真要毁他几家，真的就足够清军打他三五个月甚至一年的内战"[9]，比如坐落于地安门外定府大街的庆王府，即使在帝国衰亡的时刻，也呈现出一番繁华无虞的富足景象。就在武昌起义这一天，北京的报纸刊登了奕劻私有的金银珠宝衣饰详单，估计价值在一亿两以上。后来，当清廷《逊位诏书》迟迟不下之际，庆亲王奕劻还从袁世凯手中接受了三百万两白银的贿款。与庆亲王比起来，那桐也毫不逊色，是当时"著名大贪污分子"[10]，袁世凯向他们行过贿，当然对他们的底细了如指掌。1911年10月2日上海《申报》刊登要闻《铁路究是好差事》披露：邮传部尚书盛宣怀在一个月前得一孙子，八月初六孙子满月，"大开筵席，贺者盈门，路为之塞。"据个中人云，此日所收贺礼近十万金，尤以京汉铁路南段会办施肇曾、北段会办孙仲祥所赠送为最厚。施、孙送品各金器八包，中有金佛、金罗汉之类，价约万金。[11]莫理循记录的当年御史弹劾奏章透露：铁路总办梁士诒，聚敛一千三百万英镑；邮传部尚书陈璧，五百八十五万英镑；津浦铁路总办李德勋，一百四十二万五千英镑；外务大臣那桐和曹汝霖，每人每年接受外国礼品多达十五至三十万英镑——帝国的食物链没有一天停止流动。

袁世凯于是发动了一场朝廷募捐运动，号召帝国的王公贵族们踊跃捐款，支援前线。这个大官大贪、小官小贪、无官不贪、举国皆贪的帝国，到了毁家纾难的时刻，却如唐德刚所说的，"纾难虽人人之所欲，毁家就人人之所不欲了。"在这生死存亡之秋，那些富可敌国的王公大臣们个个精打细算，比铁公鸡还吝啬，其中，除隆裕太后下令发库银八万两，庆亲王奕劻掏出十万两以外，其他人只拿出三万两万的零花钱。

作为这一事件的见证者，莫理循记录了日本人伊集院的发言并以此来表达他内心的愤慨："在日本，当革命来临时，国家的上层人物树立了爱国精神的楷模。我岳父（大久保利通）遭暗杀前，已将全部财产献给事业。他被暗杀时所有的财产还不到五十元。你们的显贵们要是对他们的国家有一丝热爱的话，在危机发生时，理应献出埋藏的财物，理应使政府阻止革命蔓延，但他们什么也没干，他们把财富看得比国家还贵重。"[12]

身为朝廷重臣，国将不保，敛财何用？掌权者的心理往往是平常人所不能理解的。或许，只顾眼前，"我死之后，哪管洪水滔天"是他们共同的逻辑。在帝国穷困潦倒的时刻白花花的银子一刻也没有停止过流动，但它们的流动只为个人铺就一条通往前程的平坦大道，而与国家兴亡丝毫无关。道德楷模在这个国家里已受到嘲笑和唾弃，而政权，也已无力对利益进行有效控制并对文化规范进行重建，当这个政权企图通过"皇族内阁"来维系他们所信奉的"家天下"观念时，他们不仅遭到了立宪民众的唾弃，甚至连这个内阁的总理都不相信他们的"家—国观念"了。在这些官员们心里，国的概念已荡然无存，他们心里只有自己。一个政权在其成员无所顾忌也无所制约地收获贪污和贿赂的同时，就必然会失去从根本上维系一个政权生存的"人心"。从这个意义上说，在帝国衰亡的诸多原因中，财政上的破产只是表象，而道德精神的破产、世道人心的破产，才是核心。

庆王毫不犹豫地出卖了自己的帝国，一年后，他在天津租界内坐拥厚资，分享着汇丰银行的高额利息，同时开办了一家"人力胶皮车公司"，当上了长袖善舞的老板……

从帝国的陨落中捞得个人好处的庆亲王奕劻，在1917年临终时，还不忘给逊帝溥仪留下一份遗折，向清室讨要谥号。载涛以皇叔的身份奏曰："我大清二百余年之天下，一手坏之，不能予谥。"并撇开内务府送来的拟谥法号，写下"谬""丑""幽""厉"四个字，作为对其一生的总结，让内务府下发。

一场秋雨不期而至。金光闪烁的紫禁城，瞬间就被一层朦胧的雨幕笼罩了。在重重的宫墙之外，在风雨之外，有连绵的战事正在发生,来自前线的军官,此时或许正在通过河水暴涨的卢沟桥,向风雨中的宫殿飞奔,带来有关战斗的详细信息。深知官员本性的袁世凯,用募捐的方式将了朝廷一军:既然没钱,就别怪我的部队止步不前。孙中山抵达上海三天后,在紫禁城的御前会议上,袁世凯对泪流满面的隆裕太后说:"论政体本应君主立宪,今既不能办到,革党不肯承认,即应决战。但战须有饷,现在库中只有二十余万两,不敷应用。外国又不肯借款,是以决战亦无把握。"[13]

在距离紫禁城不远的一个四合院里,莫理循坐在窗前,望着窗外的雨幕,一个王朝的衰落,就在他的身边发生。大明王朝玉碎宫倾的悲剧还没有褪色,大清王朝的末日就已经近在眼前了。从前那个朝代所铸成的罪孽,如今这个王朝如法炮制。此时的摄政王载沣,已经不是创建清朝的摄政王多尔衮;此时的太后隆裕,也不是当年的太后孝庄了。这个王朝曾经施加给崇祯这个亡国之君的一切命运,如今需要他们自己来承受了。他是一个记者,注定要成为这段历史的见证者。

莫理循深知,袁世凯所言,并非仅仅是吓唬隆裕,而是实情。打仗就是在拼钱,无论革命党,还是袁世凯,都懂得这个道理。既然仗打不下去,议和就是最现实的选择。所有在战场上无法获取的利益,在谈判桌上同样可以得到。

实际上，就在孙中山回国之前的一周，辛亥年十月二十八日（1911年12月18日），南北双方的谈判代表，已经怀着同样无奈的心情，坐到谈判桌前。

二

辛亥年农历十月中旬，当莫理循坐在打字机前写关于中国的报道的时候，在离他的四合院只有咫尺之遥的锡拉胡同，一个高级别的秘密会议，正在袁世凯府邸召开。曾在"滦州秋操"时任外宾接待处处长、此时为军咨府第二厅厅长的冯耿光，收到内阁总理衙门发来的一份公函，要他到北京锡拉胡同袁世凯府邸参加会议。到袁府后，冯耿光才知道，自己被派为南北和谈代表。在场的，既有北方代表，又有南方代表。一个戴着圆形眼镜的中年人注视着他，他，就是刚刚被袁世凯任命为北方总代表的唐绍仪。

唐绍仪，辛亥年四十九岁，汉族，广东珠海唐家镇人，是清末民初著名政治活动家、外交家。作为留美幼童，1874年官派留学美国哥伦比亚大学，1881年归国。曾任驻朝鲜汉城领事、驻朝鲜总领事。1908年，四十六岁的唐绍仪以感谢美国退还部分庚子赔款的名义，踏上了前往美国的路途，但这只是他的一个掩人耳目的借口，他真实的目的，是试图与美德建立一个同盟，以避免危境中的大清帝国被列强瓜分。唐绍仪唇枪舌剑的谈判生涯从那一天就开始了。德国皇帝在接见《纽约时报》记者海尔时透露：德国一直苦于在北京没有强有力的谈判对手，现在已经找到了。很快就会有一名最高级别的中国官员访问美国和德国，使我们知道中国的条件，随后我们就可以行动起来。等到有一天人们从梦中醒来，会发现有一个小小的德美协议，宣布我们保护中国领土上的中国主权及整个中华帝国的门户开放。[14]

1908年11月15日，唐绍仪刚刚抵达美国檀香山，就接到电报，得知光绪与慈禧相继去世，溥仪登基，为避溥仪名讳，唐绍仪奏请朝廷，改名绍怡。为此，帝国外务部不得不更换了七道国书，让唐绍仪带往欧洲。半个多月后，唐绍仪在华盛顿受到美国总统罗斯福的接见，而后，又会见了美国国务卿罗脱，并进行了会谈。

唐绍仪回国的时候，袁世凯已经退居洹上。新上任的摄政王把唐绍仪晾在了一边。直到1910年8月17日，唐绍仪才接到署理邮传部尚书的任命，没过多久，因为反对重建海军和铁路国有两大政策，加之度支部尚书载泽处处对他刁难，1911年，他愤而辞职，在天津隐居起来。

正当袁世凯为议和总代表的人选冥思苦想的时候，赵凤昌向他推荐了一个人选,令他茅塞顿开,这个人选,就是唐绍仪。袁世凯的重要谋士杨士琦对袁世凯有这样的提醒:"少川[15]是广东人,广东人和广东人碰头,几句广东话一说,倒不可不提防一下呢。"

袁世凯听后,笑着说:"杏丞[16],你放心,……随着少川南下吧。"[17]

在袁世凯的心里,唐绍仪是他的知音。这样的知音,不容怀疑。

但思维缜密的袁世凯,这一次失算了。

那天,袁世凯对唐绍仪的转身毫无预感。他发表了简单的讲话,除了表示自己"忠君爱国,一以社稷朝廷为念"以外,还强调说:"我是主张现在实行君主立宪最为恰当,将来国民程度渐渐开通,懂得共和的真谛,再慢慢改为共和政体。"[18]

溥仪后来在《我的前半生》里说:"一天在散朝的路上,世续指着自己脑后的辫子问袁世凯:'大哥,你对这个打算怎么办?'袁世凯回答说:'放心,我还很爱惜它,总要设法保全它!'"[19]

孙中山的态度也同样强硬。从法国回到上海的时候,南北和谈已经开始。此时,孙中山的立场是,"革命目的不达,无和议之可言也"。

这是驴唇与马嘴在一起谈判。如果这样的谈判能够成功，那么天底下就没有做不到的事了。在双方看来，袁世凯的君宪目标，和孙中山的革命目标，都显得不切实际。就在袁世凯成为内阁总理大臣的同一天，冯国璋率领的帝国军队将孙中山的革命军队毫不客气地逐出汉口，并在汉口燃起一场大火。大火烧了三天三夜，上至硚口，下至蔡家巷，将这座繁华的都市烧成一片废墟。革命党内部多数认为孙中山理想太高，并不现实。于是，为驴唇与马嘴之间找到共同语言，就成为双方共同的任务。黄兴在给胡汉民和汪精卫的信中表示，如果和议不成，"自度不能不下动员令，唯有割腹以谢天下"。

三

北方代表团乘京汉铁路火车，也于辛亥年农历十月十九日（1911年12月9日）抵达汉口。总代表唐绍仪同几位代表渡江会见黎元洪，冯耿光独自前往汉口大智门车站前敌司令部见冯国璋。到大智门车站后，冯耿光才发现，帝国的前敌司令部设在车站上停靠的一列火车上，十分简陋，尤其车门口堆积的粪便有二尺多高，令冯耿光感到触目惊心。或许为了炫耀自己的胜利，冯国璋一见到冯耿光，就说："我派个参谋陪你同到汉阳龟山顶上，领略一下武昌蛇山的形势，回来我们再谈，你看如何？"

冯耿光于是借了一匹马，同一位参谋官、两个随员，带着望远镜，登上龟山，遥望蛇山。武昌起义后不到两个月的时间，革命军就失掉了汉口、汉阳两个重镇，革命军领袖一筹莫展。辛亥年农历九月十一日（1911年11月1日），黄兴在从武昌前线写给宋教仁的信中，提到冯国璋在汉口放的那把大火，更提到革命军在敌军猛烈的攻势面前呈现的颓势。他说："敌人占汉口下之刘家庙，倚租界设立炮兵阵地，昨日风起，汉镇房屋中炮起火，全市被焚，我军退守汉阳。"

武昌起义似乎面临着与此前的黄花岗等多次起义一样的结局，对于革命党来说，胜利，似乎总是水月镜花。革命军领袖一筹莫展。冯耿光在回忆中这样描述当时的武昌："那时正是初冬天气，遥见武昌城内颓垣断壁，砾瓦塞途，昔日闹市今已成墟。路上不见行人，显见很是空虚。再掠看蛇山周近，自巅至麓，只见寥寥几缕炊烟，荒凉沉寂，杳然不见人影。"[20]

从龟山下来，冯耿光回到列车上。冯国璋对他说："你都看见了吧，民军败退以后都已向卜游四散，武昌民军寥寥无几，我军又将两岸大小红船全部调集北岸，长江随时可渡，武昌唾手可得。如要议和，我看最好让我先克复了武昌，三镇在握，再同他们城下议和，岂非必操胜筹！此种情况，我已屡次电告宫保，宫保却对此事始终没有答应，到底是什么意思，我真揣摸不透。老弟，你知道不知道？"

然而，两个月间，革命军拖住了清军的脚步，使它无力他顾，为各省的响应创造了时机。当冯国璋率领他的部队如愿以偿地以胜利者的姿态进入汉口、汉阳时，湖南、陕西、江西、山西、云南、贵州、江苏、福建、广东、四川等十多省已经独立。十月初七（11月27日），汉阳失守的那一天，长江以南，帝国只有一座孤城还在困兽犹斗，它就是南京。五天后，革命军攻克南京。

此时，冯耿光已经对袁世凯养敌自重的策略十分清楚，冯国璋因为率兵攻克汉口、汉阳，占据龟山，威逼武昌，而被清廷授予二等男爵。就在革命军士气低落，汤化龙、黄兴相继离开武昌，清军的胜利已唾手可得的时刻，袁世凯突然命令停止进攻的步伐，显然，他是一个喜欢逆向思维的人，现在他所想的是，如果迅速剿灭了革命军，自己又能得到什么好处？他的头脑里有一盘更大的棋，他懂得在清廷与革命之间进行平衡与博弈，袁世凯深知"狡兔死，走狗烹；飞鸟尽，良弓藏"的道理，只有保持革命军对朝廷的压力，自己在朝廷的地位才不可撼动。帝国的局势，再度变得暧昧起来。胜利指日可待，急于荡平革命军的冯国璋对停止进攻无法理解，在胜利的诱惑下，他下令继续炮击武昌，这令袁世凯十分气愤，三个小时内连发七封电报，严令冯国璋停止进攻。袁世凯的把戏瞒不过冯耿光，他料定"袁项城一定要推翻清室",但在冯国璋面前,他不敢说,也不能说,说了就是"惑动军心",更可能因泄露天机而丢了性命。他想了想,只说:"北京流言很多,我们也不大有数,恐怕宫保也有他的心事,日子长了总会明白的。"[21]

当天晚上,唐绍仪带着冯耿光等,乘坐武昌政府代包的洞庭号小江轮顺流而下,从汉口到上海港,在船上,冯耿光看见一名状若女子的美少年,一打听,才知道他是大名鼎鼎的汪精卫。船到上海,唐绍仪的朋友、英国人李德立在码头上等候着他。唐绍仪就在李德立的公馆住下。那是一座漂亮的红砖洋房,周围的菜田为它赋予了几分英伦的田园景色。当晚,他们一起来到"惜阴堂",见一个名叫赵凤昌的人。至于谁是赵凤昌,冯耿光一无所知。

北方代表团下榻沧州饭店。几天后,当冯耿光在这里收到北京政府发来的电报,立刻送给唐绍仪时,才第一次从唐绍仪的口中听到这个名字。他听见唐绍仪兴奋地说:"北京回电了,赶紧打电话给赵老头子。"唐绍仪一边说一边挂电话,电话里和对方谈笑风生,显得关系非常密切。冯耿光觉得奇怪,就问唐绍仪:"你有要事不找伍秩老[22],为什么先打电话给他?"唐绍仪说:"秩老名义上是南方议和总代表,实际上做不出什么决定,真正能代表南方意见、能当事决断的倒是这个赵老头子。"[23]

四

上海南阳路十号的"惜阴堂",在辛亥年,没有一座民宅能像它这样起到关键性的作用。它的主人,是被朝廷开缺、永不录用的赵凤昌。辛亥这一年,已经五十五岁的赵凤昌正在电报局担任一个闲差,这份差使,还是当年张之洞念及旧情,为他谋得的。然而,当时的中国,没有一个人比赵凤昌有更加深厚的人脉资源,无论孙中山、黄兴、陈其美这些革命领袖,还是张謇这些地方咨议局领袖,都是他的知音。所以,面对一脸疑惑的冯耿光,唐绍仪说:"南方要人如孙(中山)、汪(精卫)、陈其美、程雪楼等有重要的事也来决策于赵。又因他长年病足,不能下楼,大家为了迁就他,就到他……私邸去会见或开会"。[24] 许多影响历史的人事布局,就是在惜阴堂,在谈笑间完成的。比如,当革命政府陷入财政窘境,正是黄兴到惜阴堂找赵凤昌帮忙,赵凤昌为革命政府推荐了一个理财能手:熊希龄。那时熊希龄刚刚由大连乘轮船抵达上海,住在愚园附近新租界南阳路六号私宅,与赵凤昌的惜阴堂只有一箭之遥。赵凤昌深知熊希龄秉性高傲自负,不肯入阁,于是只约熊希龄来惜阴堂做客,椅子还没有坐热,孙中山和黄兴就到了。这样的"偶遇",显然是赵凤昌的"预谋"。既然碰在一起,政治上的合作,就水到渠成了。

赵凤昌已经为袁世凯推荐了一个谈判代表——唐绍仪，现在，他需要再为革命党物色一个谈判代表。这个人早已在他心里，预备好了，他脱口而出他的名字：伍廷芳。

在慈禧太后推行新政时，曾被任命为修订法律大臣的伍廷芳，与革命党素无往来，武昌事起，伍廷芳背着手在房间里转来转去，向每日来访的澳大利亚新闻记者威廉·亨利·端纳说："孙逸仙这位老兄究竟在哪里？他说他发动了这场革命，如果是，那么他在哪里？"他要求秘书每天给孙中山发电报，直到收到他回音为止。所以当领导上海光复、现任上海都督的陈其美抬脚踏进正在上海爱文义路的宅邸里做寓公的伍廷芳的家门时，老人家突然愣住了。陈其美说，革命党要请他出山，作为南北议和的南方代表，伍廷芳就更觉得意外，自然是婉言谢绝。陈其美索性跪在地上，伍廷芳不答应，他死活不走。伍廷芳无奈，只好答应下来，陈其美立刻带着伍廷芳，徒步走到不远处的惜阴堂，与赵凤昌会面。

这时，一切细节浮现出来：伍廷芳要求革命党为他出具一份授权委托证书，以备开会审验之用，这微薄的要求，对于精通法律的伍廷芳来说，是不能含糊的。赵凤昌第二天即与黄兴商量，以黄兴的名义，起草了一份授权书，由黄兴签字盖章，终于让这位中国近代第一位法学博士名正言顺地出现在谈判会场。

刚刚抵达上海的那个晚上，就在唐绍仪和李德立在赵凤昌的惜阴堂落座的时候，南方谈判代表伍廷芳也如约而至，这样的"巧合"，在赵凤昌的惜阴堂，既不是第一次，也不会是最后一次。在赵凤昌刻意的组织下，议和开始像一架设计精良的仪器，让南辕北辙的双方精密地咬合在一起。在和平成为人心所向的前提下，技术层面的操作，便显得尤为重要。辛亥革命是在当时社会多种力量的共同作用下完成的，赵凤昌的历史价值，丝毫不逊于在战场上冲锋陷阵的英雄，只是在以英雄史为核心的历史框架里，辛亥年许多活跃的面孔都被遮蔽了，赵凤昌的名字，在百年间鲜为人知。

当天，在赵凤昌的授意下，双方议定以"共和政体"为谈判目的。尽管唐绍仪代表清廷，在谈判中是革命政府的对手，但他暗地里主张共和，这一点，正是袁世凯的百密一疏。其实，早在南北双方举行第一次议和会议前十天的十月十八日（12月8日），莫理循的朋友、帝国海军部军制司司长蔡廷干就向莫理循透露："唐绍仪已于昨晚在火车的四号卧铺车厢中剪了辫子，梁士诒和其他一些人大概也在那里剪掉了辫子。"[25]那天在惜阴堂，唐半开玩笑地对伍廷芳说："我有共和思想，可比你要早啊！"一年后，这位北方政权的议和大臣，成了中华民国的第一任政府总理。

五

不仅唐绍仪，武昌起义后，许多立宪派士绅，如张謇等，也集体转向共和，拥护革命。刚愎自用的朝廷从来没有正眼打量过这些士绅，在朝廷眼中，他们不过是一群召之即来、挥之即去的奴才而已，而丝毫没有意识到，科举废除之后，这些民间知识和财富的拥有者，已经成为一支独立的政治力量。他们对帝国的重要性体现在：一、他们远比农民有更强的流动性，可以联通帝国那些孤立的部分，经过他们承载的儒家意识形态的渗透与浇灌，将庞大而松懈的帝国变成一块完整坚固的混凝土；二、除儒家意识形态外，他们还共同拥有一种崭新的政治取向：立宪，可以成为朝廷推动君主立宪制最可依靠的力量，科举的废除斩断了他们与政治的传统联系，立宪是他们实现修身齐家治国平天下的儒家理想，进而实现自身价值的唯一途径；三、他们具有非凡的社会组织能力，帝国的官僚结构无论怎样缜密，都存在着许多空隙甚至盲区，传统的士绅社会，刚好弥补了政府权力的空白；四、他们往往比官僚更能得到乡土民众的信任甚至拥戴；五、他们有钱，这一点至关重要。因此，在帝国生死存亡的时刻，他们将成为政治天平上那只决定性的砝码。真正为大清帝国釜底抽薪的，不仅是新军的造反，更有广大士绅阶层在政治上的转身。帝国的昏庸与顽固把他们逼向革命,武昌枪响之后,许多省份的独立未费一枪一弹,如果没有各省咨议局直接声援革命,武昌起义很有可能像以往的起义那样,来得快,去得也快。中国传统的士绅阶层,就这样在1905年到1911年的六年里实现了由旧士人,到议会,再到共和政府的三级跳。甚至连孙中山也没有想到,这些势不两立的立宪人士的政治梦想,最终都被收容在共和的旗帜下,他们的立宪运动,不过是走向共和途中的一个中转站而已,而共和立宪,才是他们共同的终点。这是帝国政府送给孙氏革命的一份大礼。孙中山不会想到,素来吝啬的清廷会如此慷慨。关于由君主立宪到共和立宪的转变,张謇的儿子张孝若回忆说:

"当时我父主张共和的意志,异常地坚决,不愿意再讲立宪。譬如有一个人家,住在一座旧房子里边,因为房子太旧,漏雨穿风,就要倒坏,自然那一家人只有想法子去修理改好,不料起了一蓬火,把那座房子烧去了,这人家就没得住了,是不是只有赶紧盖房子的一法。所以讲到我父的为人,他的胆气,着实不小,但是他不做冒险的事;讲到盖房子的工作,他也是心心念念,愿意做的,可是那放火去烧房子的事,他是不情愿做的。"[26]

唐绍仪在惜阴堂初会伍廷芳的第二天晚上,惜阴堂里的客人多了两个,他们是孙中山和黄兴。唐绍仪抵达上海仅仅两天,就先后与伍廷芳、孙中山见面。如同杨士琦所预见的一样,三位广东人,彼此以家乡话寒暄,仿佛久别的朋友。他们以一致的方言发音,言说与聆听的无障碍,似乎预示着对话的成功。唐绍仪称孙中山为"中山",对湖南人黄兴则微示礼数,称"克强先生"。[27]

正式谈判会场定在上海英租界大马路市政厅,这幢建筑现在位于南京路上海市第一食品公司对面,原是一座红砖大楼,现已经过改建。场面上的谈判,似乎成了一种形式,大局,已经在赵凤昌的惜阴堂里决定了。

或许正是这种心照不宣,使唐绍仪对伍廷芳轻松地说,我们明天去市政厅,不过是去欣赏一下漂亮的建筑而已。伍廷芳回答说,喝香槟,啖雪茄,也不失为一项乐趣。[28]他们都怀着游戏的心情,开始第一次谈判。

耐人寻味的是,南方革命党谈判代表伍廷芳,身着中式长袍马褂参加会谈;而清廷命官、一品大员唐绍仪,竟然不穿官服,而是剪了辫子,身穿西装,打着领带,外套呢子大衣,头戴法式皮帽参加会谈。[29]

六

北京东交民巷,位于北京市东城区,西起天安门广场东路,东至崇文门内大街，全长近三公里，是老北京最长的一条胡同。它诞生于 13 世纪末马可·波罗访华的那个时期。当时，江南的粮食通过大运河运抵元大都，就在这里卸放，这条小巷就被称为江米巷。1860 年第二次鸦片战争中国战败后，根据清政府与英、法、美、俄签订的《天津条约》中相关条款规定，1861 年 3 月英国公使正式入驻东江米巷的淳亲王府[30]；法国公使正式入驻安郡王府[31]；美国公使进驻美国公民威廉博士位于东江米巷的私宅；而俄国公使则入驻清初在这里修建的东正教教堂俄罗斯馆。随后各国公使馆均选择东交民巷一带作为馆址，到 1900 年义和团运动之前，这里有法国、日本、美国、德国、比利时、荷兰等多国使馆。1900 年义和团运动之后，根据《辛丑条约》的规定，东江米巷改名 Legation Street（使馆街），其在中方绘制的地图中则正式更名为东交民巷，成为由各个使馆自行管理的使馆区，清政府在这条街上的衙署，仅保留了吏、户、礼三部和宗人府，其余尽数迁出。随后在这里出现了英国汇丰银行、麦加利银行，俄国俄华道胜银行，日本的横滨正金银行，德国德华银行，法国东方汇理银行等外资银行，还开办了法国邮局、医院等设施。各种精美绝伦的西式建筑，在秩序严整的皇城之侧大量出现，向帝都的视觉经验发出挑战，作为中国传统城市的入侵者，银行、邮局等建筑上的西式钟楼，把北京与一个更加广大的殖民网络相连，将帝国封闭的时间纳入一个普遍的"世界时间"中。"它们以科学的名义，理直气壮地将这个'中央王国'重新分配为全球时空体系中陌生的一分子。"[32]

莫理循是那些欧式建筑里的常客。这些建筑里发生的，并非仅仅是豪华的派对、丰盛的宴会，这些出现在皇城身边的欧式建筑，以自己的建筑语法，挑战着东方帝王的绝对权威。它们以各自的方式介入中国的历史，只是《辛丑条约》之后，他们不再需要枪炮、舰船，而只需要能言善辩的官员和沉闷冗长的公文。

辛亥年九月二十八日（1911年11月18日），日本驻华公使伊集院彦吉走出日本使馆，一路向北，前往王府井锡拉胡同袁世凯府邸。在西方各国的观望气氛中，日本迫不及待地表达对袁世凯的支持，支持袁世凯，就是支持君主立宪，如果袁世凯接受了南方的革命主张，则有可能对日本这个君主立宪国自身产生威胁。在袁世凯面前，伊集院彦吉循循善诱："按贵国近三白年来之历史以及各地实情观之，以君主立宪统一全国，实为万全之策。至若实行共和制或联邦制等类主张，俱与当前之民智程度不相适应，其后，难保不招致灭亡之结局。"[33]

东交民巷的各国公使中，日本公使最为活跃，急于探知各国的底细。各国公使依旧沉默着，没有任何一国支持日本的立场。

列强中举足轻重的英国表明如下态度:"关于清国时局,英国政府一向坚持听任官、革双方自行决定胜负之方针。因此,虽曾屡次有人要求派遣陆军,我政府总是一概加以拒绝,且经常注意避免一切可能挑起排外事端之行动发生。"[34] 英国这一不乏绅士风度的外交辞令表明了这样的立场:第一,不反对在中国实行民主共和政体;第二,含蓄地警告日本,不要武力干涉。

辛亥年十一月初一(1911年12月20日),在上海密切关注议和动向的莫理循,突然访问了日本驻上海总领事,对他说:"时局之解决,除推袁世凯为大总统别无他策。"有理由推测,莫理循的这一行为并非个人行为,而是有英国官方的背景,在议和的关键时刻,他向日本表明支持共和的立场,无疑是颇具深意的。他进一步解释说:"现时舆情极力主张共和,最好的解决办法是促使双方讲和委员达成一致;使满洲皇室退至热河,建立共和政体,推袁世凯为大总统。"一封重要的电报立即从日本领事馆发向日本外务大臣,电文说:"莫氏谈话时,语气极为坚定。"[35]

第二天,一辆英国汽车停在日本驻华使馆门前,从车上下来的,是英国驻华公使朱尔典。面对日本驻华公使伊集院彦吉,朱尔典开门见山地说:"此次和谈,如欲以保全满洲朝廷为基础达成协议,看来已全无希望。对此局面,究应采取何种措施?可否按莫理循所说,推袁世凯为大总统,以求稳定于一时?"

朱尔典接着说，"本使也素来相信，维持满洲朝廷，实行君主立宪，乃是最良方案，共和体制无论如何不能巩固。但现在既已无法强制革命军接受这一方案，就只好从谈判破裂和成立共和政府这两害之中任选其一。"[36]

那一天，在日本使馆，朱尔典和伊集院彦吉就支持哪一方进行了激烈的争论，双方不欢而散。12月26日，一封来自英国本土的电文传到英国使馆，朱尔典看到英国外交大臣格雷的专电："我们希望看到，在中国人民愿意采取的无论什么政体下，有一个强大的和统一的中国。"[37]

各国的态度几乎与英国如出一辙。莫理循见证了日本失去盟友的过程，此时，莫理循已经得知，一条来自日本外务大臣内田康哉的密电已经发至东交民巷的日本使馆，内容如下："时至今日，鉴于各国意向以及清国政府本身已经有此决心，关于本问题，帝国政府只能暂时听任事态之自然发展。"[38]

后来，袁世凯对朱尔典爵士说："我之所以能当上总统，多亏了您的帮助。"莫理循在日记里写道："然而袁世凯对我说过同样的话"。[39]

七

事情并不像他们想象的那么简单。袁世凯鉴于自己的军队多在天津、保府一带，近畿的禁卫军是旗人，而且人数多于自己的军队，万一有事，无法自保，于是，在整个议和过程中，他始终没有摘下"效忠皇室"的面具，因为他需要时间，重新部署军队。他一面对近畿的保卫作了布置，另一方面把军队排列在津浦铁路沿线及黄河、淮河两岸，万一议和破裂，这些军队足以抵挡北上的革命军。

战争的危险，像一把利剑，悬在每个谈判代表的头上。双方谈判的焦点，首先集中在政体问题上，即北方主张立宪，而南方主张共和。所以，在第一次谈判，双方就停战问题达到一致以后，第二次时，南方代表伍廷芳便开门见山地问："袁氏宗旨如何？"

唐绍仪回答说："欲和平解决。"

伍廷芳追问道："对于民主共和之宗旨如何？"

唐绍仪说："和平解决四字可以包括之。"[40]

终于，唐绍仪慢条斯理地、从容不迫地吐出了他的全盘计划，那就是召开国民大会，以决定民主制还是共和制。这一建议立刻得到南方的赞同，因为当时独立各省，已占全国省份的三分之二，如果召开国民大会，实行共和政体已成定局。唐绍仪提出这一建议，等于他已经接受了共和政体，这是给袁世凯下套。

袁世凯显然注意到了唐绍仪的态度。但他丝毫没有让步的打算。清室亲贵不甘退让是他对付南方的最佳借口，至于清室是否退让，那还得看袁世凯的说法，袁世凯希望他们退位时，会提供一套说辞，不希望他们退位时，则会提出另一套说辞，反正清室关于战局的消息全部是从袁世凯的口中得知的。我们说乱世出枭雄，那是因为在乱世里存着多种权力集团，同时又缺乏规矩的约束，这使乱世枭雄很容易在不同的权利缝隙中闪展腾挪。袁世凯就是最善于利用乱世的人，世道越乱，就越有他发挥的空间，他也越是得心应手。他出道于朝鲜的乱世，成名于小站的练兵场，又在辛亥年的乱局中，以从头收拾旧山河的豪迈心情重新出山，他的政治生涯几起几落，却总与帝国政局起落的曲线相吻合——每逢大清山河一片狼藉的时候，都是他个人生涯最志得意满的时候，而每当帝国安定团结形势大好，袁世凯的从政前景就一片黯淡，最终在一统天下的豪情中孤独地死去，恰恰表明了他与统一时代的"日常政治"格格不入。他是一个寄生于乱世的政治动物，没有了乱世的"非常政治"，他就得死。于是，他以自己的方式颠覆了新生的共和国，把它重新送入分崩离析，使他身后的乱世枭雄们，重新找到用武之地。不过这些都是后话，此时的袁世凯，连能否问鼎他所希望的权力还未可知。但袁世凯已经看准了南方与清廷之间的缝隙，那缝隙刚好留给他，他在其中游刃有余。他是一个深谙杠杆原理的人，他的屁股一会儿坐在南方一方，一会儿坐在清廷一方，目的只有一个，就是把自己越翘越高，青云直上，这是袁世凯发明的政治力学。袁世凯自始至终思路清晰，只是议和过程在别人看来有些眼花缭乱，摸不着头脑。如果说谈判是风向标，那么袁世凯就是决定它方向的风。谈判无果而散，"绍仪有忧色，廷芳尤悒悒寡欢"[41]。

袁世凯制定的规则，革命党不喜欢，就在双方陷入僵局的时候，他们终于对袁世凯的"反复无常"、磨磨蹭蹭不耐烦了。12月29日，南京十七省代表在南京选举中华民国临时大总统，孙中山以十六票的绝对多数当选。

辛亥年十一月十三日（1912年1月1日），中华民国元年元旦，星期一，孙中山身穿黄褐色呢质军服，头戴嵌有红边的军帽，从上海哈同花园乘马车到达上海北站，乘坐专车前往南京就任中华民国临时大总统，行前，专门嘱咐沪军都督陈其美："我辈革命党，全不采仪式，只一车足矣。"孙中山前往南京所走的沪宁铁路是1908年由英国人建成的，全程三百一十一公里，共设三十七个车站，每到一个车站，都会看到上万民众集合在那里，目送孙中山通过，高呼"共和万岁"口号，声闻数里。[42]当晚十一时，就职典礼在总统府西暖阁举行，孙中山举左手高声宣誓：

倾覆满洲专制政府，巩固中华民国，图谋民生幸福，此国民之公意，文实遵之，以忠于国，为众服务，至专制政府既倒，国内无变乱，民国卓立于世界，为列邦公认，斯时文当解临时大总统之职。谨以此誓于国民。中华民国元年元旦。孙文。[43]

西暖阁外，冷而迷蒙，一切景物都模糊不清。

这一天，"海圻号"巡洋舰在巴罗港举行了隆重的易帜仪式。全舰官兵军容严整，列队后，首先降下黄色青龙旗，然后升起红黄蓝白黑五色旗。消息很久才传到上海。

这回轮到袁世凯出离愤怒了。当他得到孙中山已在南京就任临时大总统的消息时，大骂唐绍仪出卖了他，同时命令冯国璋、段祺瑞等四十余人联名电请内阁代奏，竭力要求维持君主立宪，反对共和政体，如以少数人的意见采用共和政体，必誓死抵抗。为了安抚袁世凯，就在孙中山被推举为临时大总统的当天，按照各地代表的会议决定，孙中山特别发电报给袁世凯，明确表示自己只是"暂时承乏，而虚位以待之心，终可大白于将来"，希望袁世凯"早定大计，以慰四万万人之渴望"。

就在孙中山就职这一天，唐绍仪在左右为难的处境中，让冯耿光给袁世凯发去电文，辞去议和代表之职。但他并没有离开上海,北南对话仍然因他的存在而藕断丝连。只是由公开谈判,转为私下协商。

正当冯耿光认为自己作为议和代表的使命即将完成的时候,谈判突然在优待清室这一最后环节上陷入僵局。为了让南京临时政府进一步认清自己的身价,同时赢得时间重新部署兵力,袁世凯决定让风向标的方向变一下。唐绍仪担心南方会因失望而退出谈判,派冯耿光和章宗祥前往南京,他要拉住南京临时政府。

冯耿光从上海出发的时候,铁路交通的秩序尚未恢复正常,唐绍仪请沪军都督陈其美为他们洽办专车。当时,沪宁线刚刚开始通车,每天只有一个车头来往行驶,所谓专车,实际上只是一个火车头挂了一节三等车厢,车厢凌乱不堪,行车手续也不完备。冯耿光趴在车窗上,看窗外的景物从他视野里一一闪过。途经的小站冷冷清清,连个打旗员也没有。偶尔有南军的士兵在冬日稀薄的阳光下闲散地行走,多为粤、浙两军,他们的军装已经破旧,其中粤军士兵的军章只是一块白布,上面写着"某军某协"字样。天已隆冬,大部分士兵还穿着单衣,在风里瑟缩,一副弱不禁风的样子。

火车喘息着走了十多个小时,才从上海慢吞吞地抵达南京。当他们被临时总统府派来的人把送到一家旧式小客栈时,已是深夜。冯耿光和章宗祥疲惫至极，刚倒在雪白的被单上，就沉入了梦乡。早晨醒来的时候，总统府的车已等在楼下。

太平天国的天王府，端方把它当作两江总督府，如今则成为临时总统府。这座总统府，直到1949年，共产党军队的士兵们端着枪冲进去，才正式结束使命，成为历史文物。记录这一幕的纪录片镜头，在后世的历史教育中反复出现，即使中学生也耳熟能详，但他们只知道这座总统府的今生，而不知它的前世，不知道那个腐败的军政府倒台之前，那个新生的民国曾凝结了多少人的希望。在这里，孙中山度过了九十二天的临时元首生涯。在这里照顾他生活起居的是他的元配夫人卢慕贞。此时的宋庆龄，还只有十九岁，远在美国威斯里安女子学院读书，收到父亲宋耀如寄来的共和国五色旗，立即扯下学校悬挂的大清帝国的龙旗，踩在脚下。那时的她并不知道，她心目中的共和英雄，还在总统府中过着清贫的生活，每日的菜金只有四角。总统府的西客厅，就是端方住过的宝华庵。大厅里面那张长方办公桌，正是端方的遗物。庭院里一切如故，只是它的主人，已经几经轮换，时代密集地转场，令人眼花缭乱。在宝华庵，孙中山、胡汉民和他们谈了将近一个小时，却没有涉及优待满蒙条件这样重大的事，在政治局势暧昧不明的时刻，这样一场闲谈，亲切，却又过于奢侈。中午时分，冯耿光、章宗祥与孙中山、胡汉民围在一个小方台的四周吃饭。饭菜是简简单单的四菜一汤，广东家乡的风味，有香肠和咸鱼，孙中山、胡汉民、冯耿光三个广东人和章宗祥这一个浙江人吃得津津有味。饭后，孙中山对冯耿光说："我一会去检阅海军，我们一齐去好不好？"冯耿光答应了。孙走进办公室，换下身上的长袍，穿上一套中山装，变成照片中常见的那个样子，和冯耿光一起走了出去。

检阅回来，孙中山突然对冯耿光说："果真和议破裂，我就要督师北伐，你可以和我一同前去吗？"又说，"你在军务里多年了，北方军情总很清楚了，可以谈谈吗？"

孙中山的眼力很准。冯耿光曾经在军咨府供职，对北洋军情十分熟悉，在议和代表团这一个多月间，他对北方调拨军队的情况更是了如指掌。冯耿光想了想，把帝国军队的底牌向孙中山做了概述，然后对孙中山说："你们南军隆冬天气单衣赤足，连棉大衣都没有，外面罩个空心'一口钟'，北方天气不比南方，你要大批渡过黄河长途北伐，谈何容易。若真坚持硬做，势必困难重重，心劳日拙。况且以大炮而论，北军最多，南军很少。你们就算有些零星的重火器，用时常出毛病，配备的零件七拼八凑，怎能应急？所以就实力而论，南军远不如北军强。而袁又是个成竹在胸的人，事情未发作前，早已把各方的劲旅抽调布防，准备万一的时候打一场硬仗。如果和议破裂，兵连阵接，胜败谁属固难预料,然北强而南弱,一经接触,我料初胜必属北军,则南军内部的变化不可不虑。如是则究竟欲和欲战,我看您应当深思熟虑,而后决定之。"冯耿光没有顾及孙中山的反应,接着说,"希望和议成功,一直推翻清室,免得夜长梦多,对共和前途、国家前途皆非福幸。"[44]

孙先生一边听他说,一边默默地点头。

一旦开战,南方获胜的概率有多少?即使最乐观的人,也不会轻易地认为南方会胜。冯耿光说出的,是人们不愿说出、却又无法回避的现实。孙中山组建的中华民国临时政府,只是历史短暂停靠的一个驿站。它不会逗留太久,就会选择新的方向了。孙中山看到了这一点,袁世凯看到了这一点,南京的革命领袖们都看到了这一点。吴玉章在回忆录中说:"孙中山先生这个总统,实际上只不过是一个主持和议的总统罢了。"[45]"大约从11月8日起,革命派领导人就一个接一个地表示支持袁世凯。"[46]深受孙中山器重的汪精卫曾说:"中国非共和不可,共和非公(袁世凯)促成不可,且非公担任不可。"黎元洪曾给袁世凯写信称:如果袁世凯同意共和,当推他为"第一任中华共和总统"。黄兴在给汪精卫的电文中,请他转告杨度,袁世凯若能迅速推倒清政府,"中华民国大统领一位,断举项城无疑"。[47]杨度将黄兴的意见转告袁世凯时,袁世凯当即把杨度追加为议和代表,敦促他立刻前往南京。

将孙中山让位于袁世凯归结于革命党的幼稚和袁世凯的"权谋",都失之简单。当时,革命派无力左右全国的政局,更不能控制地方或各省的政治。武昌起义时,熊秉坤和吴兆鳞怎样将湖北都督这一职位让给黎元洪,此时的中华民国临时政府,就怎样将大总统的职位让给袁世凯,二者如出一辙。在革命党、清廷、军队、民间贤达人士及西方列强之间,袁世凯无疑成为各方都能接受的最大公约数。

此时的袁世凯,心情同样是忐忑的。如果南北战争爆发,袁世凯并非胜券在握。战争一旦打响,各种不可测的因素都会出来左右局势。袁世凯当然希望一切都在谈判桌上解决。在谈判桌上借清廷之口提高要价,这一举动无疑是有风险的。谈判是一场心理较量,是一次赌博,是另一种形式的战争。袁世凯从来不愿在赌场上小打小闹,既然赌,就把全部的政治前途押上去。与朝廷进行的复出谈判,就是一场赌博;如今的议和谈判,也是一场赌博;多年以后的复辟帝制,更是一场赌博。一连串的淘汰赛,袁世凯成为常胜将军。也正是他在赌场上的战无不胜,使他在最终的赌局中血本无归。

1911年10月清军火烧汉口的现场

汉口附近革命军炮兵阵地　1911年

汉口附近革命军炮兵阵地　1911年

莫理循（左二）和朋友们　20世纪初

孙中山归国，在船上与友人合影　1911年

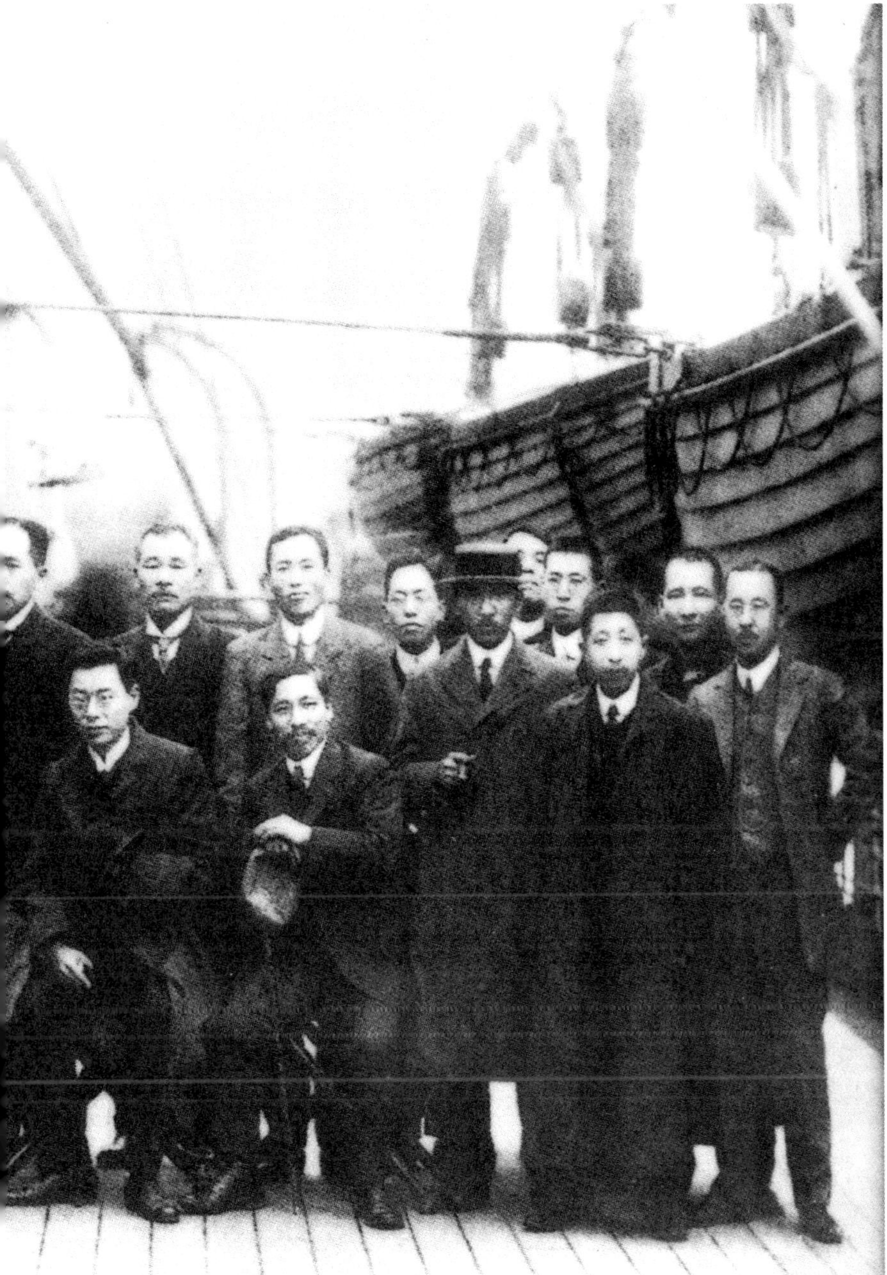

唐绍仪、段祺瑞、徐世昌合影　20 世纪初

驻美公使伍廷芳劝设孔教堂详图　20 世纪初

第七章 船票

戊戌年间的宿怨,因时代的转场而烟消云散。

一

辛亥年，梁启超三十八岁，还不到不惑之年的他，早已没有了戊戌政变后刚逃亡日本时的激情。那时候他有一个日本名字，叫吉田晋。初到东瀛，他一度与孙中山、陈少白等革命党人深夜长谈，甚至有了一次以孙中山为会长、梁为副会长的合并组党筹划，因为康有为的阻挠而计划流产。这是《梁启超全集》里收录的梁启超给孙中山的一封信。那时，孙中山已经对梁启超的犹豫、多变深感不满，在这封信中，梁启超作了解释："弟数年来，至今未尝稍变，惟务求国之独立而已。若其方略，则随时变通，但可以救我国民者，则倾心助之，初无成心也。与君虽相见数次，究未能各倾肺腑，今约会晤，甚善甚善。"

梁启超说，自己住处狭窄，"室中前后左右皆学生，不便畅谈"，约孙中山在外面小酌叙谈。

风雨中的酒馆，容纳了两位为强国之梦挣扎的政治家。我们无法知道他们那天究竟谈了些什么,我们只知道后来的事实:他们最终渐行渐远。

趋向革命,是因为梁启超对清廷已经彻底失望;远离革命,是因为他认为祖国遍体鳞伤的身体已无法再经历流血。

他给革命开出的公式是:革命、动乱、专制;他给立宪开出的公式是:开明专制、君主立宪、民主立宪。

梁启超是依靠孙中山的介绍,才在日本站住脚的。然而,当孙中山几年后从檀香山回到日本时,发现这里已经成为追随梁启超的保皇党的天下,而自己在这里亲手创建的兴中会已踪影全无。这令他极为愤怒,这个时期,几乎是孙中山一生中最灰暗的时期。

1905年,在杨度(一说宫崎寅藏)的介绍下,孙中山结识黄兴,创建了中国同盟会,形势终于逆转。此后,在梁启超为首的《新民丛报》与以汪精卫、胡汉民、陈天华、朱执信、章炳麟、刘师培等为首的《民报》之间,关于中国的前途、命运爆发了旷日持久的论战。革命党人张继甚至在一次集会上对梁启超拳打脚踢,让梁启超这位谦谦君子体验了暴力革命的厉害。梁启超和他的老师康有为,当年因政治上的幼稚,断送了变法改良,把大批的维新派送上了暴力革命的道路,此时,他已身陷革命党的围剿中,不得不承认:"革命党现在东京占极大之势力，万余学生，从之者过半。""下至贩夫走卒，莫不口谈革命。"鉴于革命党人"驱除鞑虏"这一口号对于推翻满族政权的巨大号召性，梁启超发明了一个极具包容性的新词："中华民族"。

1902年，梁启超首次提出了"中华民族"的概念。由"保种""民族"到"中国民族"，再到"中华"和"中华民族"，梁启超基本完成了"中华民族"一词的创造，一直沿用到了今天。在此之前，中国人基本上没有现代意义上的民族观念。"中华民族"概念的提出是中国传统民族观念走向现代的重要标志之一，也为1911年建立一个现代国家奠定了精神基础。

与此同时，大量西方近代知识系统中的新名词，伴随着梁启超的一系列文章开始广为人知，由于日本在学习西方方面走在了中国前面，梁启超便将许多西方词汇的日文译名直接为我所用，包括政治、经济、军事、文化、议会、宪法等等，从而大大丰富了近代汉语的词库，使汉语在20世纪之初出现了词语"大爆炸"。语言学家王力后来在《汉语词汇史》中写道："现代汉语中的意译词语，大多数不是中国人自己创译的，而是采用日本人的原译。"[1] 连保守主义知识分子王国维也极力主张引进新名词："事物之无名者，实不便于吾人之思索，故我国学术而欲进步乎，则虽在闭关独立之时代，犹不得不造新名，况西洋之学术骎骎而入中国，则言语之不足用故自然之势也。"[2]

慈禧和光绪去世后，在摄政王载沣的推进下，国内各省纷纷成立了咨议局，其主要领导人物，大多是梁启超旗下的立宪派。梁启超，已经超越了他当年的老师康有为，成为立宪运动的精神领袖。在经历了多年的貌合神离之后，1911年夏，康有为和梁启超在日本再次会面，康有为称"相见如梦寐"。

二

武昌起义的爆发以及随后的顺利态势不仅出乎当时尚在海外的孙中山的意料，也让梁启超非常吃惊。不过他很快就以一贯的敏锐感觉到了此事非同小可，他写下了《新中国建设问题》，依旧号召"虚君共和"。

梁启超所担心的流血革命已经发生，他觉得时不我待，必须马上实现立宪，以化干戈为玉帛。1911年10月24日，梁启超从中国出版的英文报纸《字林西报》上读到辜鸿铭的文章，表明他反对革命的立场，呼吁西方各国不要对大清帝国失去信心。11月，辜鸿铭又致信《字林西报》编辑，对该报诬蔑、诋毁慈禧太后提出强烈抗议。而此时的梁启超，突然意识到"虚君共和"的历史时机已经到来，于是化名"陈用"——意为被封陈之人终于到了可用之时——匆匆订了一张船票，急不可耐地踏上"天草丸"海船归国。在各省纷纷独立的高涨的革命形势下,这是这位老牌"反革命"为避免流血革命所做的最后努力,他困兽犹斗,而且意志坚决。他认为自己选择了帝国历史上最为敏感和微妙的时机悄然归来。途经黄海时,心潮澎湃的梁启超写下数首诗篇,其中有这样的诗句:"天若佑中国,我行岂徒然。待我拂衣还,理我旧桃源。"[3]他在给女儿的第二封信中说:"旧内阁已辞职,不管事,新内阁未成立,资政院议员遁逃过半,不能开会"[4],中国仿佛只等他梁启超归来了,他庆幸于自己的敏锐。

梁启超并非没有头脑的人,即使远在日本,梁启超也意识到北方新军在关键时刻的重要作用——当革命军和清军在南方的漫长战线上相持不下的时刻,北方新军的砝码无论落向哪里,都会起到一锤定音的作用。早在1900年,梁启超就与吴禄贞相识。梁在给吴的信中曾说:只有像吴氏那样"瑰伟绝特之军人"才能拯救中国。他在日本写给徐君勉的信中,透露了他的政治计划:"故数月来,惟务多布吾党人禁卫军,而外之复抚第六镇之统制吴禄贞为我用,一切布置皆略备矣。吾两月前致兄书,谓九、十月间将有非常可喜之事,盖即指此。"[5]一方面掩饰不住自己内心的兴奋,另一方面,要求徐君勉为他保守秘密。

早在慈禧太后还在世的1907年6月,梁启超就曾冒险前往上海,准备会见在"丁未政潮"中被排斥出京的粤督岑春煊,希望得到他的支持，同时联络郑孝胥、张謇等人，加入他组织的政闻社，以推动国内的立宪。但由于岑春煊到达上海时间较迟，错过了与梁启超会面的机会，这一计划只好搁浅。此时，武昌起义的枪炮声已经震裂了帝国的骨架，梁启超借此机会，确定了一幅更加完美的政治路线图：他试图利用载涛掌握的帝国禁卫军，以及吴禄贞掌握的北洋第六镇共同发难，里应外合，一举夺取帝国政权，驱逐以庆亲王奕劻、载泽等为代表的保守势力，杀掉引发保路风潮的盛宣怀，以平民怨，同时拥戴载涛为总理，速开国会，立即实行君主立宪政体，同时下罪己诏，停止讨伐军，表明这个脆弱的国度，不容任何内争。此后，由国会选出代表，与"叛军"交涉，由于武昌起义并非孙中山策划，也并非纯粹的种族革命，因此，如果帝国政府不待"叛军"革命而率先自行革命——下诏废除八旗，皇帝改为汉姓，满人也全部重新赐姓等等——革命的威胁，也就烟消云散了。[6] 梁启超把他所构想的这一蓝图称为"中国存亡最后之一着"，并大胆预测，或许当徐君勉收到这封信时，大事已成。这种自信，丝毫不亚于戊戌变法之时。

在梁启超心里，载沣已经一钱不值，鼓吹立宪的载涛取代了他哥哥的位置，成为梁启超新的希望。载涛自出洋归来，就主张剪辫易服，使得紫禁城内一片哗然，帝国官僚们纷纷向摄政王载沣施压，要他管教好自己的弟弟，载沣对于这样的争执已经厌倦，唯唯诺诺，不置可否。

大连码头，这是梁启超自戊戌年那个血腥的秋天里在天津登上日本军舰黯然去国以来第一次踏上祖国的土地。他的脑子里或许会映现出菜市口飞舞的屠刀，以及自己去国逃亡时吟出的诗句："割慈忍泪出国门，掉头不顾吾其东。"[7] 他的眼睛湿了，一种说不出的情绪在胸中鼓荡。这一次，他要用自己的成功告慰六君子的鲜血。

三

辛亥年九月十九日（1911年11月9日），吴禄贞被杀后的第三天，梁启超抵达大连，入住太和旅店，对吴禄贞的死一无所知，当晚再次诗情高涨，写下"虎牢天险今谁主，马角生时我却来"，颇具豪气。但他没有在大连过多停留，第二天夜里就迅速赶往奉天，会晤熊希龄。熊希龄，1905年出洋考察宪政的随员，在日本曾经秘密拜会当时还是帝国通缉犯的梁启超和杨度等人，甚至请精通宪政的他们捉刀完成了给慈禧的宪政奏折，此时的熊希龄，被刚刚由四川总督调任东三省总督的赵尔巽委任为东三省屯垦局会办。梁启超之所以决定先到奉天，是准备会晤著名的立宪派人士、驻扎奉天的新军协统蓝天蔚。不知他是否想到，此时，他有一个重要的对手，疏而不漏地注视着帝国政治的每一个细节，这个对手与戊戌年的那个对手是同一个人——袁世凯。就在梁启超登上"天草丸"的时刻，袁世凯已经下出了他一生中最老谋深算的一步棋——暗杀吴禄贞，接着，解除了张绍曾的职务，调离了蓝天蔚，剥夺了载涛对禁卫军的指挥权，这一连串的组合拳，打得梁启超晕头转向。

对于吴禄贞的死以及因此导致的骨牌效应，梁启超没有任何心理准备，在给女儿梁令娴的信中说："据言报纸所传都中事，大半谣言，不足信。""都中纯为无政府之状态，斯最可忧耳。"他甚至说，张绍曾已去北京（此事不甚妙），蓝天蔚在奉天，对于自己的到来，额手称庆。[8]

希望固然令人眷恋，但事实终归无法回避。在急转直下的政治旋涡里，奉天革命军领袖蓝天蔚突然宣布不欢迎梁启超来奉天，感到风头不对的熊希龄此后几次电告梁启超，催促其赶快离开这块是非之地，免遭不测。梁启超只好再度像戊戌年那样，惊恐万状地逃回日本。

纵观中国历史，很少有一个时刻能像此时这样敏感，这样险象环生，这样充满偶然与变数，任何一个细微的变化，都可能决定历史的大势。梁启超都在由衷地感叹："形势刻刻在变。"[9] 帝国如同一辆被无数只手争相操纵的马车，在那些争夺的手形成的不规则的合力中，马车的方向变幻莫测，每一秒钟都可以发生转向，没有人知道它最终将冲向何方。如今我们是带着答案回溯那段历史的，而在当时，所有的答案都不存在，没有人知道在这场纷乱的角力中，哪一只手最终将决定马车的方向。即使我们早已对故事的结局了如指掌，但是当我们重温这段历史，我们仍然能够感觉到当时的紧张感，并因此而屏住呼吸。

如同戊戌年一样，袁世凯再一次抢在了梁启超的前头。两次历史的机会出现在梁启超面前，在他的心里，自己距离成功只有一步之遥，然而，袁世凯的存在，使这一步变成无限远。袁世凯，成为他永远不可能战胜的对手。

就在他离开中国的同时，袁世凯从湖北前线抵达北京。辛亥年九月二十六日（1911年11月16日），袁氏内阁名单迅速出笼。令梁启超没有想到的是，在他再度出局的时候，自己的名字，竟赫然出现在袁世凯的内阁名单里。他被任命为司法副大臣。司法大臣为沈家本，是一个以主持晚清司法改革而著名的官员兼法学家。而国内立宪派的首领，来自立宪呼声最高的江苏议会临时议长张謇被任命为农工商大臣。以张的状元实业家经验和梁启超的法学视野，这次任命不能说是单纯的表面文章。这种汇集各路精英的大拼盘式组阁形式，实际上是当时许多国人的真实心愿。1937年，上海复旦大学文摘社出版、上海四马路黎明书局经售了由美国记者斯诺笔录的《毛泽东自传》。在这部《自传》里，毛泽东说，他在长沙第一次看到了一份名叫《民力》的革命报纸，上面刊载的广州起义黄花岗七十二烈士的故事令他极为感动，为此首次撰文发表政见，贴在学校的墙壁上，而他心目中的民国新政府，就是由孙中山任总统，康有为任总理，梁启超当外交部长。[10]

四

重归政坛的袁世凯野心勃勃，正在规划着自己如日中天的新政治生涯。他在辛亥年十月初一（1911年11月21日）敦请梁启超回国赴任的电文中，对梁启超以兄相称，请他"念神州之陆沉,悯生灵之涂炭,即日脂车北上,商定大计,同扶宗邦"[11]。辛亥年十一月初四（1911年12月23日），袁世凯又致电梁启超，恳召回国，电文中不忘夸赞梁启超曰："昨展惠书,倾想丰采,有朱霞白鹤之观。"[12]语气亲切又不失尊敬，仿佛久别的老友，似乎他们之间什么不愉快的事情都不曾发生。大权在握的袁世凯，试图弥合他与梁启超之间巨大的裂痕，至少在当时情势下，没有必要怀疑他的真诚。此时的袁世凯无疑需要这些旗帜人物，因为他们也几乎是当时很多年轻人心目中的未来国家的政治栋梁。从这个月到年底,袁世凯几乎不断发出邀请和催促。应该说这是他团结立宪势力,对抗革命军谈判的重要砝码,此外有分析认为,权术一流的袁世凯是趁机欲"以收罗人才,挽回舆论"和"联络华侨,整理财政"。而在梁启超看来,此时与袁世凯这样的实力派合作,也不失为避免流血、推广自己改革渐进的政治抱负的一种明智选择。戊戌年间的宿怨,因时代的转场而烟消云散。梁启超曾在电报中向袁世凯进言:

> 今惟有于北京、武昌两地之外,别择要区,如上海之类,速开国民会议,合全国人民代表,以解决联邦国体、单一国体、立君政体、共和政体之各大问题,及其统一组织之方法条理。会议结果,绝对服从,庶几交让精神得发生,分裂之祸可免。"[13]

辛亥年年底,远居海外的梁启超依然没有放弃立宪的努力,十二月,梁启超先后派盛觉先到上海拜访宋教仁和章太炎进行游说,希望停止暴力流血,不过他热衷的"虚君共和"主张,受到冷遇。十二月底,他派自己信任的徐佛苏从日本返国观察形势,随后徐向梁启超建议"以项城为中枢"建一大党,并要梁预备"北上"。[14] 梁启超自己也计划在年底返回上海或北京。

就在他无限接近自己梦想的关键时刻,一个令人心寒的消息再次将梁启超打入地狱:南北议和在妥协中达成共识,新的共和国家呼之欲出,袁世凯将成为中华民国第一任大总统,梁启超"虚君共和"的美好梦想立刻化为泡影。即使一百年以后,在我们的眼中,这种过山车式的命运起伏,仍然令人感到晕眩。又是只差一步,不知梁启超是否意识到,这一步之差,实际上已是无限远。一切似乎验证了宋教仁1911年在一篇文章里的判断:康有为和梁启超的回国问题,在"吾国几无人齿及,盖因其与吾国政治上原无何等关系之故也"。[15]

共和基本议定,君主立宪作为一项政治议题,已经被现实排除。北京报纸忙着改变言论,只有资政院议员办的《民视报》还在坚持着立宪主张,但该报的发行量,只有可怜的几百份。

对于渴望进入政治中枢的梁启超来说,失败似乎总是注定的——无论他手中握有怎样的船票,他与彼岸的距离永远难以缩短。他无法修改自己的命运,仿佛遭了魔咒,仿佛希腊神话中的西绪弗斯,每次的努力都被归零。与他个人内心血淋淋的撕裂相比,他对国家的预言:革命→动乱→专制,似乎更加触目惊心。[16]

第八章 血海

革命与政治有所不同,革命可凭一腔热血,而政治则是妥协的艺术。

一

从早晨开始,漫天的尘沙就如大兵压境般滚滚而来。狂风中,尘沙的浓度变幻不定,那几个人在相互看的时候,发现彼此的身影时隐时现。他们是平民的装扮,手里却一律握着枪,沿着铁道附近的谷道,弓着腰走,像是害怕被人发现。所谓谷道,是指道路低洼,犹如深谷,将行走其间的车马完全隐匿起来。他们就这样在谷道中走了很久,终于在一片开阔地前停下来。走在前面的人喊:"程芝田,把你的帽子竖在地上当标靶吧。"那个名叫程芝田的人很听话地跑远,从头上摘下他的草帽,固定在地上,一圈一圈编织的草帽,看上去真的很像标靶。那个喊话的人单腿跪在地上,托起手里的步枪,做出标准的射击姿势,枪口在风中有些摇晃,他拉动枪栓,屏住气息,三点一线地瞄准,枪口终于变得坚定起来。一气呵成的漂亮操作带来一声枪响,他连发六枪,程芝田的帽子上立刻相应地出现六个弹孔。子弹穿过程芝田的帽子，在对面的坡地上撩起一缕一缕的黄烟。射击毕，人们听到程芝田惊呼："我的帽子已经打烂了！"大家相视而笑，把抬来的木箱打开，取出枪，一一试枪。然后，他们像是心里有了数，默不作声地收拾起弹药，消失在漫天的黄沙中。

这一天是辛亥年十月二十九日（1911年12月19日）。二十天前，攻打紫禁城的计划失败。此时，一场新的起义已经如箭在弦了。这场起义，是由北方的革命组织——"京津同盟会"策划的。那个试枪的人，就是受湖北军政府委派、北上主持革命的胡鄂公。十八天前——辛亥年十月十一日（1911年12月1日），胡鄂公与孙谏声、吴若龙、白毓昆等北方革命协会[1]的同志前往汪精卫寓所时，汪精卫正与彭家珍等人交谈。汪精卫见他们来，向他们说明了成立中国同盟会京、津、保支部的意义及其组织内容，同时准备成立暗杀队，队员名额以二十人为限，熟悉暗杀"业务"的汪精卫自任暗杀队队长。

"京津同盟会"的规模和影响迅速扩大，辛亥年从北京顺天中学毕业的梁漱溟，此时已经加入这一组织。梁漱溟经常活动的秘密机关有两处，一处设在东单二条，外面看起来是个杂货铺，另一处设在后孙公园的广州七邑会馆。[2]

袁世凯在攻打紫禁城时设下的陷阱，在北方革命党人心中激起的仇恨很难泯灭。然而，暗杀团成立仅仅两天后——辛亥年十月十三日（1911年12月3日），汪精卫的态度突然发生了变化，他通过胡鄂公向北方同志发出警告："现已停战议和，吾党同志，在此停战期内，幸勿有所行动，致启背约之责。"[3] 暗杀行动突然被汪精卫刹车。

汪精卫的变化令胡鄂公的内心升起一片疑云。他反驳道："停战协议，并不涉及京、津、保地区，况且，我们虽然停止行动，然而袁世凯仍对革命党人逮捕枪杀。"

对此，汪精卫的答复是："你过虑了，希望你为我转告各位同志，袁世凯期望和议取得成功，而且袁治军严格，不会有这般越轨行动。"[4]

革命，就是由枪讲述的传奇，但北方同志精心准备的枪还没来得及发言，就被一只有名的手制止了。那只手不再用来格斗，而是准备握手。

二

试枪那一天，距离汪精卫出狱，才过了四十多天。

那曾经是一只不安分的手，那只手几乎制造了帝国内部最惊心动魄的一场爆炸。

很多年后，当吴玉章回忆当时的汪精卫时，仍然称他为"貌若处子的书生"[5]。与汪精卫同乡、同龄的冯耿光十七岁在家乡广东番禺县参加童子试时第一次见到汪精卫，那时的汪精卫"面如敷粉，背后拖着一条扎着大红辫绳的紧长发辫，动止娴雅，状若好女子。"[6] 当年侦破此案的清廷官员金祥瑞第一次见到汪精卫，亦惊叹于他的风姿气度——他无论如何无法相信，面貌如此俊美的青年，居然能够干出爆炸暗杀这样暴烈的举动。

才华、热血集于一身的汪精卫，在二十七岁时做出了一个惊人的决定——行刺大清帝国的最高统治者——摄政王载沣。此前，他的目标曾经锁定在端方身上，后来觉得刺杀摄政王对帝国的打击更大。这一大胆的计划赢得了一位南洋富商小姐的芳心，从此对汪精卫不离不弃，直到抗战胜利后被关押在南京老虎桥监狱，都无怨无悔，她，就是陈璧君。

在策划起义频频失败的情况下，暗杀，已经成为最受党人青睐的革命方式，一种只需一个人或者几个人参加的小型起义，机动灵活，易于得手，因而光复会领导人陶成章在他编辑的《民报》上撰文说："破坏的无政府党之运动有三：曰鼓吹，曰密交，曰暗杀"，"暴君污吏民不堪命，于是爆弹短铳为博浪之狙击，此第三法也。掌此三法者，或称胁击团，或曰执刑团，盍对于暴君污吏处以逆民之罪，使若辈反省悔过耳"。《民报》所载图画中，暗杀主题占 22.67%，而在讨论革命手段的文章中，鼓吹暗杀的，竟占 21.65%。[7]

梁启超讽刺革命党领袖,说他们"徒骗人于死,已则安享高楼华屋,不过'远距离革命家'而已"。梁启超的攻击矛头,是只在后方呐喊、远离起义现场的孙中山,而追随孙中山从事后方组织工作的汪精卫,则感到如芒在背,为了证明自己并非贪生怕死之徒,提振趋于消沉的革命士气,决定行刺摄政王载沣。胡汉民闻讯,电令冯自由把汪精卫截留在香港,但汪精卫在冯自由的眼皮底下,悄悄溜掉了。

北京守真照相馆,是革命党人设在北京的一个秘密据点。1910年2月2日晚,汪精卫、黄复生、喻培伦等人在这里同饮高歌,"欢声且达户外"。几名剪辫青年,在帝都北京,无疑十分引人注目。

金祥瑞回忆说,那时清室对革命党人的暗杀活动已经有所防范,载沣府中警戒森严。他每日出入皇宫,均有马队护从。负责警卫的二人,一是中一区(地址在地安门内银闸胡同)署长年德俊,一是内右五区(地址德胜门内刘海胡同)署长刘思联,二人均为旗籍。他二人兼任的原因,是载沣每日上朝,必由这两个署的管界通过。

在载沣府以东,鸦儿胡同以西,有一小石桥(无名,往北通甘水桥),这是载沣每天必由之路。1910年4月2日夜,小桥附近一个居民起来在门外出恭,他的视线随着他的下蹲而降低,这使他发现了小桥下边的两个隐隐约约的人影,他看不出是男是女,但他可以断定,在这空旷的夜里,他们非奸即盗。回到院里,他大声喊起来,叫声在黑夜里扩散,街坊们都被惊起来,像一群乌鸦,聚合在院子里,又惊慌地出外察看。前面是安静的街口,安静的桥,一个人影也没有。他们以为那个人纯属错觉,就打着呵欠,一个个地回房睡去了,在他们的身后,接连响起木门粗糙的闭合声。如果桥下那个二尺多高大铁罐没被人发现,那么,那两个人所做的一切都将被隐藏起来,遗憾的是天亮时分,铁罐被邻居们发现了。于是,有无数双眼睛靠拢过来,仔细地打量这奇怪的物件。没有人知道那个铁罐是做什么用的,上面有套丝盖,旁边有一螺丝,拧着一根电线。人们顺着那根电线往北走,一直走到甘水桥下,发现那根线连着一个类似西门子电话匣子的铁盒子,还连着一个手电门。大家被它吓坏了,于是报告了果子市东头提督衙门的官厅(是本管地面)。层层上达,一直到内务部尚书善耆(肃王),九门提督衙门正堂毓朗贝勒及警察内城总厅厅丞章宗祥,诸人均亲自来勘查,可谓阵容庞大,也说明了此事非同小可,因为稍有常识,就会得出这样一个令人惊骇的结论:革命党人在谋炸摄政王。

对这爆炸物,人们束手无策,善耆电传内务部一个名叫何次青的技术职员,小心翼翼地把它拆下来。他拆卸的时候,呼吸声十分细微，却能被围观的每个人听到，因为所有人都屏住了呼吸，直到他把那只铁盒子拆下来，颤巍巍地端在手心，那口憋了很久的气才呼出。何次青打开铁罐，发现罐内装满黄色及黑色药面，纸筒包装，据说是英国产的，还有橡皮糖似的胶质药品。他们把它运到德胜门外的校场进行试验，配合了约百分之一的一点药品，随着一声爆炸，地面上出现了一间屋子大的深坑。由此推测，如果安装在桥下的铁罐整个爆炸，即使在远处控制电钮的人，亦难活命。

按照事先的计划，作为炸弹专家，黄复生和喻培伦负责安装调试，他们没有想到，他们所做的一切，都被一个半夜出恭的人看得清清楚楚。吴玉章后来在谈到此事时说："他们首先把炸弹安好，再来安设电线，谁知事前目测不准确，临时才发觉电线短了几尺。怎么办呢？不得已只好收拾重来。"[8] 就在这时，那个居民跑出来出恭了，他们只好暂时避开，摄政王府大门也开了，有人提灯出来，他们怕被发现，顾不上取炸弹就跑了，等第二天来取时，炸弹已被人取走。

汪精卫，则是那个控制电钮的引爆者。也就是说，如果炸弹如期爆炸，等待汪精卫的，只有死亡。可见他是存心与摄政王同归于尽的。如他在此前给吴玉章的信中说的：

革命之事譬如煮饭。煮饭之要具有二：一曰釜，一曰薪。釜之为德，在一恒字。水不能蚀，火不能熔，水火交煎，皆能忍受。此正如我革命党人，百折不挠，再接再厉。薪之为德，在一烈字。炬火熊熊，光焰万丈，顾体质虽毁，借其余热，可以煮饭。此正如我革命党人，一往独前，舍生取义。[9]

机缘巧合，就这样在漆黑的夜里决定了历史。如果汪精卫此次能果如其言"舍生取义"，不仅晚清的历史需要改写，三十多年后的抗日战争史，也必会重写。

然而，辛亥年的那座小石桥上，什么都没有发生，胡同里的居民虚惊一场之后，注意力又很快回到他们的日常生活中，对于身边发生的历史事件全然无知。帝国军警，就在日常生活里，悄无声息地展开他们的侦查行动。没有人注意到，在茶馆、澡堂，在湖边提笼架鸟的人群中，有几个乔装改扮的警官，在密切关注着人们的谈话，默默地寻找破案线索，这些乔装的警官中有一位是金祥瑞。果然，一天傍晚，他们在鸦儿胡同遇见一辆洋车，往西拉去，车上坐着一位青年，装束特别，像外省人。金祥瑞立刻在后面紧追，暮色越来越浓，他依稀看见青年下车往小石桥附近走去，他便隐身在一堵影壁后面，眼睛死死地盯着他。那青年转到桥下，循着沟往北走，边走边往沟里看，直到甘水桥。青年发现自己埋的东西已去向不明，便立刻折回往东走，经鸦儿胡同出烟袋斜街往南，在路东一家干果店买东西。金祥瑞尾随着他，一直走入火神庙西夹道，刚进胡同就听一声铃响。金祥瑞随他走进胡同，人已不见，只见路西一个门内灯光很亮，金祥瑞料定他是进入这个院子了。出口见有一小饭铺，金祥瑞就钻进去，一面喝着酒，一面和掌柜闲谈，问他：这口里路西是一家什么买卖？掌柜的说：是家照相馆。金祥瑞说：怎么照相馆开到一个小胡同里？掌柜的说：处处特别，大年三十开张，并且净是些年轻的南方人，时常还穿着洋服，也不知什么人干的，闹不清楚。

守真照相馆就这样出现在金祥瑞的视野里，接下来的事，就全在金祥瑞的掌控中了。他先从修版师傅王星甫手里得到一张相片，是一张七人合照。经王星甫介绍，他知道其中一个姓喻，一个叫黄复生，一个叫汪兆铭（即汪精卫），一个叫罗世勋，其余三个他忘记了。从照片看，他跟踪的那个年轻人不是汪精卫，而是黄复生，王星甫说，他们为首的是姓喻的。他还在一张桌子底下发现一盘电线，有手指粗，粉红颜色，和桥下拆下的电线一模一样。

三月初八早晨，抓捕行动开始。金祥瑞在胡同口与返回照相馆的汪精卫不期而遇,这是金祥瑞第一次看见汪精卫清俊的面孔,他在一瞬间疑惑了,因为汪精卫的面孔,与想象中的叛匪截然不同,他甚至有些怀疑自己的判断。但他是帝国的捕快,在这样的时候,他不能有所闪失。他上去一脚,把对方踢倒,汪精卫还没有回过神来,双臂已被扭在身后。金祥瑞摸索他的全身,搜出现洋五十块,金表一只,帽子落地时,他的辫子也落在地上,原来戴的是假发。

金祥瑞抬头时,看见其他的警察扭着黄复生,踉踉跄跄地出现在胡同里。

喻培伦和陈璧君没有被捕,那是因为在炸弹案败露之后,汪精卫等人决定重来,由喻培伦和陈璧君先回日本做相应的准备,他们二人已经离开北京,前往日本了。

当陈璧君从报上看到汪精卫被捕的消息,大惊失色,发疯一般辱骂喻培伦胆小怕事,才导致这样的结果。喻培伦百口莫辩,不愿在悲痛中与她争吵,只好把委屈压在心底。有一天,他十分痛苦地对吴玉章说:"她同我一起回来,却说我怕死,……唉,谁怕死,将来的事实是会证明的。"[10]

喻培伦没有失言,在辛亥年三月二十九日(1911年4月27日)广州黄花岗起义中,他胸前挂满一筐炸弹,一人奋勇当先,终因寡不敌众而被俘,英勇牺牲。

金祥瑞押车，把他们收押在北所。北所是清廷收押政治犯的地方，饮食服用，相对优待。据说六人中五人夜里辗转反侧，只有汪精卫醉饱鼾睡，形若无事。[11]

内务部尚书、肃亲王善耆暗示，在鞠讯汪精卫等时，不准用刑，也不叫他们下跪。很多年后，当时在内城总厅当主事的王劲闻告诉金祥瑞，肃王善耆曾把他叫去说："案中都是青年人，不要过于为难。"肃亲王善耆亲自审问，汪精卫与黄复生争着说自己是主谋，令善耆颇为动容，连称"义士"。因他们所说的都是广东话，善耆听不懂，于是命人给汪精卫提供纸笔，令其笔录，汪精卫下笔千言，这使他们的交谈在纸页上得以保留。汪精卫一挥而就，文辞之美，立意之正，令肃王频频点头。据说，官方准备的供词为汪精卫写的罪名并不是谋炸摄政王，而是说他因国人浑噩，想借此震醒国人，显然这是一个有意为汪精卫解脱的罪名。谋杀摄政王，不仅是头等死罪，而且如果没有法律改革，凌迟和株连九族，是等待他的唯一结局。尽管在辛亥年，凌迟已经进化为枪决，游街示众改为秘密处死，但也有将个别判罪扩大为公开的镇压，如徐锡麟式的暴死就令人不寒而栗——光复会会员徐锡麟，是在行刺自己的朋友兼上司、安徽巡抚恩铭之后被清廷俘获，而后先被击碎睾丸，再割头、剖腹、挖心，"给恩铭的亲兵炒食净尽"[12]。在"新政"推行多年之后，此等酷刑，依然超越了野蛮的《大清律》，帝国以这样的方式书写了它捍卫权力的意志，以至于在东京的客店里，年轻的鲁迅从《二六新报》上读到"安徽巡抚恩铭被 Jo Shiki Rin 刺杀，刺客就擒"[13]的消息时，亦为其血腥野蛮而惊骇。然而，对于这样的"关照"，汪精卫并不领情，他在摁手印时看到罪状与自己的供述不符，大失所望，手指停在半空，迟迟不肯落下。后来由于办案官吏苦口婆心的劝说，又说已这样向摄政王作了报告，不好更改，汪精卫才不情愿地摁了手印。

汪精卫在狱中作诗曰：

慷慨歌燕市，
从容作楚囚；
引刀成一快，
不负少年头。

历史固然无法假设，但历史的魅力恰恰在于对它的假设、在于后人对于规定情节背后的另外可能的想象——假设年轻的汪精卫没有得到摄政王和肃亲王的"偏爱"，他就"可能"成为像吴樾、徐锡麟、喻培伦、彭家珍一样的英雄而被后世铭记。历史将用一座纪念碑来表彰他的牺牲，而不是 1946 年在南京紫金山以一个工兵营来炸开他钢筋水泥浇筑的坟墓。如果汪精卫果真像他写的那样"引刀成一快",那么他在历史中的形象就将被彻底改写。但帝国那口无情的尖刀在关键时刻突然变得仁慈起来,远离了汪精卫稚嫩的脖颈,也了结了我们对其他"可能"的所有想象。这非但没有成就了他,相反损毁了他,把他推上了一条别样的道路。这是谁也没有想到的。这个曾在日本与梁启超展开激烈论战、深信"欲革亿人之命者,必流万人之血"[14]的青年革命家,出狱后竟格外地"热爱生命",回望他的狱中岁月,产生了"莫向燕台回首望,荆榛零落市寒烟"的伤感。汪案真正成全的是善耆和载沣——善耆请示载沣后,汪精卫与黄复生被判终身监禁,载沣和善耆从此赢得了"爱才"的美名。

很多年后,载沣与汪精卫的命运发生了神奇的逆转——国土沦丧之际,从前的摄政王坚守了一个中国人的气节,拒绝投靠日本人扶持的伪满洲国,而那位曾经的革命青年却降日投敌,建立傀儡政权。1942年,汪精卫以南京伪国民政府主席的身份前往长春,参加伪满洲国成立十周年庆典,会见载沣的儿子溥仪。在返回北平时,汪精卫在中南海发表演说:"那年我在被清朝逮捕入狱后,有人问我中国何时能好,我说在三十年后,我想今日在座可能也要问,我还是如此答。"[15]说完,泪水顺脸颊扑簌而下,台下亦抽泣成一片。直到十几名佩刀日本军官进来,环立会场，现场才一片沉寂。此时，那个他从前刺杀的人——载沣，正在沦陷的北平过着清苦的平民生活。如他得知汪精卫的这场演说，不知作何感想。历史不是宿命，人们无法在辛亥年看到他们后来的命运，但历史也同样不是偶然，汪精卫的性格转向，或许多少可以于彼时看到一点端倪。

辛亥年九月十六日（1911年11月6日），经达一年半牢狱生活的汪精卫，被朝廷开释。汪精卫走出监牢的那一天，路人争睹风采，道路为之阻塞。

汪精卫以一种高调亮相的方式现身于辛亥年的历史现场，旋即遁入袁世凯堂皇的客厅，由革命血腥的前沿，转入政治风云的幕后。袁世凯的政治气场，汪精卫的审时度势，即使一百年后，仍值得书下一笔。汪精卫出狱第二天的下午五时，袁世凯以内阁总理大臣的身份在内阁总理官署会见了汪精卫，晚上七时，袁世凯设宴款待汪精卫。宴席间，汪精卫和袁克定结为兄弟。他们先向袁世凯叩首，又相对叩首，然后袁世凯南面坐，汪精卫和袁克定向北站立。袁世凯说："你们两人今后是异姓兄弟，克定长，当以仲弟视兆铭（汪精卫字兆铭）；兆铭年幼，应以兄长待克定。我老了，望你们以异姓兄弟之亲逾于骨肉。"汪精卫和袁克定回答道："谨如大人命。"于是再向袁四叩首。仪式过后，这父子三人由杨度等作陪，尽情畅饮，至醉而归。[16]

汪精卫此时已经成为架设在南北之间的一座桥梁。无论袁世凯,还是革命党,都需要从此经过。他不加掩饰地推戴袁世凯,称:"项城雄视天下,物望所归,元首匪异人任。"[17]进而率先喊出了"非袁不可"的口号。革命骑虎难下,在此时汪精卫的眼中,袁世凯是解决这一残局的不二人选。以至于革命党办的《民立报》都批评他:

> 即如汪兆铭,亦鼓吹革命有年,乃党人之有学识者……竟感虏廷不杀之恩,而为彼满皇说法乎?[18]

即使今天回望汪精卫,也为他短时间内巨大的变化而感到费解。袁世凯曾多次单独和汪精卫谈话,但谈话内容却被历史永远地掩盖起来。从慷慨赴死到瞻前顾后,汪精卫在出狱前后判若两人,在极短的时间内迅速抵达了性格的两极。不论变化的依据是什么,变化本身就令人瞠目结舌。在这截然相反的两极之间架起一条逻辑线,并不是一件容易的事。汪精卫的一生充满矛盾性,百年后,我们仍然无法抵达汪精卫的内心,体会他俊美外表下经历着怎样血淋淋的挣扎与撕裂。仿佛在一夜之间,汪精卫完成了由革命青年到政治家的脱胎换骨。这至少表明汪精卫是一个具有极端性格的人,从一极向另一极的滑动不仅迅速，而且彻底。这使汪精卫具有了某种令人无法捉摸的特质，也使他二十七年后抛弃民族大义叛国投敌显得合乎逻辑。

革命与政治有所不同，革命是冲锋陷阵，政治是各取所需，革命可凭一腔热血，而政治则是妥协的艺术。如今，热血青年汪精卫已经学会了这门艺术。如同袁世凯一眼就看中了汪精卫，汪精卫也看到了袁世凯的价值，他不希望他的同志们刺杀袁世凯，而是希望保护他，以谋求南北双方达成统一，这样，革命就会以"不战而屈人之兵"的方式取得成功。当南北第一次和谈无果而终，汪精卫曾流着泪对身边的同志说：先烈究竟为什么流血？我辈究竟为什么奋斗？希望各位同志，千万不要盲目躁进，我发誓，不打倒清朝，革命决不停止，但是，革命是欲速则不达的。[19]

三

辛亥年十一月二十六日（1912年1月14日）凌晨二时，迷离的夜色中，在上海广慈医院养病的光复会领导人陶成章已睡熟，楼道里突然响起的一阵脚步声，像黑暗中的一条蛇，一路爬向陶成章的病房。陶成章猛然惊醒，发现床前站着一个黑影，还没等他反应过来，枪响了。子弹从陶成章左颈喉管射入，斜穿脑部，一大片紫红色的液体，在雪白的枕头上迅速扩张开来。

那个神秘的黑影转眼间就溶化在夜色里，消失了。关于陶成章死因的猜测，迅速弥漫上海滩。同盟会指责这是"满探"所为，而真正的杀人者，则是革命党人蒋介石。暗杀的原因，出自光复会与同盟会对革命的领导权之争。光复会与同盟会自相残杀的潘多拉魔盒，自此打开。对此，蒋介石后来在《中正自述事略》中直言不讳，认为"不能不除陶而全革命之局"[20]。

清廷的绞杀已经残酷，革命者还要死在自己人的手中，张继的狂言"革命之前，必先革革命党之命"，一语成谶。两年前，汪精卫曾经在给孙中山的信中，表达他对革命阵营分裂的担忧：

> 盖此时团体溃裂已甚，非口实所可弥缝，非手段所可挽回，要在吾辈努力为事实之进行，则灰心者复归于热，怀疑者复归于信，此非臆测之言，前事可征也。[21]

然而，作为旁观者的汪精卫，此时已经深陷于这种自我的迷局不能自拔。汪精卫、胡鄂公……众多的革命领袖在北京、天津、保定这些北方重镇之间来往穿梭，铁路坚硬的线条交织成一幅不确定的图谱，没有人知道，历史的列车将在哪一刻脱轨，又在哪一刻突然转弯。

他还给袁世凯的公子、自己的把兄弟袁克定发去一封很长的电报，恳请他说服袁世凯，促成南北在共和的旗帜下实现统一。

与汪精卫的"稳重"相比，北方的革命同志，正千方百计地试图除掉袁世凯这个心腹之患。在这些"一根筋"的革命者看来，袁世凯无异于万恶之源，只有杀掉他，才能为死去的同志报仇，也唯有如此，才能使帝国北方的政局彻底翻盘。

在遥远的保定西关直隶高等农业学堂，北京、天津、保定、滦州、通州、石家庄、任丘的革命党人举行集会，决定九天后，即十月二十八日（1911年12月18日）在任丘起义，北京、天津、保定、滦州、通州、石家庄各地响应，以牵制袁世凯进攻山西。就在这一天，行刺袁世凯、张怀芝的新暗杀团成立了，只是它的首领不再是汪精卫——刺袁暗杀团由张先培负责组织，刺张暗杀团，则由薛成华负责组织。

那天散会后，胡鄂公突然收到汪精卫发来的密电，通知他，良弼已经获得了他们在保定开会的情报，帝国的军警正向会场赶来，必须立即撤离。

参加会议的革命党人立即赶往天津，第二天，他们便穿越风沙弥漫的谷道，前往天津郊外试枪，才有了本章开始时的一幕。

四

十月二十八日（12月18日）拂晓，起义军开始攻打任丘城，守城清军很快溃不成军，索性打开城门。起义军进城后，在城楼和鼓楼上插上了义军大旗，张贴安民告示。翌日，城中各商户、客栈、作坊、饭店照常营业，社会秩序井然。

然而，袁世凯的军队来了，这份井然就不存在了。如同在汉口、汉阳一样，袁世凯要让革命党见识一下自己的威力。在他掌握的帝国北方，任何革命的妄想都将被他彻底杜绝。袁世凯得知消息后，刻不容缓地赶赴保定，命令直隶总督陈夔龙从保定调两个营的淮军到任丘围剿起义军。淮军压过来的时候，守城的士兵突然感到一阵莫名的心跳。淮军是帝国训练出的杀人机器，一场血战过后，起义军的人马所剩无几，起义领导人耿世昌、靳广隆等带领仅余的七十多名骨干弃城突围，撤退到靳广隆的家乡——文安县娘娘营。在那里，他们进行了最后一场战斗，战斗的结果是，王汝曾等七人死在淮军的乱枪之下，十数人被俘，其余大部分义军冲出重围，穿越苍茫的太行山，投奔山西革命军。耿世昌则带着二十多名散兵游勇奔回家乡雄县，与当地的革命志士组织起了一百多人的义军队伍，占据雄县县城。辛亥年十一月初一日（1911年12月20日），淮军尾随而至，连续三次攻城，都未得逞。傍晚，淮军用炮火轰毁城墙数处，像一股浊浪一般蜂拥而入。起义军又在街头巷尾与敌人展开肉搏战，耿世昌以及一百余名起义士兵纷纷倒下，身上喷溅的热血弥漫在尘土中，变成大地上一层坚硬的膜。

半个月后，滦州也变成一片血海。又过了一周，主持北方革命协会的胡鄂公在南京见到了刚刚担任临时大总统的孙中山，向他申请经费，准备东山再起。孙中山对他说：北方革命运动，重于目前一切。此时，又一场起义已经准备就绪，以王治增为首的革命党人决定于辛亥年十一月三十日（1912年1月18日）在通州起义，分三路进攻北京。其中，第一路由三百名敢死队员攻打朝阳门，第二路直取永定门，第三路进攻西直门，入城会师后，共同向紫禁城挺进。可惜这一计划还没来得及实施，毅军统领姜桂题就得到情报，于十一月二十七日（1912年1月15日），率领二百余骑突然包围了起义领袖王治增家，七名领导人被捕，同时将起义军械、旗帜，甚至家居用品洗劫一空。

通州出事的那天晚上，正在上海参加议和谈判的汪精卫收到了袁世凯发来的紧急电报，这封电报令汪精卫脸色十分难看，只好硬着头皮回电说："北方同志在此议和时，所有一切行动，咸已停止，通州机关，当为匪类之结合，请依法办理。"[22]

为保议和大局汪精卫挥泪斩马谡，袁世凯则心领神会，通州城下,屠刀疯狂起落。革命者的头颅,成为帝国祭坛上的牺牲。

精心策划的北方起义颗粒无收,但革命党以血换血的行动并不准备罢手。议和正在进行,流血还是不流血,对于汪精卫,这是一个问题,但对于从前的谭嗣同,此时的孙中山、胡鄂公,却从来都不是一个问题。谭嗣同早在十三年前就回答过这个问题:"不有死者,无以召后起。""各国变法无不从流血而成,今日中国未闻有因变法而流血者,此国之所以不昌也……"自从谭嗣同牺牲于菜市口那一天起,流血就被变革者视为社会进步的必经之途,而且是一条捷径,因为变革拖延得越久,需要支付的社会成本便越高。正是因为这个陈腐的帝国拒绝一切进步,所以必须以流血的代价将它埋葬,所谓欲尝文明之成果,必付文明之代价。对此,革命党人与改良主义者已经进行过激烈的辩论,现在,他们已经不屑于纸页间的辩论,而是以枪弹、以鲜血来证明自己的正确。英国式的渐进革命固然令人向往,法国轰轰烈烈的大革命更令人感到悲壮,革命者流血的决心,正是由于清廷的故步自封、拒绝改革"培养"起来的。帝国政府的冥顽不化、袁世凯的铁腕,"造就"了革命者的"激进"。后世学者在评价这段历史时说:"此时此刻,唯最激进者最有吸引力,暴力肯定不断升级,愈演愈烈,最终火焱昆岗,玉石俱焚,然势已至此,奈何者谁?"[23]

历史的吊诡在于，在当时纷乱的时局中，依然隐藏着多种复杂的可能性，在革命者与袁世凯的帝国势力之间并非全然是敌对的关系。在一部分革命者主张彻底消灭袁世凯乃至清廷势力的同时，另一部分革命者，如汪精卫，则认为前者期望过高、不切实际，希望以不流血的最小代价换得革命的成功。即使袁世凯本人，也面临着两种以上的选择。对或者错，只有进入了后世的叙事框架后才能得知，对于当时的人来说，在最短的时间内做出选择是最重要的，时机稍纵即逝，略有迟疑，则连选择的机会都会丧失。于是我们看到，各种不同的理想，沿着各自的路径发展着，相互交错、咬合、抵拒，呈现出一幅剪不断、理还乱的政治图谱，即使今天，仍令人眼花缭乱。至于北方革命党人的流血牺牲最终换来汪精卫所期待的握手言欢、袁世凯称雄，看上去则更像是一个残酷的玩笑。

通州起义的突然流产，使刺袁暗杀团决定提前行动。已经不可能再组织一场起义的革命党人，决定以暗杀的方式与袁世凯算一次总账。就在通州起义领袖被杀的第二天（辛亥年十一月二十八日，1912 年 1 月 16 日）中午，莫理循和他的秘书罗宾小姐见证了惊心动魄的一幕。那时，他们正站在他们寓所的门前，等待袁世凯的马车通过。袁世凯将从这条后来以莫理循的名字命名的大街上经过，由东华门进入紫禁城，代表内阁议会，要求隆裕太后尽早退位。正当袁世凯的马车在莫理循的视野中变得越来越近的时候，突然传来一声巨响，一股气浪几乎把他们掀翻。

暗杀的策划人胡鄂公回忆当时的场景时说，暗杀团共分四组，两组投弹，一组狙击，一组接应。由于组织严整，早就摸清了袁世凯的行动规律，行动计划相当周密。该日上午十一时三刻，袁世凯的车队经过东华门大街与王府井大街的转角处时，第一组从三义茶叶店二楼掷出一弹，没有炸到马车。随后第二组又扔两弹，"弹中世凯车，弹发车覆，死世凯驶车马一，护卫管带袁金镖一，护卫排长一，亲兵二，马巡二，路人二，又骑兵马三"。袁世凯在卫士的帮助下，骑马逃走，在马上下令搜捕刺客。胡鄂公的回忆，还提到刺客们与军警发生了枪战。

根据梁漱溟的回忆，京津同盟会会员杨禹昌、张先培和黄之萌，将自制的炸弹放进一个四分之一磅重的三炮台香烟盒里，"在楼上一边喝酒，一边观察"[24]，在袁世凯的马车经过的一霎，向他投去。

史料证实，刺客的确扔了三颗炸弹，但有一颗没有炸。那些跟炼乳罐头大小的炸弹，装了威力巨大的烈性炸药，大约有二十人被炸，多人濒死。莫理循写道："一个卫兵倒在马路正中间，面部朝下，如同一头刚刚被宰杀的猪一样，一股股鲜血不断涌出，他很快就要死去。没有人注意这位身受重伤的卫兵,也没有人将他挪到安全一点的地方。距离消防泵和灭火水龙头不远处躺着一个被炸伤的士兵,眼看也活不成了,同样没有人去关心他。往远处一看,还有一匹被炸死的马。炸弹是在消防泵附近爆炸的……"[25]

袁世凯的卫队长被炸死了。但袁世凯的车夫快马加鞭躲过了炸弹,袁世凯安然无恙。他平静地说:"炸弹离我很近。"[26]

从爆炸过后的现场照片上可以看到,旁边茶叶店和窗玻璃都被震碎了,可见炸弹威力巨大。

士兵和警察迅速向这里集结,很快制定了方案,搜查附近的商店和民居。莫理循亲眼看着行刺者被逮捕。他们很快就被枪决了。

北京动物园至今保留着"四烈士墓纪念遗址"。1913年,黄兴在北京动物园熊猫馆后、荟芳轩附近的一片空地上,为刺杀袁世凯的张先培、杨禹昌、黄之萌,以及此后刺杀良弼的彭家珍建立了四烈士墓。这座石碑于1990年重建,原碑则藏于北京石刻艺术博物馆。

就在张先培、黄之萌、杨禹昌三名暗杀者在辛亥年十一月二十七日(1912年1月17日)在北京城内被处决的时候,王治增等七名通州起义领导人也在通州东门外被处决。王治增就义前说:"清运既终,天命不再,吾事虽败,然必将有继吾起而成功者,而吾死犹生,可无恨也。"[27]

革命党这一炸,却是帮了袁世凯的忙。本来,袁世凯担着勾结革命党的名声,朝廷对他早已疑虑重重,而此次遇炸,无疑为他洗清了罪名。从这一天起,袁世凯干脆在家里养他并不存在的"伤",把十万火急的国政索性抛到了一边,以车轮战术的方式,轮流逼宫,也不劳袁世凯亲自出马,只消他的阁僚们,如赵秉钧、胡惟德等冲锋陷阵就可以了。

五

此时,在四川资州,袁世凯的儿女亲家、曾经被汪精卫列为暗杀对象的端方,此时已经被他亲手创建的湖北新军的士兵把头割了下来,那天晚上,起义士兵把端方从资州大东街行台衙门里揪出来,一直架到"天上宫"戏楼下,将他按在四脚木板凳上,拔出雪亮的战刀,放在他的脖子上。端方艰难地喘息着说:"我待你们不薄,望加周全。"士兵说:"你待我们好坏是私恩私怨,兴汉排满是大义大节。"[28] 于是在他的脖子上砍了八九刀,才把他那颗脑袋活生生地砍下来,小心翼翼地放在一个事先准备好的小木笼里,把无头的尸体放在棺材里,用粉笔在棺材口写上四个大字:"端儿之尸"。起义官兵所说的"大义大节",并不是空穴来风,根据陶成章的回忆,徐锡麟刺杀恩铭被俘后,端方就曾致电审讯官冯煦,要他立即杀掉徐锡麟[29],才有了徐锡麟的惨死。历史关头,各为其主,也各为其主义。在主义面前狭路相逢,所有的私情,都会被撕破,况且当时四川都在反清,如果这支被端方带领入川镇压叛乱的部队不杀端方,他们将遭到起义部队的攻击,四面楚歌,无法全身而退。端方的脑袋是他们证明自己立场的通行证、护身符,更是献给武昌革命者的"投名状"。士兵们小心翼翼地把它装进一只木匣子,泡在煤油里,一路带回武昌,沿途川人都要打开匣子,看看端方,然后摆酒送行。

就在端方的头颅被活活割下的第二天,朝廷从成都银行商借的四万两饷银到了资州。

黎元洪被起义士兵当作"招牌",而端方却被开刀祭旗,苦推立宪的端方,在生命的最后时刻了解了革命的真正含义。他们身为帝国"同事",命运竟然如此悬殊。每个人的命运,似乎都有神秘的、不可把握的方向,每个人,都力图把握着自己的命运,而最终到来的命运,就是在这把握与不可把握之间的一股合力。追求渐进式改革的端方,最终成为流血革命的牺牲品,这与他自己所选的道路以及时代的安排,都不无关系。献身、牺牲、正法、镇压——死亡,在辛亥年被贴上了不同的标签,或重于泰山，或轻于鸿毛，在后来的史书里被分门别类，各安其位，并且——在未来的教育中各司其职，只是在每个人死的时刻，似乎都认为自己死得其所，死得正义，不知道自己的坟墓将在未来迎接鲜花还是承受唾骂，因为他们死时还不知未来的中国谁能成功。此时，被革命党人强迫推上湖北都督位置的黎元洪，为了向即将在南京成立的中华民国临时政府表"革命"决心，把寄放在武昌洪山禅寺的端方兄弟俩头颅取出，派人送到上海当时的博物馆内公开展览。一个月后，才将两颗头颅送往北京西直门的端方家中。

端方家人见到这两名亲人的头颅时，无不痛哭失声。此时的他们没有想到，还有更大的悲剧等待着他们，送来两颗头颅的人趁机在端宅放了一把火，然后逃遁而去。1912年初在北京西直门的这场火灾，烧了三天三夜。京城里那座优美的、适合端方这个不愿意过问政事的闲云野鹤居住的花园，变成一片废墟，端方一族从此家道中落。

与端方私交甚笃的荣庆在日记中这样描述端方的花园："湖阔顷许，南面土山，北种柳树，湖中宜莲与稻。湖北筑室三楹，窗轩面湖，后进为土洞，有陶渊明遗风。洞上平坦，可远眺，尽观本湖境；洞后为土山，过山，西为玉泉山，东望罗绮桥；北则昆明湖并草湖、西湖环焉。一望水乡，烟波浩渺，令人有出世之想。"[30]

直到袁世凯离开河南彰德回京掌控政局，出于对政治盟友和儿女亲家的双重感情，才派人把端方身首合拢入殓盖棺，为避免端方生前的仇敌再继续滋事生非，选择在自己经营多年的势力掌控范围内——河南辉县的一块风水宝地作为墓地予以厚葬。

辛亥年，刚好是端方的知天命之年。

革命者不甘于自己流血，更以自己的血换敌人的血。暗杀，就是以血作筹码的一种赌博。尤其当革命处于弱势的时候，血，更成为他们不吝惜的成本。辛亥革命有一个耐人寻味的规律，即那些成为革命党刺杀对象的，很少有像奕劻、那桐这样的贪官污吏，大多是像载沣、恩铭、端方、良弼、袁世凯这样具有一定的政治新思维的掌权者。革命者遵循的是这样的逻辑：桀纣是同盟者，是革命党在朝廷里的卧底，他们所做的一切祸国殃民的事，都是在帮助革命；而尧舜才是真正的敌人，因为他们可能使帝国强大，变得难以征服。端方早就成为革命党的刺杀对象，原因正在于他非凡的政治才能与号召力，如"使其久督畿辅，则革命事业不得成矣"。张鸣说："一个异族统治的朝代覆亡，牺牲掉的，往往是这个民族极优秀的人。"[31]

莫理循在向伦敦国际新闻部负责人布拉姆报告时写道：

"12月2日在成都附近的资州被叛兵杀害的端方和他兄弟的首级装在煤油桶中已运到宜昌示众。革命党负责的领袖们并不同情这种残酷的暴行。"[32]

暗杀袁世凯失手，并没有使暗杀团的脚步稍有迟疑，他们的下一个目标，锁定在宗社党领袖良弼身上。良弼，满洲镶黄旗人，出生于1877年，大清帝国政坛上的"七〇后"，以知兵而为清末旗员翘楚，不但是旗人中"崭新的军事人才，而且才情卓越"，参与了清末一系列振武图强的军事活动，"改军制，练新军，立军学，良弼皆主其谋"。尤注意延揽军事人才，晚清新军中的吴禄贞、冯耿光、蒋百里等，无不得到良弼的延纳与提拔。有人说，良弼和吴禄贞一样，"文学很有根底而在军事学方面造诣很深。这两个人比较起来，吴还显得浮躁一些"[33]。良弼不仅不像其他满族贵族青年那样沉溺于声色犬马，甚至连应酬都很少，"偶尔和三五知己，到东四牌楼隆福寺街福全馆去，吃吃油爆猪肚仁和盐爆羊肚仁。衣着也很朴素，经常是哔叽长袍，从不穿绸着缎，长袍上面习惯系着一根黄带子，表示他是宗室。"[34] 对于满族子弟的恶习，他深恶痛绝，经常微服私访。有一次，在前门外，他看见一个满族子弟，正指挥家丁对一个汉族老医生拳打脚踢，企图强抢他的女儿。良弼冲上去，将家丁们拉开。旁边有人小声向他说："那是振贝子爷，这个闲事你管不了！"他才知道这个胡作非为的人，正是庆亲王的儿子载振，他走到载振面前，把载振骂个狗血喷头，载振动手，两人扭打起来。良弼是军校出身，载振不是良弼的对手，他的家丁愣在一边，没有人敢上前。这时有几个巡警赶到，将他二人拉开，巡警惧怕载振的势力，反将良弼申斥一顿，要把他带走。这时良弼把衣服下襟一扯，露出系着的黄带子，说："这是我们家里事，你管不了。送到宗人府去吧。"于是巡警只好把他们一同送到宗人府。良弼在宗人府痛斥载振，说："大清江山就坏在你们这些人手里！"良弼说话的时候，宗人府的堂官频频点头，一声令下，便把载振收押了。第二天，庆亲王奕劻前来求情，才把载振领走。良弼的侠义行为，立刻传遍了京城，但庆亲王父子从此对良弼心怀不满，时时寻机报复。连极力提携过良弼的铁良，后来对他也不甚满意。铁良出任江宁将军时，官员们给他饯行，他在酒筵上说："可惜良赉臣这个人，华而不实！"[35]与端方一样，刚正傲骨、心怀大志的良弼，成为帝国官场攻击的靶子，因此，《清史稿》这样形容他的孤独："虽参军务，无可与谋，常以不得行其志为恨，日有忧色。"

辛亥年十二月初（1912年1月下旬），良弼正在军咨府办公，有人走进来，俯身到良弼耳边，压低声音报告说："刚才接到一份情报，革命党派来一个刺客，准备在京里暗杀亲贵。头一名是铁中堂[36]，第二名就是良大人，你可要多加注意。"[37]良弼点了点头，什么也没有说。

腊月初八（1912年1月26日），清廷有在该日为贵胄馈赠腊八粥的习俗。良弼本想借这个机会与贵胄商讨对南方革命军的作战事宜。曾将朝廷军火私运给北洋新军第二十镇统制张绍曾的彭家珍，在这一天的夜里，乘京奉线火车秘密到达北京，住金台旅馆，告知店主：由奉天来，行李在后，开楼上十三号房休息，并请店主代雇马车，外出访客。

良弼当时住在北京西四红罗厂。这里东通皇城根西什库大街，西至西四北大街，全长约一里，路宽而平坦，视野极好，在这条东西向的胡同内，有若干条向南的死胡同，其中一条死胡同内有一面北的大门，正是良弼的宅邸。这里地形复杂，形如虎口，易入不易出，行刺难度，比汪精卫在四通八达的后海的石板桥要大得多，选此作行刺地点，彭家珍壮士一去的必死决心清晰可见。

就在腊八（1912年1月26日）这天上午，天津暗杀团的薛成华等五人以炸弹行刺张怀芝，被捕后被立即处死。这一重大消息，良弼一定已经知道，这无疑又增加了彭家珍行刺的难度。北京城深浓的夜色中，彭家珍身穿标统制服，腰佩军刀，揣着一张假造清廷官衔的名片，乘马车直奔红罗厂，前往求见。彭家珍走到良弼府邸门口,叩门问询,门房回说:"大人还没有回来。"正要折往军咨府,突然胡同里响起清晰的马蹄声,彭家珍看着越来越近的马车,问:"是否良大人车队?"他听到回答说:"是。"彭家珍于是递上假名片,良弼请他进宅,就在这一瞬间,良弼突然想起了前几天的情报,大呼有刺客,拔腿便跑,彭家珍掏出炸弹,向他投去,未击中良弼,又掷一弹,炸弹落到台阶上,爆出一声巨响,彭家珍当场死亡。这一次,暗杀终于得手,良弼的一条腿已不见踪影。血泊中,他艰难地喘息着,留下了他此生最后一句话:"朝廷不识我,唯此人识我,真吾知己也。"

廣東都督汪兆銘
（已被舉問未就職）

WANG CHAO MING
(General of Kwangtung - Elected, But Has Not Yet Taken up the Office)

青年汪精卫

距离埋设炸弹不远处的钟鼓楼 20世纪初

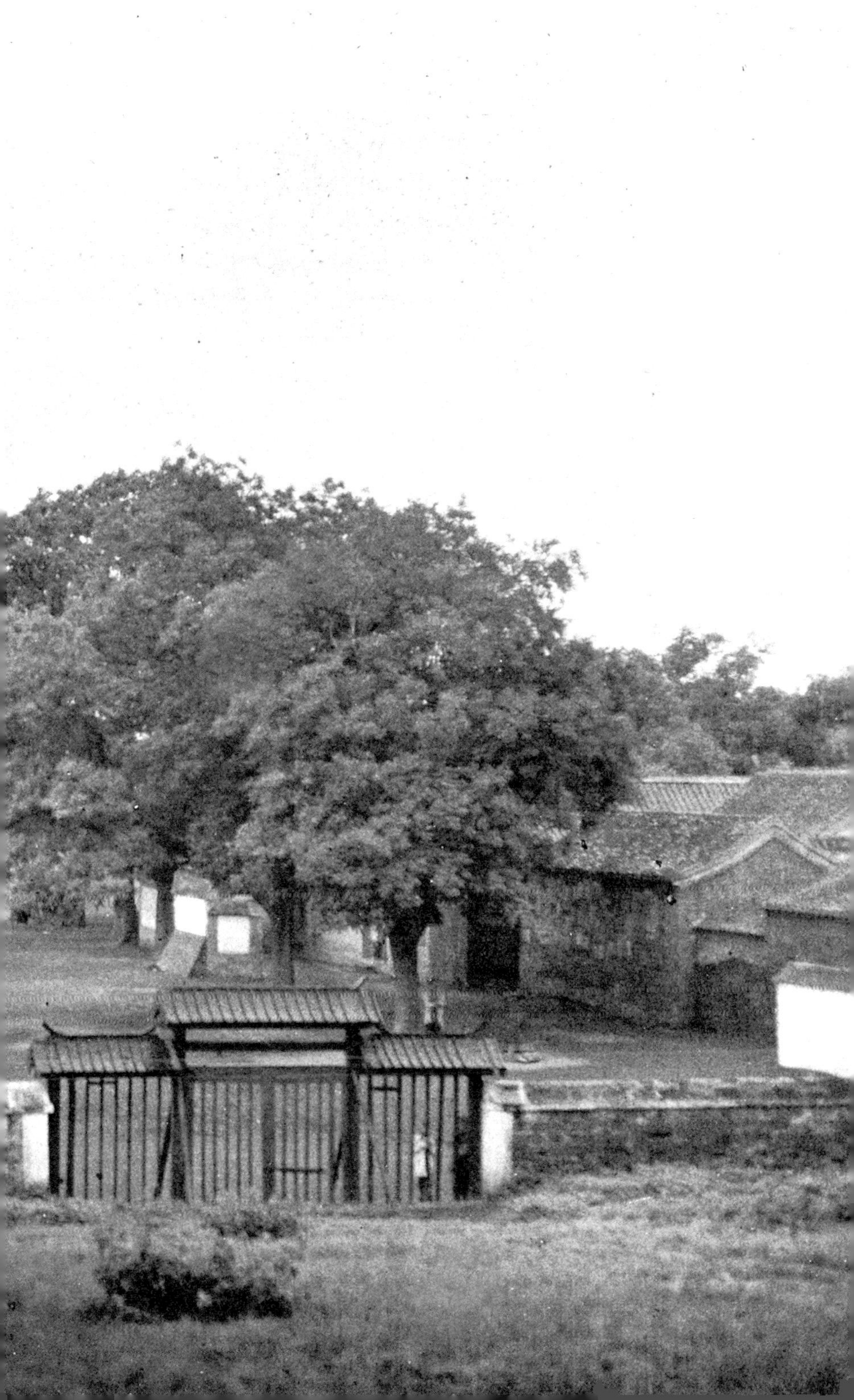

载振　20世纪初

第九章

背 影

昔日的荣耀与浮华，只能在梦中重现。

一

辛亥年十二月初二（1912年1月20日），溥伟穿越层层叠叠的宫殿，走到上书房。宫殿如迷宫般，规定着他的行走路线。他从来没有清楚地看见过宫殿的整体，所以，即使宫殿的岁月行将结束，宫殿对他来说还是一个谜。但他被这个谜吸引住了，它已经成为他生命的一部分，他无法想象没有它的生活。

溥伟是老恭亲王奕䜣之孙、载滢之子、宣统皇帝溥仪的堂兄，人称"小恭亲王"。三天前，也就是袁世凯遇袭后的第二天，溥伟前往参加内阁会议，与赵秉钧等人发生了一场激烈的争吵。那天，溥伟到会场时，他发现醇王载沣、庆王奕劻，以及蒙古王阴郁的面孔，在宫殿里一一出现，但少了一个人，那就是召集会议的总理大臣袁世凯。那天袁世凯请了假，在家养"伤"。其他大臣列坐了两三刻钟之久，除了说些闲话，竟然没有一人谈及国事，帝国的危境中，他们如此的表现令溥伟感到出离愤怒。

溥伟无法掩饰他心中的焦虑,当场质问袁世凯内阁的邮传部大臣梁士诒和民政部大臣赵秉钧:总理大臣邀余等参加会议,到底要讨论什么?请明言。

赵秉钧说:革命党力量强悍,各省响应,北方的军队一时招架不住,袁总理准备在天津设临时政府,与你们商量,到底是战是和,再定办法。

溥伟说:朝廷任命袁世凯为钦差大臣,又任命他为总理大臣,是因为他能讨贼平乱。今朝廷在此,再在天津设一临时政府,难道北京之政府不足依靠,而天津政府能够依靠吗?况且汉阳已经收复,应当乘胜痛剿叛军,准备罢战议和,是何道理?

一天前(1月19日),溥伟与载涛、载泽、良弼、毓朗、铁良等刚刚以"君主立宪维持会"的名义发布宣言,这一组织被称为"宗社党"(即"宗庙社稷"的简称)。所有成员胸前刺有二龙图案、满文姓名为标志,宗旨是夺回袁世凯的内阁总理职权,以毓朗、载泽出面组阁,铁良出任清军总司令,然后与南方革命军决一死战,并强烈要求隆裕太后坚持君主政权。这是帝国的贵族青年为保住他们的权力所做的最后挣扎,但他们只有铁心而没有铁血,他们最后的决心仅仅维持了一周,就随着投向良弼的一枚炸弹而消失无踪了。

宗社党成立那一天,距离帝国的末日,也只有两周。

上书房光线暗淡，地上的金砖泛着一层稀薄的亮光，好像泛起一层绒毛。进来时，他看见载泽。载泽说，昨天会晤了冯国璋，冯国璋说，革命党没有什么了不起，只要能发三个月军饷，定能扫平乱党。辰时，他们轻轻走进养心殿，看见隆裕太后面色阴沉地向西而坐，宣统皇帝在一边站着玩儿，目光专注着他手里的玩具，仿佛天下事与他全然无关——很多年后，他才能明白当时经历的是怎样的时刻。除溥伟以外，帝国里血统最高贵的皇族们，包括载沣、载涛、载泽、肃亲王、军咨府大臣毓朗贝勒等，全都会齐了，面对满脸忧郁的太后，面面相觑，拿不出办法。清亡之际，唯有端方和良弼是真正有远见有能力的干才，但他们都在辛亥年中被革命党开刀祭旗。

太后问大家："你们看是君主好，还是共和好？"

大家几乎异口同声地回答："奴才都主张君主，没有主张共和的道理。""求太后圣断坚持，勿为所惑。"

隆裕说："我何尝要共和，都是奕劻同袁世凯说，革命党太厉害，我们没枪炮，没军饷，万不能打仗。我说，可否求外国人帮助？他说，等同外国人说说看。过两天，奕劻说，外国人再三不肯，经奴才尽力说，他们始谓革命党本是好百姓，因改良政治才用兵，如要我们帮忙，必使摄政王退位。你们问载沣是否这样说？"

载沣回答:"是。"

这时,沉默许久的溥伟说:"既是奕劻这样说,现在载沣已然退政,怎么外国人还不帮忙,是奕劻欺君罔上。"

那彦图说:"既是太后知他如此,求太后今后不要再相信奕劻的话了。"

溥伟接着说:"乱党实不足惧,昨日冯国璋对载泽说,求发饷三月,他情愿破贼。"

隆裕问载泽:"有这事否?"

载泽答道:"有。冯国璋已然打有胜仗,军气颇壮。求发饷,派他去打仗。"

隆裕太后说:"现在内帑已竭,前次所发三万现金,是皇帝内库的,我真没有。"

溥伟跪在地上,磕了响头,奏道:从前日俄战争的时候,日本帝后拿出了自己的首饰珠宝赏军,结果士气大振,请太后也学一下这个办法。善耆也支持说,这是个好主意。

隆裕太后说:"胜了固然好,要是败了,连优待条件都没有,岂不是要亡国吗?"

溥伟答:"优待条件是欺人之谈,不过与迎闯贼不纳粮一样,彼是欺民,此是欺君。即使这个条件是真的,以朝廷之尊而受臣民优待,岂不贻笑千古,贻笑列邦?恳请太后用贤斩佞,激励全军将士,足可以转危为安。如果议和,则兵心散乱,财用又空,奸邪得志,后事不堪设想。"

隆裕太后说:"就是打仗,也只冯国璋一人,如何取得胜利?"

溥伟答:"臣大胆,敢请太后、皇上赏兵,情愿杀贼报国。"

隆裕太后把目光转向载涛,问:"你管陆军,知道我们的兵力怎么样?"

载涛回答道:"奴才没有打过仗,不知道。"

隆裕太后沉默了很久,才说:"你们先下去吧。"

这次讨论,依然没有取得任何成果。显然,隆裕太后不敢孤注一掷。

这时,袁世凯内阁各位大臣求见,隆裕太后叹了一口气,说:"我怕见他们。"而后,望着溥伟,说,"少时他们又是主和,我应说什么?"

溥伟说:"请太后仍是主持前次谕旨,着他们要国会解决。"

把退位问题交给遥遥无期的国会解决,是溥伟给隆裕想出的一个办法。

退出前,溥伟再三嘱咐隆裕太后:"革命党无非是些年少无知的人,本不足惧。臣最忧者,是乱臣借革命党势力,恫吓朝廷。又复甘言欺骗,以揖让为美德,以优待为欺饰。请太后明鉴……太后爱惜百姓,如杀贼安民,百姓自然享福;若是议和罢战、共和告成，不但亡国，此后中国之百姓便永不能平安。中国虽弱，究属中华大国，为各国观瞻所系。若中国政体改变，臣恐影响所及，从此兵连祸结，全球时有大战，非数十年所能定。是太后爱百姓，倒是害了百姓。"[1]

二

早在1898年1月，在天津小站协助袁世凯训练骑兵的挪威人曼德（J. W. Munthe）就在一份写给日、英等国外交官和记者的报告中预言，十五年后，袁世凯将成为中国第一任总统。[2]

宗社党的全体成员都把袁世凯视为死敌，起用袁世凯，只是危急状态下的权宜之计。溥伟暗自珍藏着一把削铁如泥的"白虹刀"。那把刀是道光皇帝赐给他的祖父奕䜣的。在溥伟心里，那是一把像尚方宝剑一样的圣物，溥伟决心用它杀掉袁世凯。[3]但那把刀终于没有抵达袁世凯的咽喉，相反，离它越来越远——来自朝廷的一纸任命，使被罢免的袁世凯重掌权力。一听到这则消息，溥伟就迫不及待地赶到醇王府，对他的叔父载沣说：袁世凯鹰视狼顾，久蓄逆谋。……当初他被放逐，天下莫不称快，朝廷危难之际，为何要放虎归山？

载沣沉默了良久，才嗫嚅着说：庆王、那桐再三力保，或者……可用。

溥伟不甘地说：叔父大人监国三年，群臣众说纷纭，叔父应自有主见才可……

载沣无奈地说：到处都是他们的人，我哪里有爪牙心腹？[4]

溥伟决定前往外务府，亲自会一会这个神秘人物。当那个重掌大权的袁世凯站在溥伟的面前时，露出的是一副憨厚的笑容，"礼貌之恭，应酬之切"，令刚过而立之年的溥伟感到不寒而栗。溥伟不知道那笑容的真实含义是什么，只好探询袁世凯对目前局势的态度。袁世凯回答他：

"世凯受国厚恩，一定主持君主立宪。惟南方兵力强盛，人心尽去，我处兵弱饷缺，军械不足奈何？"

又叹了口气，说，如果醇亲王执掌大权，情况决不致坏到如此。

这一连串的表白，让溥伟预感到，袁世凯一定会背叛朝廷。

袁世凯绝不是曾国藩，他不追求"内圣外王"，准确地说，他是不追求"内圣"，而只追求"外王"。他是一个没有道德要求的人，因为任何一个道德高尚的人，在晚清的官场上，看上去都像一个十足的怪物。况且，即使具有道德品格，在袁世凯的时代，也很难成为维系帝国政治的纽带。像袁世凯这样的人，内心是冷酷的，他心里只有对利益的精打细算，这份冷酷，既出自袁世凯的"天威"，也是被帝国训练和调教出来的，因为冷酷，正是帝国政治一向遵循的原则。帝国的官场，进行的也是冷酷的比拼，这里容不下丝毫的仁慈。人们之所以对袁氏冷酷的印象深刻，是因为他是这场比拼的优胜者，在这场淘汰赛中，我们自然无法目睹失利者的身影。袁世凯对朝廷怀有二心，是因为朝廷从未把袁世凯这样的汉臣当作自己人，只是在皇亲国戚们难当大任的时候，拉他们出来充当炮灰。正因如此，袁世凯才能接连背叛他的恩师李鸿章，背叛光绪，背叛大清朝，最终背叛民国，而丝毫没有任何心理障碍。他从来不需要谴责自己，更无须经历吴三桂式的撕裂与挣扎，因为他不过是将朝廷对他的所作所为如数奉还而已。此时，尽管他有着真诚的君主立宪梦想，一再推进晚清中国的制度进步，但这并不妨碍他把帝国的利益当作他满足个人要求的砝码，诚如后世学者所说："被满人亲贵深深伤透心的袁世凯，当然没有太多的心情去力挽狂澜，挽救这个风雨飘摇的王朝"，"事实上，他就是有这个心，也挽救不了，不仅天下乱了，人心也乱了"[5]。

当隆裕在战与和面前犹豫不决，心力交瘁的时候，袁世凯又在家中一丝不苟地养他的伤了。这一招，与他当初在洹上村以足疾未愈为名躲开朝廷的千呼万唤如出一辙。这种以退为进的策略，每每在关键时刻发挥奇效。这是一次心理承受力的比拼。从这个意义上说，袁世凯应该是一个心理上很强大的人，他的心理防线从来不会崩溃。他很乐于做这样的游戏,无论与革命政府,还是与朝廷之间,袁世凯后来都成了赢家。

实际上,这种以退为进的策略,不仅是向朝廷施压的一种好方法,袁世凯自己,也需要从纷纭的时局中抽离出来,冷静地观察局势。只有站得远,才能看清全局,而不被某些细节所蒙蔽。袁世凯是玩天平的老手,不会把命运只拴在一只砝码上,对整架天平手足无措。

孙中山就任临时大总统,把袁世凯逼入一条死胡同:君宪之梦已经破碎,现实的选择只有一个,那就是逼清帝退位。

在上海参与斡旋的张謇发来了保证:"甲日满退,乙日拥公,东南诸方一切通过。"[6] 终于,袁世凯心里有底了,目标也随即明确。溥仪后来回忆说,袁世凯曾经耐心地向隆裕太后回顾了法国大革命的历史。在钟鸣鼎食之家中长大的隆裕太后,显然不是在战场上摸爬滚打的袁世凯的对手。"隆裕太后没有读过法兰西革命史,不知道路易十六上断头台的故事。经袁世凯这么一讲,她完全给吓昏了。"[7] 在溥仪的童年记忆中,隆裕太后那天的哭泣像宫廷院落里的风一样幽咽和持久,让他浑身起了一层鸡皮疙瘩。

那天溥伟离开宫殿以后,国务大臣赵秉钧如约而至。赵秉钧只说了一句话,就让隆裕太后刚刚坚定起来的抵抗之心动摇了。他说:"这个事儿放在国会上去,有没有优待条件可就说不准了。"[8]

袁世凯看火候快到了,决定用一下他手中的"撒手锏",密令段祺瑞联合北洋军将领通电赞成共和,反对帝制。辛亥年十二月初八(1912年1月26日),曾经在二十多天前电奏反对共和的段祺瑞等将领,再次致电内阁代奏,他们的立场已经一百八十度大转弯,变为指斥溥伟、载泽等宗社党成员阻挠共和,明确提出"恳请涣汗大号,明降谕旨,宣示中外,立定共和政体。"[9]在隆裕面前,支撑帝国的最后一根支柱——北洋军倒下了。

情急之下,隆裕决定封袁世凯为一等侯爵,可她没有想到的是,袁世凯此时突然间淡泊名利起来,一连四次恳请太后收回成命。他说:

臣以衰病之身,受恩如此,受任如此,而咎戾日积,涓埃无补,分当自请罢斥。……惟有恳恩收回成命,使臣之心迹稍白,免致重臣之罪。[10]

实际上,他是不愿意与大清这条即将沉没的大船绑得太紧了,况且,与他即将当的大总统相比,帝国的一等侯爵头衔,已经没有丝毫的吸引力。此时的隆裕才真正可怜——她的施舍,对方已经不屑接受。

本来，像袁世凯这样的汉臣，是可以和大清王朝同舟共济的，他们也曾决心把自己绑定在大清这艘战船上。然而，满清贵族把核心利益圈划得过于狭小了，只有皇室血亲才能分享帝国权力的巨大蛋糕，在"断不容专制之国更有一寸立足之地"的时代，仍然坚守着"天下之大，莫非王土"的古老信条，认为只有将包括袁世凯在内的这些"多余的人"踢下战船，战船才能安全，才能乘风破浪，战无不胜。有意思的是，这倒给了袁世凯一个逃生的机会，使他（们）在走投无路之际忽然看到了彼岸，而那艘战船非但没有成为诺亚方舟，反而在浩浩荡荡的革命巨浪中轰然沉没。继立宪派倒戈之后，袁世凯和他统帅的北洋新军，成为压垮帝国大厦的最后一根稻草。

腊月十二日午后，溥伟从隆厚田那里得到情报，赵秉钧等人密请袁世凯，将各位皇室成员赶入紫禁城，用军队守住皇城，等待共和成功，再做处置。同时派遣军队，护卫各处王府，以保护之名，行监控之实。赵秉钧还说，摄政王庸懦，固不足虑，恭王溥伟颇有才气，请先除之。袁世凯大笑：他不过读几本书，何况庆亲王、摄政王、载洵、载涛诸人都不喜欢他，他未必肯与载沣出死力，且无兵权，何必忙做这无谓事。隆厚田告诫溥伟，为防不测，须早作打算，说完，匆匆离去。溥伟前往紫禁城，把袁世凯的这一动向向隆裕太后做了禀报。隆裕太后说："既是有这样的话，不必管他真假，惟有避之为妙。汝先行，余亦二三日赴西山矣。"[11]

三

隆裕并非没有意识到袁世凯的个人目的，但她拿不出对策。她决定绕开袁世凯这个"中介"，直接与革命党取得联系，但深在宫中的她，找不到与革命党联系的渠道。这个时候，隆裕想到了良弼，以及聚集在良弼身边的宗社党——朝廷中一群反对袁世凯的政治势力，或者他们，能够使她摆脱袁世凯的要挟。

正当隆裕企图通过良弼来挣脱袁世凯设定的轨道的时候，良弼突然被革命党人彭家珍暗杀了，这一天就是段祺瑞等将领致电内阁代奏拥护共和那一天，距离宗社党成立刚刚过去了一个星期。这种戏剧性的起承转合，可谓丝丝入扣。同样遭遇暗杀，死的是良弼，而袁世凯安然无恙，对历史的必然性坚信无疑的人们，面对这种偶然，不知该作何评论。

这样的"偶然"，在晚清历史中层出不穷：如果汪精卫的刺杀没有被一个深夜出恭的人偶然发现，如果坐镇武昌的湖广总督瑞澂没有听到炮响就屁滚尿流地逃命，如果暗杀吴禄贞的计划破产，如果在炸弹之下死于非命的不是良弼而是袁世凯，后来的历史将呈现何种面貌,都无法想象。当我们在一百年后回顾历史的时候,我们发现貌似强大的历史竟然是那么脆弱,在各种力量的扭结中颠簸向前。至少,历史可能折入其中的任何一个岔路口,而任何一个岔路,都可能像树枝一样,越分越远,而最终远离自己的主干。然而,历史对于所有的假设都无动于衷,它就是这样在经历一个接一个的"偶然"之后,一步步推进到今天。

此时,在经历了这一系列的"偶然"之后,晚清的政治舞台上只剩下了一个主角:袁世凯。

终于,袁世凯给隆裕太后带来了"好消息"——中华民国对皇室的优待费,为每年四百万两,改铸新币后,改为四百万元,皇帝逊位之后,暂居宫禁,日后移居颐和园,侍卫人等照常留用,宗庙陵寝,永远奉祀,由中华民国酌设卫兵,妥善保护,等等。介绍完毕,袁世凯哽咽着说:"请皇太后好好教皇上念书,将来还有还政之日。"袁世凯笨拙的身体步出宫殿的时候,他的抽泣声仍依稀可闻。

象征皇帝野心的巨大宫殿,将从此成为囚禁皇帝的牢狱。这是帝王的宿命。实际上,紫禁城从本质上说就是一副枷锁、一座牢狱,它以华丽的方式,囚禁了帝王的视线和脚步,使他的帝国止步不前。然而,诚如唐德刚所说,"三百年来的孽,不是他们母子做的,但是三百年来的怨,却要他们母子独当之。"[12]

隆裕太后回到寝宫,深有感慨地对近侍说:"袁世凯真是忠臣。你看他哭的那样,又给我们争优待费。"

然而,隆裕太后没有想到的是,第二天早晨,她梳洗罢,冠服整肃,等待早朝,一直等到十点钟,宫殿里仍然一片空旷,连一只鸟的影子都没有。她急忙命传奏事处上来回话,奏事处执事人进殿,回答一脸惶惑的隆裕太后说:"袁世凯昨日临行时言语,从此不来矣。"

隆裕顿时呆在那里,知道自己已经成为袁世凯的牺牲品。[13]

辛亥年十二月二十五日(1912年2月12日),由库伦回京不久的唐在礼进宫时,见到东华门外戒备森严,好像有什么重大事情即将发生。他和其他几位大臣在乾清宫宫门内东南角的廊子里落座,一边喝着盖碗茶,一边候旨。没过多久,有人来说:太后就要上殿了,请各位大臣上殿。他们就跟在胡惟德的身后向宫殿里走去,在距离宝座还有一丈远的地方站定,然后依次走到胡的两旁,横列一行,面向宝座站定。隆裕出来后,胡惟德领着他们鞠了三个躬,这是清朝历史上大臣对太后第一次行鞠躬礼。

隆裕还礼,然后在宝座上落座。旁边的另一把椅子上,坐着不谙世事的溥仪。胡惟德说:"总理袁世凯受惊之后身体欠安,未能亲自见驾,所以叫胡惟德带领各国务大臣到宫里来给太后请安,给皇上请安。"

隆裕手里拿着预先写好的诏书,尽可能平和地说:"袁世凯也受皇恩,把这样的局面应付到今天,为国家、为皇室都出了不少力。如今议和能使南方满意,做到优待皇室等等条件,也是不容易的。我和皇上为了全国老百姓早一天得到安顿,国家早一天得到统一,过太平日子不打仗,所以我按照议和条件把国家的大权交出来,交给袁世凯办共和政府。今天颁布诏书,实行退位,叫袁世凯早点出来,使天下早点安宁吧。"[14]

退朝之后,大臣们沉默无语,登上马车,向石大人胡同外交部大楼驰去。外交部大楼,十步一岗五步一哨,一进正厅,人们就看见大厅中间摆着一张大条案,袁世凯未等请,自己就走出来,略微鞠躬,表情肃穆地从胡惟德手里接过隆裕太后颁布的诏书。他终于以这样的方式,接管了国家的最高权力。

逊位诏书全文短短三百一十九字,全文如下:

奉旨朕钦奉隆裕皇太后懿旨:前因民军起事,各省响应,九夏沸腾,生灵涂炭。特命袁世凯遣员与民军代表讨论大局,议开国会、公决政体。两月以来,尚无确当办法。南北暌隔,彼此相持。商辍于涂,士露于野。徒以国体一日不决,故民生一日不安。今全国人民心理,多倾向共和。南中各省,既倡议于前,北方诸将,亦主张于后。人心所向,天命可知。予亦何忍因一姓之尊荣,拂兆民之好恶。是用外观大势,内审舆情,特率皇帝将统治权公诸全国,定为共和立宪国体。近慰海内厌乱望治之心,远协古圣天下为公之义。袁世凯前经资政院选举为总理大臣,当兹新旧代谢之际,宜有南北统一之方。即由袁世凯以全权组织临时共和政府,与民军协商统一办法。总期人民安堵,海宇乂安,仍合满、汉、蒙、回、藏五族完全领土为一大中华民国。予与皇帝得以退处宽闲,优游岁月,长受国民之优礼,亲见郅治之告成,岂不懿欤!钦此。

这一天晚上,那个被朝廷万般倚重的内阁总理大臣袁世凯,率先剪掉了辫子。[15]根据美国驻华公使芮恩施的记载,是蔡廷干极力主张袁世凯剪掉辫子,袁世凯于是命人拿来一把大剪刀,递给蔡廷干,说:"这是你的主张。你来实行这个主张吧。"剪辫的时候,袁世凯哈哈大笑,像是迎来了他一生中最大的喜事。蔡廷干于是用力一剪,就把袁世凯变成了一个现代人。[16]他终于没有像他对世续许诺的那样"爱惜它",也没有"设法保全它"。他的心里,已经与这个王朝一刀两断。

那次未遂暗杀事件之后，袁世凯充满信心地对莫理循说，他相信"真正的中国人"是支持他的，像革命的发起人之一黎元洪，才能出众、通晓时务的张謇，以及伍廷芳等人。而那些对中国国情一无所知、"算不上完全的中国人"，像孙中山，似乎不会支持他。他充分肯定莫理循曾给予他的帮助："我想他是真诚的，因为自从他返回北京以后，我们经常地、几乎是每天交换一些意见。"[17]

在财政捉襟见肘的状况下，议和是最低成本的政治运作。袁世凯让无力统一中国的革命党不废一枪一弹统一了中国，而孙中山让并无共和理想的袁世凯当上了共和国的总统。这是中国历史上一次少见的身份置换。革命党的损失不大——他们损失的，只有放弃了权力的孙中山，但袁世凯依然是他们以至全国都可以接受的总统人选，而孙中山本人，则从不以个人荣辱为计；北洋派的牺牲就更小，袁世凯只牺牲了他的君主立宪梦想，换回了大总统的职权——实际上，袁世凯并非一个真正的君宪主义者，更非共和主义者，他是一个彻头彻尾的实用主义者，什么对他有好处，什么就是他的"主义"，而一朝贵为元首，他就有办法让自己的权力永远存在下去。只有朝廷是议和的真正输家，输得只剩下半个紫禁城可以栖身。

载沣的日记到皇帝退位这天戛然而止，他在最后一天的日记中写道："即日亥刻停书日记。"几天后，他刻了一枚闲章，刀工细致，一丝不乱，他小心翼翼地将石屑吹掉，五个秀丽的篆书浮现出来："天许作闲人"。[18]

四

那个曾经庞大的帝国消失了，当年努尔哈赤统一建州各部、吞并海西女真、收服东部蒙古；太宗统一乌苏里江、黑龙江流域和海东库页岛上诸部族，击并蒙古察哈尔部，迤西土默特、鄂尔多斯等部相继降服，将漠南蒙古十六部纳入版图；后又横扫中原，又将厄鲁特蒙古、喀尔喀蒙古、套西、青海蒙古与西藏、回部等地，全部收入版图；康熙大帝三次亲征，战准噶尔部而胜之，将阿尔泰山以东尽入大清版图，历康、雍、乾三朝，拓地万里，创建的华夏历史上最大国土的一统天下，已经消失了，变成乾清门内一块不大的地方，勉强维系着属于那个王朝的模糊而深远的记忆，紫禁城外，一个属于民国的世界正覆盖原有的一切。就在隆裕颁布退位诏书的第二天，《顺天时报》上所用的纪年仍为大清宣统三年十二月二十六日；自第三天起，该报报头的时间就改为大中华辛亥年十二月二十七日。当时报纸在形容这种新旧交替时说，那是一个"共和政体成，专制政体灭；总统成，皇帝灭；新官制成，旧官制灭；新教育兴，旧教育灭；

阳历兴，阴历灭"[19]的世界，这个世界，将曾居于慈禧太后这样的顶峰位置的隆裕太后变成一个无关紧要的边缘人———一个已逝帝国的未亡人。

布拉姆在武昌起义后第三天给莫理循的信中，对莫理循报道中使用的"革命"一词提出异议，认为："这个词只适用于成功的叛乱，只能在叛乱已经成功之后使用。很显然，除非和直到政府已被推翻，不论起义的形势如何严重，也不可将起义称为革命。"[20]现在，莫理循的这位英国同事看到了大清政府的被推翻和新军起义的成功，没有人对这场起义的革命性质发生怀疑。

辛亥年是神奇的一年，不仅体现在它出人意料的颠覆性结局中，更体现在缺一不可的历史链条中———如果没有四川保路运动，导致清廷紧急抽调湖北军力入川镇压，就没有武昌起义的乘虚而入；没有武昌起义，就不会使士绅阶层终于有了一个与他们曾经效忠的朝廷撕破脸皮的机会，他们当然不会浪费这样的机会，南方各省就是在这样的情绪下纷纷独立，没有各省独立运动，就不会有南北议和和中华民国临时政府的成立；而袁世凯的最终倒戈，正是在这两者的共同挤压下完成的。所有这些，是社会各阶层对帝国施加给他们的压力的反弹，它们在同一时段密集地发生，并严丝合缝地咬合在一起。这一链条使我们清晰地看到，在这场革命中，革命党是一种原发性的力量，它在完成了第一推动之后，导致的连锁反应，最终使大清帝国灭亡。革命是一只孤傲的风筝，借助于社会的风力，才扶摇直上，刺破青天。辛亥革命是"墙倒众人推"产生合力的结果，有西方学者将它称为"全民革命"。

志在翻版法国大革命的革命党人没有想到，他们热衷的流血革命竟然以近乎大团圆的方式心平气和地收场，流血只是在有限范围内发生，这是历史的吊诡。托尔斯泰没有等来本国的革命，鲁迅等来了，胜利却很可疑，革命只需换一身行头，而无须通过死神的鉴定，这给浑水摸鱼提供了便利，如鲁迅在《范爱农》里描述的："我们便到街上去走了一通，满眼是白旗。然而貌虽如此，内骨子是依旧的，因为还是几个旧乡绅所组织的军政府，什么铁路股东是行政司长，钱店掌柜是军械司长……在衙门里的人物，穿布衣来的，不上十天也大概换上皮袍子了，天气还并不冷。"[21] 没有人知道，血腥厮杀之后的化敌为友、握手言欢，到底是喜剧，还是一出更大的悲剧？但至少使这场革命失去了正剧的性质。民国著名报人陶菊隐说："这样，使民主革命事业涂上了一道和平揖让的色彩，大大地模糊了它的政治意义。"[22]《泰晤士报》发表评论说："历史上很少见到如此惊人的革命，或许可以说，从来没有过一次规模相等的、在各阶段中流血这样少的革命。"至于"革命的最后阶段是否已经达到目的",这则评论说,"这是未来的秘密"[23]。

末代皇帝溥仪的童年生活并没有发生改变,每天早上,这个没有土地、没有政权和人民的"皇帝"都要去隆裕皇太后那里请安,问声:"歇得好?"皇太后则冷冷地应付几句,然后用一句"皇帝玩儿去吧"来结束他的嘘寒问暖。此时的溥仪,便像一只解脱束缚的小鸟,飞出去了。

帝国沦亡时刻,一些遗老以脑后的辫子顽固地表达着与旧朝廷千丝万缕的联系。新疆都督袁大化仍然每天头戴顶戴,自称为都督兼巡抚部院;甘肃都督赵惟熙不但自己保留辫子,也坚决禁止人民剪辫;冯国璋任禁卫军军统时,因为担心"两宫触目生悲",下令北京南苑百姓不准悬挂民国国旗;曾任帝国最后一任东三省总督的赵尔巽被袁大总统邀为清史馆馆长,袁世凯在动员他时说:"这是替大清朝歌功颂德的事情,不是民国的事情。"于是,决心为帝国"守志不屈"的赵尔巽以替他的兄弟、引燃保路运动的赵尔丰辩"诬"为条件答应下来。似乎是受了关云长"降汉不降曹"的启发,赵尔巽以一首打油诗为自己开脱:

我是清朝官,
我编清朝史,

> 我做清朝事,
>
> 我吃清朝饭。[24]

张勋的辫子军,更成为他古典式信条的经典标志,他在几年后率领辫子军杀入皇宫,辅佐溥仪重登皇位,他的偏执终于沦为历史的笑料。

然而,与明末相比,为国死节的士人寥寥无几。梁漱溟的父亲梁济是这少数人之一。儿子梁漱溟参加了革命党,父亲梁济却选择了殉清。当梁济得知自己十九岁的次子梁漱溟加入京津同盟会,秘设机关于东单二条胡同的时候,警告他说:"立宪足以救国,何必革命?倘大势所在,必不可挽,则畴不望国家从此得一转机;然吾家累世仕清,谨身以俟天命可已,不可从其后也。"逊位诏书下达那一天,当梁济读到"以政权还诸国民,长受国民优礼"时,面有忧色地说:"诚得如此,亦是好事,然来日大难,负荷伊谁?"[25]

1918年11月初,梁济在萧萧的落叶声中,伴着微明的灯火,度过了几个不眠之夜,写下了长达几千言的《敬告世人书》和一系列信件。而后,只身走到积水潭边,站立良久,纵身跳了下去。在《敬告世人书》中,梁济一开头就写道:"吾今竭诚致敬以告世人曰,梁济之死,系殉清而死也。"

辛亥年，在大清帝国学部总务司行走、图书馆编译、名词馆协韵任上的王国维在得知武昌起义的消息后，与时任学部参事的罗振玉相约，誓死效忠大清帝国。罗振玉在自传《集蓼编》中回忆说："武昌变起，都中人心惶惶。时亡友王忠悫公亦在部中，予与约各备米盐，誓不去，万一不幸，死耳。"

然而，王国维和罗振玉还是应日本净土真宗本愿寺派教主大谷光瑞的劝请，东渡日本避难。十六年后，王国维在颐和园昆明湖投湖前留下的遗书中说"五十之年，只欠一死，经此世变，义无再辱"，那么在他心中，辛亥年的偷生，或许就是"再辱"之前的"初辱"吧。如果说王国维为朝廷殉节，不如说他为文化殉节更为准确。革命，毁灭了他和传统士人所依托的精神空间。陈寅恪说："凡一种文化值衰落之时，为此文化所化之人，必感苦痛，其表现此文化之程量愈宏，则其所受苦痛亦愈甚；迨既达极深之度，殆非出于自杀无以求一己之心安义尽也。"[26]

苏珊·桑塔格在为本雅明的《单向街》所作的长序中，称本雅明是个总带着"一种深刻的忧郁"的人，而这种气质贯穿了他的一生以及所有的作品之中。王国维与其相似，他的文字中，总是透出一种让人感伤的宿命色彩。

据说，颁布退位诏书后，"隆裕开始变得心灰意冷，晚上睡觉时时惊醒，然后就睁眼到天亮。隆裕在很短的一段时间内，身体就变得更加消瘦了。在宽大的衣服下面,隆裕的身体显得只剩了几根支架,走起路来,甚至让人感觉衣服在随风飘一样。自己的自责,加上瑾妃、瑜妃、珣妃的冷言冷语,甚至有时候是当面指责,隆裕的精神也迅速崩溃了。"[27]

她时常望着宫殿发呆,暮色中的紫禁城就像是退潮后的海滩,荒凉而又寂寥。不再有百官前来,太监大部分被遣散了,后宫一下子变得空旷起来,唯有憔悴的花香,仿佛前朝的魂魄,徘徊不去。

溥仪回忆说,紫禁城的早晨,有时会发生一种奇异的现象:在深宫中,能听到遥远的市声,无论小贩的沿街叫卖,还是木轮大车从石路上碾过的轰隆声,甚至大兵的唱歌声,都清晰在耳,仿佛宫殿本身就是一只巨大的扬声器。太监说,他们把这种现象叫做"响城",还说,这样的响动,在宫殿里从来没有停止过。在所有的声音中,有一种声音技压群芳,那就是中南海的军乐演奏。浑厚的军乐声,嗡嗡地,在宫墙间几经辗转之后一直传到后宫的庭院里,总管太监张谦和对溥仪说:"袁世凯吃饭了。"这是袁世凯吃饭时奏的乐曲。张谦和说:"袁世凯吃饭的时候还奏乐,简直是'钟鸣鼎食',比皇上还神气!"[28]

1913 年 3 月 15 日,是隆裕的寿日。袁世凯派秘书长梁士诒前来致贺,国书上写:"大中华民国大总统致书大清隆裕皇太后陛下"。尽管如此，隆裕的寿庆，比起辛亥年的万寿大典，已凄凉许多。昔日的荣耀与浮华，只能在梦中重现。七天后，隆裕在极度悒郁中死去。

死前，她用微弱的嗓音对曾任军机大臣的世续说出她此生的最后一句话："孤儿寡母，千古伤心。睹宫宇之荒凉，不知魂归何所！"[29]

此时的溥伟已由北京西山避居德国占领下的青岛，在那里，他听到了隆裕去世的消息。1914年，第一次世界大战爆发，日军占领青岛，他仍然企图借助日本势力复辟清室，他说："有我溥伟在，大清帝国就不会灭亡。"仿佛是说给九泉之下的隆裕，也仿佛是说给清廷的所有遗老遗少。在日军的支持下，他和肃亲王善耆发动了"满蒙独立运动"，重建已被解散的宗社党，还在辽东一带招纳土匪，秘密组织"勤王军"，为复辟清室做准备。1922年2月，善耆去世，溥伟复辟清室的决心终于化为泡影。他写下一首《春日》诗，表达绝望的心情：

卦井新秧绿四围，
余寒未解旧棉衣。
年年海角愁春去，
日日矶头看鸟飞。

客舍松萝经宿雨,
渔家烟水静朝晖。
东风处处皆芳草,
惆怅天涯恨未归。

1936年1月,备受伪满洲国"皇帝"溥仪猜忌的溥伟在贫病交加中,死在新京(今长春)一家旅社里,终年五十六岁。

隆裕追悼会时,天安门前一片庄重景象。孙中山和中华民国副总统黎元洪发来唁电,黎元洪称隆裕太后为"德功至高,女中尧舜"[30],以纪念她让出皇权的历史功绩。中华民国大总统袁世凯亲自在衣袖上缠了黑纱,通令全国下半旗致哀一天,文武官员服丧二十七天,并派出全体国务委员前来致祭。此时的太和殿,被布置成国民哀悼大会的会场,清朝玄色的袍褂和民国的西式大礼服并肩进出,时任中华民国交通总长的朱启钤走进皇家禁地。此前,他曾经作为袁世凯总统派来的礼官,觐见皇帝溥仪。他踩着凸凹不平的青砖地,小心翼翼地走进旧宫殿,空气中流散着一束束青紫色的烟雾。高低错落的宫殿群,在烟雾中若隐若现出它们沉默的轮廓。昔日的金銮殿,如今已经破败荒凉:"古柏参天,废置既逾期年,遍地榛莽,间种苜蓿,以饲羊豕,……渤溲凌杂,万为荒秽不堪。"这一天,朱启钤萌生了在此开辟公园的想法。一年后,在朱启钤的力争之下,民国政府得到了紫禁城三大殿以南包括社稷坛的管理权,溥仪小朝廷的空间被进一步压缩到乾清门以北。这一年10月10日,社稷坛被开辟为中央公园(后为中山公园),十一年后,紫禁城正式对民众开放,它从此有了一个新的名字:

故宫。

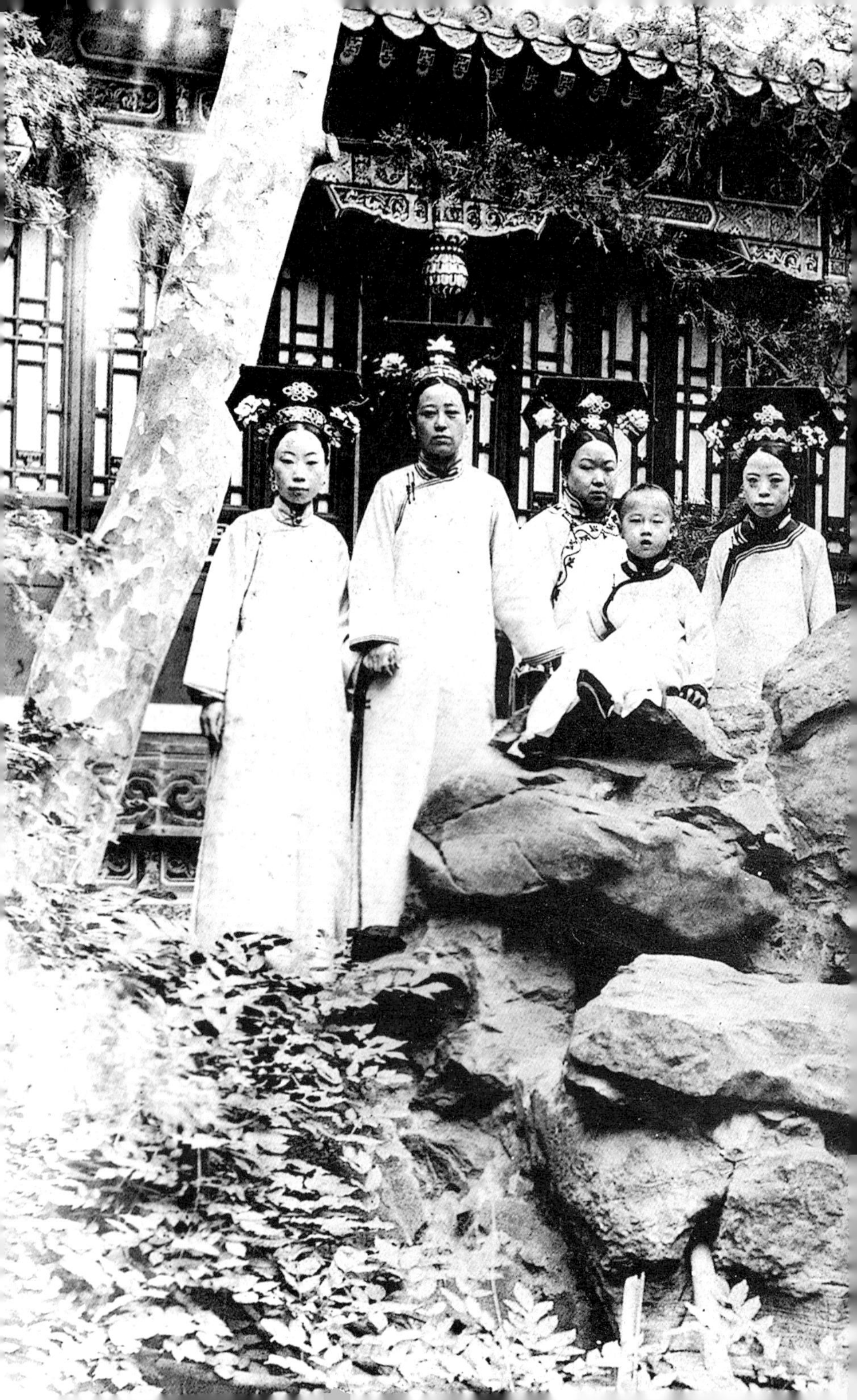

隆裕在宮中

隆裕太后的梓宫被移出紫禁城的情景　1913 年

隆裕太后的梓宫奉移到前门火车站内的情景　1913 年

第九章　背影　391

隆裕太后的梓宫在前门火车站进入专车的情景　1913年

运载隆裕太后梓宫的专列　1913年

梁各庄行宫为清帝谒陵驻跸之行宫,图为宣统年间建崇陵时,梁各庄行宫宫门修缮现场及官员　清末

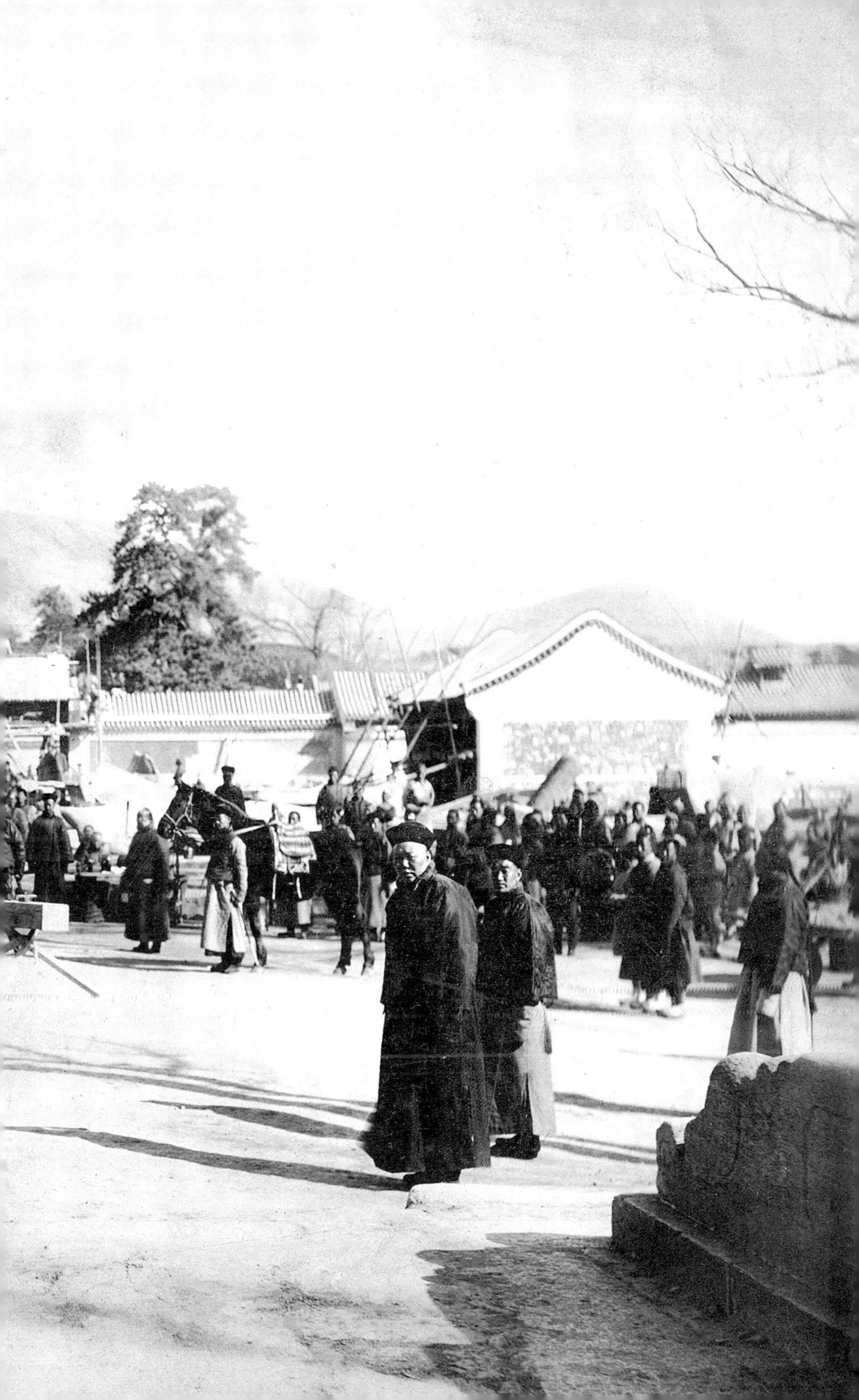

溥仪退位后在紫禁城御花园

第十章 广场

风云激荡的辛亥年,就这样在不确定的气氛里画上了句号。

一

对于辛亥年的许多普通百姓来说，新时代的开始，是从打量孙中山的照片开始的。那一年，这张照片在南方的报纸上反复出现；那一年，孙中山几乎成了中国人最熟悉的面孔。

那位白发老人就是攥着印有孙中山照片的报纸找到临时总统府的。孙中山正在总统办公室里埋头批阅文件，卫队长郭汉章走到他的面前，立正报告说："有一个八十多岁的盐商，特意从扬州赶来，说是要一睹大总统的容貌。我们说大总统很忙，没时间见他，可是他不愿意离开。"

孙中山笑着说："扬州盐商名闻天下，我倒是很想见见这位老先生，快请他进来。"

当老者在郭汉章搀扶下从前门走进总统府的时候，他看见一个人站在走廊里等他，他看清了那个人的面容，与报纸上的照片一模一样。老者连忙下跪，欲行三跪九叩之礼，孙中山上前，把他搀起来，说："三跪九叩是旧礼陋俗，如今民国建立，人人都是平等的。"

孙中山问老者，到这里来是否有什么事情要办，老者回答："我姓萧，是专门来看民国的大总统是什么模样。"

孙中山笑了，说："你看，我不是和大家一样吗？民国的总统是人民的公仆，是为国民服务的。"

老者又问："总统离职后呢？"

孙中山说："总统离职后和百姓一样。"

老者听了，高兴地说："我来之前，邻里都笑话我老糊涂了，说大总统怎么会见你这样一介盐商？今日我算见到民主了。回去后我一定要告诉他们。"[1]

在这个拥有世界上最漫长的帝制历史的国度，纵然皇帝已经退位，国人依旧保留着对皇帝古老的敬畏。"对最高统治者至尊地位的仰慕，对帝国专制权威的畏惧，对宫廷私密生活的猜想以及对皇帝生老病死的调侃，所有这些敬与不敬都融合在中国特有的文化氛围里，经过数千年的浸染，如同一种生命的基因，构成了中国人肉体和精神生活必需的组成部分。"[2] 由于革命形势来势凶猛，这些被调教了两千多年的子民——包括一部分所谓的社会精英，都没有来得及做好精神准备，身上的奴性还如影随形，这就是民国初年，医生鲁迅把手术刀对准国民性的原因。南京临时政府时期，南京民众"通常谈到孙文博士是新皇帝。他们不了解总统这个专门名词，认为它不过是更高头衔的一种委婉的说法"。各地发给孙中山的贺电，有称"总统陛下"的，也有写"恭请圣安"的。

然而，并不是所有的大总统都愿意离职后和百姓一样。为了限制行将接替孙中山职位的袁世凯的权力，参议院决定修改《中华民国临时约法》。武昌起义之后，由各省代表团（1912年1月28日改为临时参议院）制订《中华民国临时约法》，有总统制与内阁制之争。由于孙中山在革命党拥有独一无二的声望，这个新政权最终采用了总统制。孙中山将临时大总统职位让给袁世凯之后，参议院对《中华民国临时约法》进行修改，将总统制改为内阁制，以减少和制约总统的权力。时人说："约法用总统制，孙中山当时可适用；袁世凯的专制行为，则非责任内阁不可，而且非组织国民党的责任内阁不可。"[3]

这种因人而异的制度设计，表明了西方民主制度刚在中国着陆时的水土不服。学者李鸿谷说："西方制度的本土化，尚且需要时日，何况这套本是基于不信任且因人而设的制度。制度崇拜的失败，此为一例。"[4] 当袁世凯如愿以偿当上大总统，《临时约法》的制度设计，必使他感到处处掣肘，踢开这个绊脚石，对袁世凯来说势在必行。也正是这个原因，1913年3月20日夜里上海北站一声枪响，以国会第一大党领袖身份组阁的宋教仁命丧黄泉。孙中山在1917年7月至1918年5月领导的"护法运动"，所护之法，就是在北洋军阀手中早已沦为废纸的《中华民国临时约法》。

1912年2月15日，是辛亥年十二月二十八日，翻天覆地的辛亥年，就要走到尽头。这一天下午二时，孙中山在南京总统府参加了庆祝南北统一共和成立礼。孙中山在演说中说："清帝退位，南北统一，袁公慰廷为民国之友，盖于民国成立事业功绩极大。今日参议院选举总统，若袁公当选，余深信必能巩固民国。"[5] 在许多参议员心里，袁世凯对革命成功所做的贡献，并不在孙中山之下。一小时后，袁世凯被参议院选举为中华民国临时大总统。

4月1日，孙中山正式解除中华民国临时大总统职务。两天后，孙中山离开生活了九十二天的南京总统府，抵达上海，暂居宋耀如宅邸。自此，孙中山在有生之年再也没有回到过南京。直到他逝世后，这座古都才被附加越来越多的孙中山符号，比如建筑于紫金山南麓山坡上的中山陵，以及由下关的码头直达中山陵的大道——自下关码头到鼓楼的中山北路、自鼓楼到新街口的中山路，以及自新街口到中山陵的中山东路。这座城市以这样的方式留存了中山先生南京岁月的短暂记忆。

辛亥年的大年三十，1912年2月17日，中国不再有皇帝。只是地方一级和省一级的政权处于兴替无常的状态中，新军官、咨议局领导人、前清官员、商人、秘密会社领导人、同盟会会员及其他革命党领导人在民国初年的地方政坛上轮番出场，彼此之间，"形成了多种多样的权力关系，这些关系很少能在长时期保持稳定"[6]。其中，许多立宪派已经接受了共和思想，许多咨议局局长，直接成为民国的省长。张謇曾说，"君主立宪制适合于像日本那样的小国，不适合于像中国这样大而复杂的国家。"[7] 正像《剑桥中华民国史》指出的那样，"当权力机构重新改组时，权力越来越多地从革命党人手中滑掉了……有些革命党人甚至怀疑，通过选举能否获得政权，竞选是否会冲淡人们的革命信念。"[8]

恩格斯说："革命就是一部分人用枪杆、刺刀、大炮，即用非常权威的手段强迫另一部分人接受自己的意志。"[9] 在这里，恩格斯清楚地点明了革命的本质：它只是手段，而不是目的，它的目的，是建立宪政，使"非常政治"回归到"日常政治"的轨道上。英国革命和美国革命，都通过它们的宪制克服了现代政治的暴虐和血腥，实现了和平建国的目的，这里实际上隐含着一个关于革命暴力的"漂白"机制。宪法学家指出，宪法出场，革命退场，民国宪法之创制意味着革命的终结。从政治宪法学的角度看，革命只是一种动力因，不是形式因，更不是目的因，固然革命对于打破旧的清朝专制王权具有先锋之功，但一旦国家建立，宪法出场，那么它就应该有所节制，甚至退场。对此，章太炎深有自觉，他所谓"革命军起，革命党消"之名言，说的就是这样一个建国时刻的有关"革命叙事"的宪法悖论。[10]

但辛亥革命毕竟始于枪杆、刺刀、火炮，却没能终于一个良性的宪法政治，没能像英美欧陆诸国那样，幸运地转入日常政治。我们常说辛亥革命是一场"不彻底的革命"，只能以更彻底猛烈的方式一次次刷新革命的纪录。辛亥革命开辟了20世纪的革命历史，革命，从此被视为改变世界的制胜法宝，革命情结，在每一个有志于社会变革的人心中扎根，进行更加纯粹、更加彻底的革命，成为每一代革命者内心的呼唤，如邹容在发行超过百万的名著《革命军》中表达的："革命！革命！得之则生，不得则死！毋退步，毋中立，毋徘徊，此其时也！此其时也！"[11]

在革命的语义空间之外，辛亥年行将结束的时候，民众表情肃穆，他们沉浸在日常生活中，而这一事件对他们的影响，或许需要很多年才能看出来。忙于过节的北京市民并不知道，就在这一天，孙中山复电袁世凯，敦促他南下就职。这一天又电告袁世凯，已派定蔡元培为欢迎专使，魏宸组、刘冠雄、钮永键、宋教仁、曾昭文、黄恺元、王正廷、汪精卫为欢迎员，偕同唐绍仪北上欢迎。[12]

而经历了家门口的那次未遂刺杀后,袁世凯对革命党人的芥蒂日深。他深知,在革命者的地盘上担任总统,对自己意味着什么。1912年,袁世凯将在亲自策划和导演了一场"兵变"之后,如愿以偿地定都北京。那个曾经督师南下镇压革命军的陆军部大臣荫昌,也被袁世凯聘为总统府高等顾问,北洋民国政府与小朝廷之间凡有礼节性往来的场合,都由荫昌以总统特使的身份入宫。荫昌于是成为袁世凯的民国与溥仪的帝国之间藕断丝连的中介。

风云激荡的辛亥年,就这样在不确定的气氛中画上句号。

二

北京前门东车站,1912年8月24日十七时三十分,已经卸去临时大总统职位的孙中山乘火车由天津抵达北京,与袁世凯共商国是。大总统袁世凯为孙中山举行盛大欢迎仪式,特命开启以前只有皇帝才能通行的正阳门箭楼城门,孙中山乘坐袁世凯为他特别准备的朱漆金轮马车,穿过正阳门。远处,是从前的帝国皇宫的第一道门——"大清门",如今已改名为"中华门"。这道门,在明成祖朱棣营建北京时就已经建成,名为"大明门",顺治六年(1644年)清朝建立后,改称"大清门"。中华民国成立后，决定再改为"中华门"。在孙中山抵达北京不到一个月后的 1912 年 10 月 9 日清晨，民国政府将刻有"大清门"三字的旧匾额取下，准备翻过来再用，却发现匾额背后已有"大明门"三字。原来，当年清朝为此门改名时，已将匾额背面使用过。只好又赶制了一块由京兆尹王冶秋书写的"中华门"三字的匾额。改朝换代之际的不谋而合，让人发出会心一笑。此时的"中华门"，已经不再是将民众和权力阶级隔离起来的屏障，那些紧闭的城门，将在以后的日子里，逐一向人民打开，壮丽的宫殿将退后为这座城市的背景，一个逐步扩大的广场，将作为人民的舞台，成为整座城市的中心。门额的翻转，成为对时代变化最为恰切的隐喻。

孙中山坐在朱漆金轮马车上，以如此平静的方式，走入昔日的帝国城堡，在正阳门前的广场上，向人民致意。辛亥革命之区别于以往的朝代循环更替，正体现在领袖与人民之间的距离已经消失。孙中山一行下榻在石大人胡同迎宾馆。当晚八点，孙中山到铁狮子胡同总统府，参加袁世凯的欢迎宴会。此时的孙中山与袁世凯，革命家或者乱世枭雄，皆须对过往的身份进行"漂白"，由"非常政治"转入"日常政治"，在宪法的构架下和平建国。那天晚上，两人谈得热络，旁边的人听得动情。袁世凯对孙中山说："世凯识薄能鲜，望先生有以教我。……财政外交，甚为棘手，尤望先生不时匡助。"孙中山回答他："商务凋敝，民不聊生，金融滞塞，为患甚巨"，为了挽救这样的局面，"兴办实业，注意拓殖"，是最重要的，而要实现这一点，兴办铁路，就是最最重要的。在民国建立的千头万绪中，孙中山果断地抽取出铁路这根线索，其他一切事业的发展，都与这根线索相串联。孙中山的谈话，令袁世凯茅塞顿开，他对人说："不图中山如此瞭亮！"[13]大有相见恨晚之感，孙中山也对人说："袁总统可与为善，绝无不忠民国之意，国民对袁总统，万不可存猜疑心，妄肆攻讦，使彼此诚意不孚，一事不可办，转至激迫袁总统为恶。"[14]孙中山甚至对袁世凯说："十年以内大总统非公莫属。"[15]

从这一天开始，他们又进行了十三次会谈，每次从下午四时开始，到夜里十时、十二时，甚至到凌晨二时方才结束。一天晚上，孙中山希望袁世凯练成陆军一百万，自任经营铁路，延长二十万里。袁世凯微笑着回答："办路事君自有把握，若练精兵，百万恐非易易耳。"[16]

一天深夜，孙中山从总统府出来，总统府秘书长梁士诒送他返回行馆，深夜里，马车在石板路上敲击出清脆的声响，在幽长的胡同里传出很远。一丝倦意袭遍梁士诒全身，这时，他听见孙中山突然问道：我与项城谈话，所见略同，我之政见，他也多能领会,唯有一事,我至今尚疑,请先生为我解释。

梁士诒问:什么事?

孙中山说:中国以农立国,如果不能于农民自身求彻底解决,则革新决非易事;欲求解决农民自身问题,非耕者有其田不可。我说及此项政见时,本以为项城一定会反对。哪知道他非但没有反对,而且予以肯定,认为事所当然,对此我深感不解。

梁士诒回答说:先生环游各国,目睹大地主之剥削,又生长在南方,亲眼目睹佃田者之痛苦,所以先生主张耕者有其田;项城生长在北方,足迹基本没有跨过大江以南,而北方多属自耕农,佃农少之又少,因此,对于项城来说,耕者有其田是理所当然之事也。

孙中山听罢,恍然大悟,原来是南北农民的处境大相径庭,在北方,农民拥有土地,几乎已经是常态,他忍不住大笑起来。[17]

共和政权取代了皇权,在革命的理想主义之外,生存这一现实问题变得迫在眉睫,吃不饱饭,没有钱,再伟大的建国方略都是纸上谈兵。一切仿佛回到了原点:财政。中华民国推翻大清王朝之后,继承的是一个空空如也的国库。与制度的迅猛变化相比,财政状况的扭转绝非一日之功。"清政府举借度日,而后来无论孙中山的南京临时政府,还是袁世凯的政府,仍须一秉前规,举债维系。"[18]在孙中山的"三民主义"中,民族主义已经实现；民权主义方面，参议院业已成立；唯有民生主义，还是一张白纸，等待描绘最新最美的图画。

孙中山先后到湖广会馆、金鱼胡同、六国饭店、灯市口教堂等处出席各界群众的欢迎会，共计二十六次。他所下榻的外交部迎宾馆，每天车水马龙，来宾云集，官员、绅商、平民及报馆记者，都希望得到孙中山的接见。孙中山安排好时间，与他们依次见面。

1912年8月25日上午十点，两天前抵京的孙中山在湖广会馆出席北京各界欢迎大会，北京的各界民众，如从前那名扬州盐商一样，渴望一睹这位革命领袖的面容，只是孙中山此时已如他当初预言的那样，变成了一个普通的百姓。在前往会场的路上，他对袁世凯派来的招待员说："我已是退位总统，是国民一分子，请将随从马队和沿途的军警一律撤去，如果袁大总统坚持不肯，我住一两天就走了。"[19]

当孙中山站在位于北京宣武区虎坊路的湖广会馆的戏楼上，面对三千多群众演讲时，年仅十九岁、时任《民国报》记者的梁漱溟记录道："男女各界皆欢欣鼓舞，争以一瞻伟大颜色为快，故到会者三千人，为从来未有。"[20]继孙中山抵达北京之后，另一位革命领袖黄兴抵达北京，正乐育化会的全体会员在贵州会馆开大会欢迎，并摄影留念，梅兰芳也参加了这个欢迎会，第一次见到了这位革命军的领导人。那一年,梅兰芳只有十九岁。

8月25日下午一时,同盟会、统一共和党、国民共进会、国民公党、共和实进会等五政党合并组成国民党,于湖广会馆正式举行成立大会。随着民国政府移都北京,北京广安门内大街(旧称彰仪门大街)的广东会馆,也成为同盟会总部所在地。国民党成立后,这里又成为国民党总部。袁世凯后来也向孙中山表示,可以加入国民党。[21]

26日,孙中山对议员汤漪描述了他理想中的图景:"袁总统才大,予极盼其为总统十年,必可练兵数百万,其时予所办之铁路二十万里亦成,收入每年有八万万,庶可与各国相见。"[22]又说:"维持现状,我不如袁,规划将来,袁不如我。为中国目前计,此十年内,仍宜以袁氏为总统,我专尽力于社会事业,十年以后,国民欲我出来服役,尚不为迟。"[23]我们无法知道,当袁世凯听到这十年之期,心中会作何感想。

27日,是孙中山来京后的第三天,袁世凯在迎宾馆举行盛大宴会,宴请孙中山,应邀出席者有四五百人。人们走进宴会大厅的时候,发现大厅内的餐案被摆成"口"字形,孙中山和他的随行人员北面南向坐,袁世凯及内阁成员及其他高级官吏皆北向坐,北洋一般军官坐在东西两排,孙中山与袁世凯各自坐在中间的位置,遥遥相对,孙中山的秘书宋霭龄坐在他的身边。

大家入座后，相互寒暄几句，刚刚喝过一道菜汤，西南角便人声喧哗，纷纷攘攘，孙中山侧耳倾听，听见他们在喊："共和是北洋之功"，"孙中山一点力量也没有，是大话，是孙大炮、大骗子"，同盟会是"暴徒闹事"，吵闹声中，还夹杂着指挥刀碰地板、刀叉敲击杯盘的声音。孙中山纹丝不动，一直到宴会结束，才站起身，很有风度地离去。

参加宴会的国务院秘书长张国淦知道，这是袁世凯事先安排好的把戏。28日，张国淦心怀歉意地对孙中山说：北洋军人都是大老粗，程度太不够，希望先生谅解。孙中山平静地说：这没什么关系。仿佛什么都没有发生。[24]

这天下午，孙中山前往参议院回访，走进议会大厅参观。晚上，孙中山参加总统府宴会，饮至半酣时，袁世凯站起身，高呼："中山万岁！"孙中山在致辞结束后高呼："袁大总统万岁！中华民国万岁！五大民族万岁！"[25]

29日下午三时，全国铁路协会在万牲园畅观楼举行欢迎会，会长梁士诒首先致欢迎辞，孙中山随后上台，再度表白他修建铁路的理想：

愚见拟于10年建筑20万里铁路，在旁人乍听之，以为诧异。若以最浅近、最简单之法言人，则人人共晓。譬如以十人一年工作筑造路工一里，以此推之，则 20 万人一年可筑 2 万里，200 万人一年可筑 20 万里矣。以中国 4 万万人计之，能当路工者，岂止 200 万人乎？……[26]

在座位上悉心聆听孙中山讲话的交通总长朱启钤，在听了孙中山的演说后，决定改日与孙中山研究地图，筹划铁路建设，并提议推举孙中山为全国铁路协会名誉会长。他的这一动议得到全体会员的赞成。会议结束，会员们走出畅观楼，大家有秩序地排列好，拍下一张合影，使我们在时隔百年后，依然能够看到当时每个人的面容。

9 月 6 日早上九点，孙中山登上了袁世凯为他特别预备的火车，在朱启钤的陪同下，前往张家口视察京张铁路。他所经过的地方，观者如堵，途为之塞。第二天上午十点半，火车抵达张家口。下午四时，车到八达岭，孙中山走下火车，一步步走上长城古老的台阶。向远处望去，长城仿佛一条遍体鳞伤的青龙，疲倦地匍匐在山脊上。空旷的风，吹透了孙中山的衣衫，让它像旗一样飞舞起来，孙中山心中升起了一股豪迈的感觉，他认为那条匍匐在地的青龙可以御风而行，再度飞上万里青天。

三

在中国大陆、香港、澳门、台湾以至于世界其他地区，都有以孙中山名字命名的公园。北京中山公园的前身是明清两代的社稷坛，与太庙（今劳动人民文化宫）一起沿袭周代以来"左祖右社"的礼制格局。社稷坛目前仍然是公园的主体建筑，位于轴线中心，坛呈正方形，为汉白玉砌成的三层平台，坛上铺着由全国各地进贡来的五色土。

五色土是从帝国的各地进贡来的，颜色分别是：南红、西白、北黑、东青、中黄，它的含义是："普天之下，莫非王土"。坛周围的琉璃矮墙与坛土的颜色方位一致。坛台中央设有一块上尖下方的石柱，称江山石或社主石。

1914年，第一次世界大战的硝烟正在欧洲蔓延，许多古老的城市遭受着灭顶之灾。德国作家黑塞后来回忆那一年时说："1914年那个夏季来临了，我忽然看到里里外外完全改变了。我发现，一直美好幸福的生活竟建立在不安全的土地上，因此现在开始往下坡走。"[27] 而这一年，一个名叫朱启钤的民国官员悄然地推动着一座封闭的东方古城向现代社会的转型。就在这一年，帝国的社稷坛成为国民的公园，命名为"中央公园"，又名"稷园"，1918年又改名"中山公园"。这座公园是北京城内最早开放的公园,民国时期,这里成为北京文化休闲活动的中心。1914年至1928年间,以中山公园为开端,从前帝王的活动场所,如先农坛、天坛、太庙、北海、地坛、颐和园、景山相继对公众开放,成为人民活动的场所。

公园中央的五色土,在新的国家里无疑具有了新的含义,它不再表明帝王对国家的私人占有,而成为"五族共和"的象征,如同孙中山在《临时大总统就职宣言》中所阐明的:"国家之本,在于人民。合汉、满、蒙、回、藏诸地为一国,如合汉、满、蒙、回、藏诸族为一人,是曰民族之统一。"[28]曾经被列为革命对象的满族人,当然是中华民族的一员。对于立宪党人梁启超提出的"中华民族"这一政治概念,革命党人虽然在《临时约法》中以"中华人民"一词替代,但这并不妨碍他们接受来自立宪派的建设性纠偏,这再度证明了立宪与革命两种政治理念,在对抗之外,完全可以对接,共同构建一个现代中国。尽管"驱除鞑虏,恢复中华"的种族口号以及行动指针在推翻清朝专制王权的事功方面起到了重大的作用,但此等革命并不具有现代性的革命建国意义,即便成功也不过是传统王朝的循环更替。因此,革命党人顺应历史潮流,从狭隘的排满、反满的种族革命论超越出来,不失时机地提出了"五族共和""革命建国"的思想并付诸政治实践,这就为革命党人的制宪建国奠定了现代性的政治价值之基础。故而,孙中山早在1906年《民报》创刊周年纪念大会上就曾指出:"我们并不是恨满人,是恨害汉人的满洲人。假如我们实行革命的时候,那满洲人不来阻害我们,决无寻仇之理。"[29]

1912年9月6日,北京的满人在北京八旗生计会所举行欢迎会,欢迎孙中山。孙中山对在场的满人说:"政治改革,五族一家,不分种族。现旗民生计困难,尚须妥筹,务使人人自立,成为伟大国民。"[30]孙中山还没讲完,全场就爆发出热烈的掌声,在场许多满人热泪盈眶。

10日,孙中山做出了一个惊人的决定,那就是前往后海边的醇王府看望载沣。此时的载沣,除了偶尔前往紫禁城看望儿子溥仪,其他时间都在自己的王府中读书写字,消磨时光。他的厅堂里挂着自己书写的对联:

有书真富贵
无事小神仙

然而,他也并非像这副对联里写的那样心如止水。在他的王府里,细心的人会发现孙中山和袁世凯的照片,照片上的眼睛全被抠去,他忧愤的心境,显露无余。但他不会想到,有一天孙中山会出现在他的家中。1912年9月10日下午，载沣午睡后早早起来，做好了迎接孙中山的准备。下午三点，一辆马车停在醇王府前，从车上走下来的人，正是曾经被载沣视为仇雠的孙中山。载沣含笑把他迎进"宝翰堂"。"宝翰堂"，又名"大书房"，是载沣平日里最爱待的地方。在那些名贵的古典家具中，德国皇帝威廉二世送给他的大写字台十分醒目。一扇镂花屏风下，他们慢慢地呷着茶水。载沣后来在回忆这次会面时说，他原以为孙中山是一位盛气凌人、不可一世的勇武之夫，没想到他如此谦逊、和蔼和开朗。孙中山称赞载沣，在大革命爆发后自动退位，承认共和，避免了国内一场血战，此乃明智之举。还说，今后中国当在共和的基础上，大家齐心协力，共济富强。还说，为了达成南北统一，已辞去正式大总统的候选人，自己将以在野之身，致力于社会建设工作，拟于十年内实现修筑二十万里铁路的愿望……[31] 孙中山还把自己的一张半身近照送给载沣，照片后面写着：

醇亲王惠存，孙文敬赠。

这张照片上，孙中山的眼睛没有被抠掉，相反，载沣一直珍藏着这幅照片，直到去世。时代的变化，令人猝不及防。我们无法设想,如果二人在一年前见面,又会是怎样的场景?

1925年,孙中山最后一次到达北京,醇亲王还向孙中山赠送一席酒筵,为孙中山接风洗尘,并派人向病榻上的孙中山问候,盼望他早日康复,协同段祺瑞"整理中国",以"早侪富强之邦"[32]。孙中山派特使前往醇王府,还带去了一张白色名片,上面只印了两个字:

孙文

此时的载沣,在后海之畔自己的王府中,对时代风云的变幻冷眼旁观。甚至自己的儿子溥仪在张勋和日本人的扶植下两次重登"王位",他都不为所动。1951年,六十八岁的载沣在北京醇王府安详辞世。周恩来说,载沣在辛亥革命爆发后主动辞去监国摄政王的职位。他后来也没有主张对革命进行武力反抗,也没有站出来反对宣统皇帝逊位。这些表现顺应了时代的潮流。

孙中山离开北京以后,财政困局还是把袁世凯逼上借款的死胡同。出任袁世凯政府国务总理的唐绍仪只能故伎重演,在绝对保密的情况下,与四国银行展开谈判,商借白银八千五百万两,而且,要求对方在签约之前先行垫付三千五百万两,以解燃眉之急。在经过一系列复杂的谈判过程之后，这笔善后大借款终于达成协议：贷款总额两千五百万英镑，相当于两亿银圆，以盐税、海关税和直隶等四省的中央税作担保。

借款，必以国家主权作为交换条件，因此，这一协议一经公开，立即引起反对的浪潮。国会两次质问袁世凯政府，国会议长甚至出现在签字现场，以阻止双方签字。孙中山、黄兴、胡汉民等发出通电，号召国民党全党"力行设法反对"。袁世凯政府陷入进退两难的窘境。他感到紧箍咒的丝丝凉意。抛弃共和，他去意已决。1914年12月29日，参政院修正通过《修正大总统选举法》，不仅使总统职位终身制，而且可以代代相传。这一年，杨度的老师、湘中名士王闿运当面为袁世凯构思了一副对联，上下联分别是：

民犹是也，国犹是也。
总而言之，统而言之。

横批是：

旁观者清

王闿运说，袁大总统的政事堂也应当有一块匾，匾额应该写这样四个字：

清风徐来

面对王闿运的戏谑，袁世凯只能以苦笑回应。但与王闿运相比，民间的戏谑则势不可挡，有无名作者在上下联的后面各加了四个字。上联加的是："无分南北"；下联加的是："不是东西"。[33]

1915年12月11日，参政院以"国民代表大会总代表"名义上书袁"劝进"。12日，袁发布命令，承受帝位。13日，接受百官朝贺，大加封赏。31日，袁下令翌年（1916年）改为"中华帝国洪宪元年"，准备于1月1日即皇帝位。很多年后，陈伯达在一篇文章中称袁世凯为"窃国大盗"，从此，它成为袁世凯身后摆脱不掉的别称。

此时，孙中山在湖广会馆参加共和党欢迎会时的讲话，言犹在耳："兄弟素抱民族、民权、民生'三大主义'，民族、民权现已达到目的，惟民生一端尚待研究。所谓民生主义即社会主义"，"兄弟决计投身社会事业，拟于十年之内，利用外资建筑铁路二十万里，初办作为民有，四十年后由国家全行收回，归为国有，于民无伤，于国有利，而资本专制之事可以幸免。此不过其中之一端，其他如电车、电灯、自来水及一切公共事业，皆可仿此办法。"[34]

民权再度被皇帝回收，民生却在新的专制制度下苟延残喘。在唐绍仪挂印而去之后暂任代理国务总理、稍后任熊希龄内阁内务部总长的朱启钤，把"洪宪皇帝"由紫禁城太和殿请入中南海，把中南海南侧的宝月楼下层改建为"新华门"，在门内建起一座大影壁，遮挡内部景象，又在门外路南建起一长溜儿西式花墙，在美化街衢的同时，挡住路南的外国兵营。

中国的权力中心，由南北中轴线上的紫禁城，西移到中南海。就在这一年元旦，天安门前那个封闭的T形广场周边门楼内的门扇以及连接这些门楼的墙被拆除，北京的市民们第一次可以在东西长安街上自由穿行。[35] 这条新生的街道如一把利刃，把那条南北贯通的龙脉，斩为两截。自此，北京的主要政治舞台，便由南北方向的中轴线，变成了东西方向的长安街。长安街从此成为一对伸开的臂膀，展示着这座城市开放的胸襟，而传统面南背北的政治理念所形成的龙脉纵深，也逐渐为长安街的横向对称所取代。[36]

有人说："建筑是对一个时代身份的表述"，北京如同一个永远向前的巨大的计时器，精准地记载着帝制时代的一去不返。

炫耀帝国权力的城墙变成沟通内外的门洞,规划中的十四条通衢穿越了曾不可逾越的红墙;新起的公共建筑,如劝业场、新世界商场、东方饭店、香厂新市区等,表明普通民众正在成为建筑的主语;而西洋式建筑上的钟塔,如1913年的盐业银行(前门外西河沿)、中原证券交易所等,则暗喻着北京已经被纳入更加广阔的世界时间中,古老的晨钟暮鼓曾经宣示着帝王的权力——它们决定着城门的开合,宣布着宵禁的旨意,而此时,帝王的权力如同钟楼和鼓楼一样成为摆设,成为退居城市边缘的远景和记忆。

辛亥年的最后一天,北京的天安门对外开放,昔日天子脚下的臣民,第一次以公民的身份走上皇城的城楼,第一次从皇帝的视角,伫望这座从前的帝都,都城里的寻常巷陌、灯火楼台,无数的点与线,第一次以如此强大的视觉形象汹涌而来。"庆祝中华民国临时政府成立"的大字标语,已悄然悬挂在天安门上。

此时,鼓吹五族共和的报纸正沿街贩卖,电灯、自来水、洋学堂、洋布洋袜、电报电话这些新生事物,正潜移默化地影响着国民的生活和思维。丁文江在1912年给莫理循的信中感叹:"见到我国姑娘们用一双天足走在街上,登上有轨电车,坐在餐馆里吃饭……对于像我这样一个深深懂得十年前——仅仅是十年前——那些可怕的清规戒律的人来说,纯属崭新的生活!"[37]新的生活吸引着蔡元培、鲁迅、陈独秀,以及越来越多的知识分子在这座倡新摒旧的城市里悄然落脚,在"科学"与"民主"的引导下,走出书斋,走向广场。

民国北平德胜门的晓市里,多了一位变卖家产的长者。这个人慈眉善目、言语不多,对市场行情所知甚少,也不好意思讨价还价,买主给个什么价儿,就让他拿走。街坊们都认识他,他就是当年骑着战马、器宇轩昂的大清帝国专司训练禁卫军大臣和军咨大臣载涛,只是人们已经记不清他那么长的官职名称,于是给他换了一个亲切的称呼:"七爷。"

四

武昌起义四十七年后的 1958 年,一座柱状纪念碑在刚刚扩建的广场上拔地而起。纪念碑高耸的站姿与宫殿的匍匐姿态形成了鲜明的对照,它以石头的永恒语言对抗着木构建筑的易朽。由纪念碑下层大须弥座上的八幅汉白玉大型浮雕所连接起来的革命进程中,武昌起义的图景赫然在目。

公元 2011 年 10 月,辛亥革命一百周年,孙中山的巨幅画像耸立在天安门广场的中央。自 1954 年起,那张全球华人熟悉的面孔,都会出现在人民英雄纪念碑的正前方。这是一个不再需要朝拜的广场，不需要以建筑的空间来分割人的尊卑，每个在节日里来到广场的人，都保持着纪念碑一样的挺拔的站姿。他们像老朋友一样与孙中山对望，而孙中山的眼神里，也与当年那位萧姓老人看到的一样，饱含希望与梦想。

Sun-Yat-Sen et le comité révolutionnaire chinois d'Europe

孙中山、袁世凯与欧洲革命党明信片　清末民初

辛亥革命士兵合影，照片文字为"民国元年前一年"，即1911年

滬城小北門北門城垣

鄭錦潮上城

李炳輝

朱執

高弼臣倉小孔同志

仔義

袁世凯就任中华民国第一任大总统

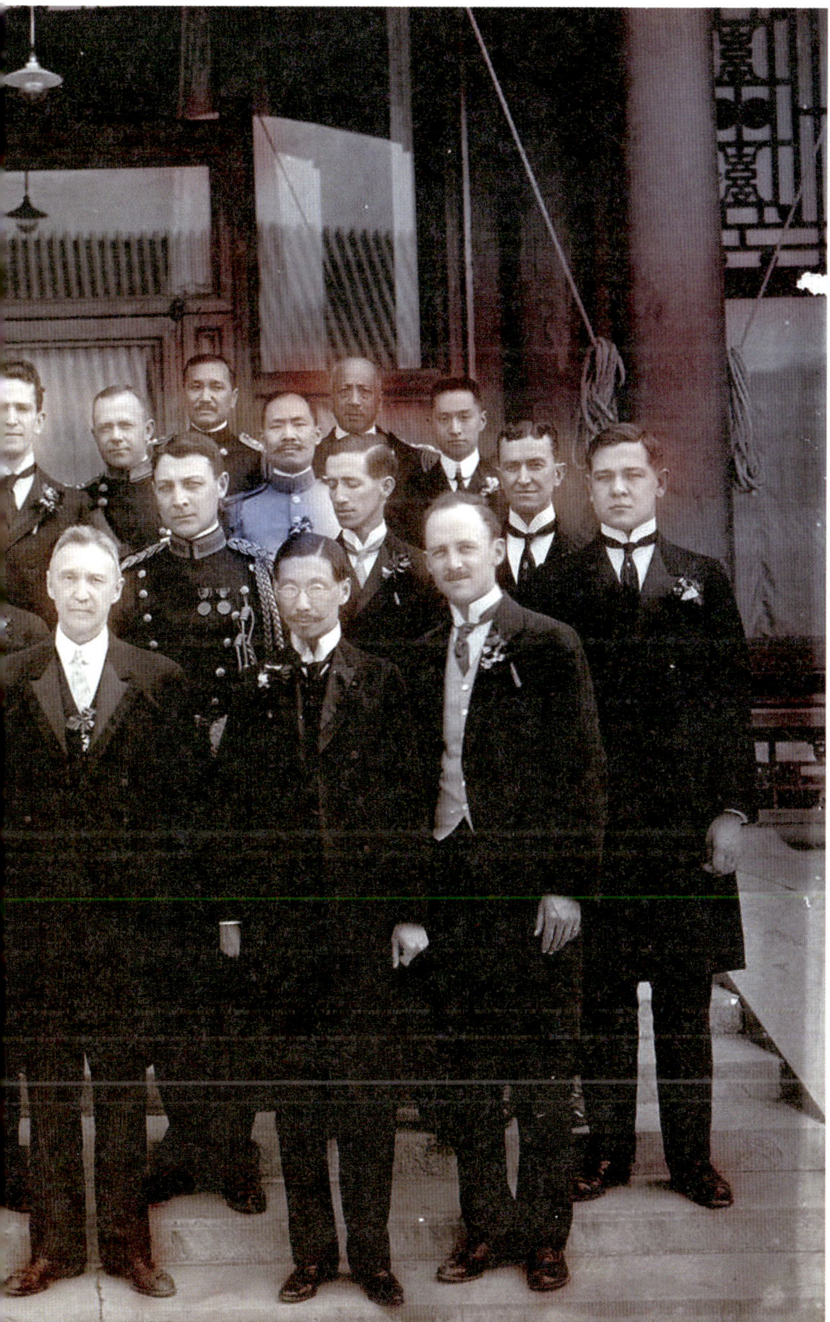

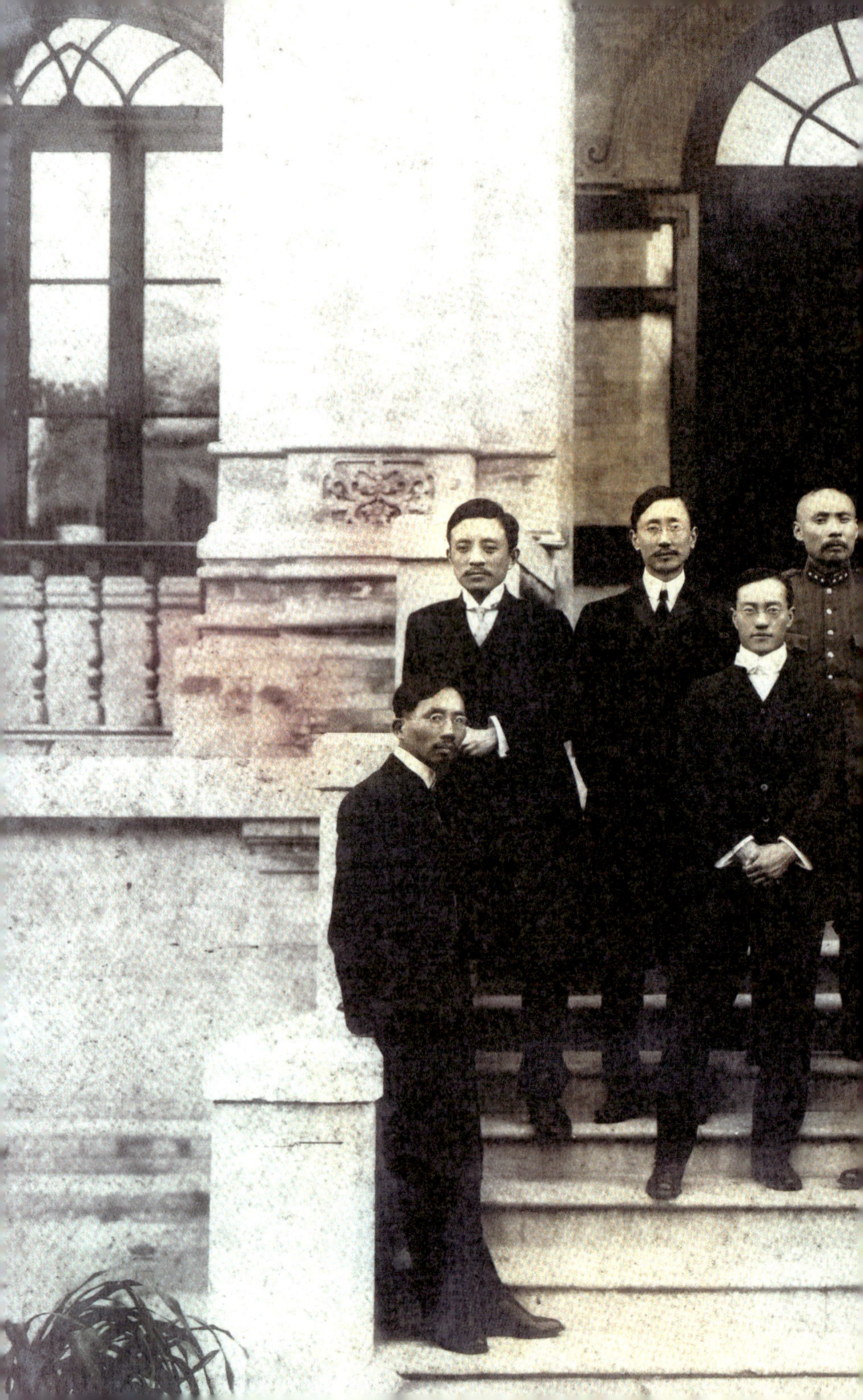

中华民国第一届内阁在北京成立　1912年

新的国民　民国初年

新的国民　民国初年

新的国民　民国初年

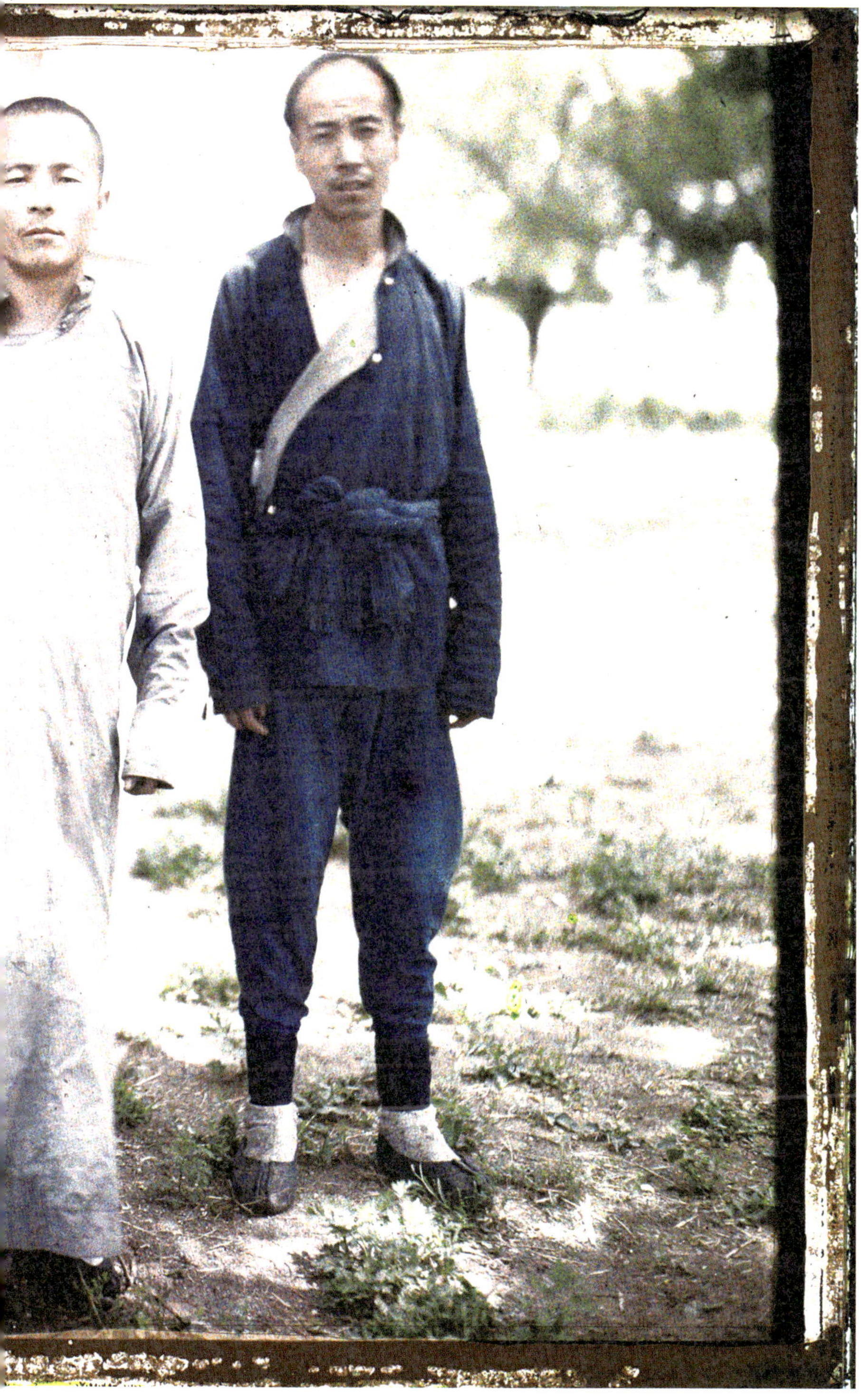

注　释

新版序

[1] [美]宇文所安：《盛唐诗》，第 1 页，北京：生活·读书·新知三联书店，2014 年版。

第一章　末　世

[1] 关于北京鼠疫的若干消息均见《顺天时报》，大清宣统三年正月初六（1911 年 2 月 4 日）。

[2] 皇帝和太后生日。

[3] 周育民：《晚清财政与社会变迁》，第 362 页，上海：上海人民出版社，2002 年版。

[4] 李鸿谷：《辛亥年间的中国政治格局》，《三联生活周刊》，2011 年第 3 期。

[5] 参见柳白：《历史上的载沣》，第 44—45 页，北京：中国工人出版社，2007 年版。

[6] 《1911.1.30：大清自此无新年》，《济南日报》，2011 年 1 月 26 日。

[7] 吴永、刘治襄：《庚子西狩丛谈》，第14页，桂林：广西师范大学出版社，2008年版。

[8] [英]庄士敦：《紫禁城的黄昏》，第36页，济南：山东画报出版社，2007年版。

[9]《清德宗实录》，第7册，第4378页。

[10] [英]庄士敦：《紫禁城的黄昏》，第38页，济南：山东画报出版社，2007年版。

[11] 钟毓龙：《科场回忆录》，第78页，杭州：浙江古籍出版社，1987年版。

[12] 同上书，第81页。

[13] 参见张孝若：《最伟大的失败英雄》，第139页，上海：华东师范大学出版社，2013年版。

[14] [日]尾崎秀树：《动荡的近代中国》，第220页，台北：万象图书，1991年版。

[15] 朱培初：《迷恋西方文化的慈禧》，《实说慈禧》，第188—191页，北京：紫禁城出版社，2004年版。

[16] 刘北汜：《慈禧扮观音》，《实说慈禧》，第204—205页，北京：紫禁城出版社，2004年版。

[17] 丁三：《绘图新中国》，《生活月刊》，第53期别册。

[18] 金满楼：《帝国的凋零——晚清的最后十年》，第52页，南昌：江西教育出版社，2008年版。

[19] [英]庄士敦：《紫禁城的黄昏》，第38页，济南：山东画报出

版社，2007年版。

[20] 同上书，第41页。

[21] 黄希：《官僚资本办的黑暗公司——旧北京的电力工业》，见中国人民大学工业经济系编著：《北京工业史料》，第140—141页，北京：北京出版社，1960年版。

[22] [澳]骆惠敏编：《清末民初政情内幕——〈泰晤士报〉驻北京记者、袁世凯政治顾问乔·厄·莫理循书信集》，上卷，第421页，上海：知识出版社，1986年版。

[23] Gilbert Rozman：The Modernization of China，1981，Free Press，p.261；转引自张海林：《端方与清末新政》，第103页，南京：南京大学出版社，2007年版。

[24] 陶菊隐：《近代轶闻》，见《民国笔记小说大观》，第1辑，第5卷，第91页，太原：山西古籍出版社，1995年版。

[25] 同上。

[26] "革命"一词最早出现在《易·革·彖辞》中："汤武革命，顺乎天而应乎人"。1895年，孙中山抵达日本，登岸时，看见日本报纸上，一行新闻标题赫然在目：《支那革命党首领孙逸仙抵日》，于是对陈少白说："日人称吾党为革命党，意义甚佳，吾党以后即称革命党可也。"然而，至少在汉语中，"革命"是一个容易引发暴力联想的词汇，梁启超描述当时社会对"革命"的一般心态时写道："一二年前，闻民权而骇者，比比然也，及言革命者起，则不骇民权而骇革命矣。今日我国学界之思潮，大抵不骇革命者，千而得一焉。"鲁迅在《无声的中

国》演讲中说:"'革命'这两个字,在这里不知道可害怕,有些地方是一听到就害怕的。"因此,他建议将"文学革命",改称"文学革新",就显得平和了。

[27] [苏]赫菲茨:《二十世纪初俄中两国人民之间的革命联系》,《史学译丛》,1957年第5期。

[28] 梁启超:《现政府与革命党》,原载《新民丛报》,第89期。

[29]《吴宓自编年谱》,第95页,北京:生活·读书·新知三联书店,1995年版。

[30] [澳]西里尔·珀尔:《北京的莫理循》,第324页,福州:福建教育出版社,2003年版。

[31] 转引自李菁:《伍连德:不该被遗忘的名字》,《三联生活周刊》,2011年第3期。

[32] 转引自李鸿谷:《辛亥年间的中国政治格局》,《三联生活周刊》,2011年第3期。

[33]《新年颂》,《顺天时报》,宣统三年正月初六(1911年2月4日)。

[34]《1911.1.30:大清自此无新年》,《济南日报》,2011年1月26日。

[35] 转引自隋丽娟:《说慈禧》,第245页,北京:中华书局,2007年版。

[36] 内起居注·随手登记档。

[37] Meienherger Nornert, *The Emergence of Constitutional Government in China* (1905—1908), Bern: Perter Lang, 1980, p. 99.

[38]《清宫述闻》。

[39] 莫约翰：《长寿老人的回忆》，第 87 页，转引自 [英] 庄士敦：《紫禁城的黄昏》，第 42 页，济南：山东画报出版社，2007 年版。

[40] 朱金甫、周文泉在《慈禧太后之死》一文中表达了这一看法，见刘北汜编：《实说慈禧》，第 243 页，北京：紫禁城出版社，2004 年版。

[41] 转引自朱步冲：《末世摄政王载沣的角色》，《三联生活周刊》，2011 年第 15 期。

[42]《谕旨》，《顺天时报》，宣统三年正月初六（1911 年，2 月 4 日）。

第二章　冬　眠

[1]《东方杂志》，1909 年第 12 期。

[2]《戊戌变法》，第 1 卷，第 469—470 页，上海：上海人民出版社，2000 年版。

[3] 端方：《劝善歌》，光绪戊戌年，顺天府署刊发，中国国家图书馆藏。

[4] 徐博东：《慈禧出殡耗资惊人》，《实说慈禧》，第 245—246 页，北京：紫禁城出版社，2004 年版。

[5]《东方杂志》，1909 年第 12 期。

[6]《申报》，1907 年 7 月 25 日。

[7] 1906 年 11 月 22 日，陶湘致盛宣怀，见陈旭麓、顾廷龙、汪熙主编《辛亥革命前后》，第 29—30 页，上海：上海人民出版社，1979 年版。

[8] 戴鸿慈：《出使九国日记》，第 344 页，长沙：岳麓书社，1986 年版。

[9] 北京市地方志编纂委员会：《北京志·综合经济管理卷·金融志》，

第 12 页，北京：北京出版社，2001 年版。

[10] 此段对话引自刘成禹：《世载堂杂忆》，见《民国笔记小说大观》，第 1 辑，第 7 卷，第 116—117 页，太原：山西古籍出版社，1995 年版。

[11] 同上书，第 117 页。

[12] 转引自朱步冲：《末世摄政王载沣的角色》，《三联生活周刊》，2011 年第 15 期。

[13] 转引自蔡伟：《从能臣到军阀之路》，《三联生活周刊》，2011 年第 3 期。

[14] 郑曦原编：《帝国的回忆——〈纽约时报〉晚清观察记》，第 141 页，北京：生活·读书·新知三联书店，2001 年版。

[15] 同上书，第 142—143 页。

[16] 同上书，第 144 页。

[17] 高全喜：《立宪时刻——论〈清帝逊位诏书〉》，第 54 页，桂林：广西师范大学出版社，2011 年版。

[18] 金满楼：《帝国的凋零——晚清的最后十年》，第 67 页，南昌：江西教育出版社，2008 年版。

[19] 朱步冲：《袁世凯——踯躅在新旧时代间的领袖》，《三联生活周刊》，2011 年第 3 期。

[20] 爱新觉罗·溥仪：《我的前半生》，第 19 页，北京：群众出版社，2007 年版。

[21] "Annual Report for the year 1909" (Peking, January 31, 1910, Confidential Print and Piece number：9462, British

Document on Foreign Affairs, Part I, Series E, Asia), *Annual Reports on China 1906—1913, Volume 14*, edited by Ian Nish, University Publications of America, 1995, pp. 108—109.

[22]《端督回京纪事》,《申报》,1909年12月5日。

[23]《戴赞呈端方东文翻译》,端方档案,端711,函35。

[24]《新罪名》,《大公报》,1909年12月4日。

[25]《革督关怀八旗子弟》,《大公报》,1909年12月17日。

[26]《无名小说轶稿》,端方档案,端568,函24。

[27] [日]佐藤铁治郎:《一个日本记者笔下的袁世凯》,第108页,天津:天津古籍出版社,2005年版。

[28] 同上。

[29] 转引自李洁:《文武北洋》,第252页,桂林:广西师范大学出版社,2006年版。

[30] 参见[日]佐藤铁治郎:《一个日本记者笔下的袁世凯》,第109页,天津:天津古籍出版社,2005年版。

[31] 张永久:《民国第一家——袁世凯家族》,第200页,重庆:重庆出版社,2007年版。

[32] 参见载涛:《载沣与袁世凯的矛盾》,《辛亥革命回忆录》,第6卷,第325页,北京:文史资料出版社,1963年版。

第三章 春 雪

[1]《奏请赦用梁启超折》,《时报》,1911年1月15日,见《杨度集》,

第 2 卷，第 533 页，长沙：湖南人民出版社，2008 年版。

[2] 同上书，第 534 页。

[3] 康有为号祖诒。

[4]《杨度集》，第 1 卷，第 97 页，长沙：湖南人民出版社，2008 年版。

[5]《李叔同集》，第 185—186 页，北京：东方出版社，2008 年版。

[6] 丁三：《新中国》，《生活月刊》，第 53 期别册。

[7] 杨度：《金铁主义说》，《中国新报》，第 1—5 号。

[8] 转引自陈锡祺主编：《孙中山年谱长编》，上卷，第 338 页，北京：中华书局，1991 年版。

[9] 以上对话出自陶菊隐：《筹安会"六君子"传》，第 17—18 页，北京：中华书局，1981 年版；章士钊：《与黄克强相交始末》，《湖南文史资料》，第 1 辑。转引自陈锡祺主编：《孙中山年谱长编》，上卷，第 339 页，北京：中华书局，1991 年版。

[10] 陶菊隐：《近代轶闻》，见《民国笔记小说大观》，第 1 辑，第 5 卷，第 92 页，太原：山西古籍出版社，1995 年版。

[11] 章士钊《与黄克强相交始末》中证实，此次会面时，杨度对孙中山说："度有同里友曰黄兴，当今奇男子也，辅公无疑，请得介见。"参见杨度：《与孙中山的谈话》，见《杨度集》，第 1 卷，第 188 页，长沙：湖南人民出版社，2008 年版。

[12] 陶菊隐：《近代轶闻》，见《民国笔记小说大观》，第 1 辑，第 5 卷，第 92 页，太原：山西古籍出版社，1995 年版。

[13] 邹鲁：《中国同盟会》，见《辛亥革命》，第 2 卷，第 6—7 页，上海：

上海人民出版社，1957年版。

[14]《宋教仁日记》，第335页，转引自侯宜杰：《20世纪初中国政治改革风潮——清末立宪运动史》，第99页，北京：中国人民大学出版社，2009年版。

[15] 陶菊隐：《北洋军阀时期统治史话》，上卷，第43页，海口：海南出版社，2006年版；王先明：《清王朝的崩溃：1911年中国实录》，第70页，天津：天津人民出版社，2006年版。

[16]《华字汇报》，1906年9月20日。

[17] 杨度：《金铁主义说》，《中国新报》，第1—5号。

[18] 同上。

[19]《北洋军阀史料选辑》，上卷，第49页，北京：中国社会科学出版社，1981年版。

[20] 陶菊隐：《近代轶闻》，见《民国笔记小说大观》，第1辑，第5卷，第92页，太原：山西古籍出版社，1995年版。

[21] 转引自丁三：《绘图新中国》，《生活月刊》，第53期别册。

[22]《纪闻》，《广益丛报》，第6年，第12期。

[23]《申报》，1908年6月16日。

[24] 转引自李洁：《文武北洋》，第243—244页，桂林：广西师范大学出版社，2006年版。

[25]《论杨度以党魁入政府》，《盛京时报》，1908年4月30日。

[26] 爱新觉罗·溥仪：《我的前半生》，第19页，北京：群众出版社，2007年版。

[27] 载涛：《载沣与袁世凯的矛盾》，《辛亥革命回忆录》，第6卷，第323页，北京：文史资料出版社，1963年版。

[28] 梁启超：《致蒋观云先生书》，转引自丁三：《绘图新中国》，《生活月刊》，第53期别册。

[29] [澳] 莫理循：《致瓦·姬乐尔》，见 [澳] 骆惠敏编：《清末民初政情内幕》，第641—643页，上海：知识出版社，1986年版。

[30] 杨度：《布告宪政公会文》刘晴波主编：《杨度集》，第2卷，第511—512页，长沙：湖南人民出版社，2008年版。

[31] 参见《民选议院请愿书》，《大同报》，第4期；《盛京时报》，1907年10月4日。

[32] 杨度：《湖南全体人民民选议院请愿书》，见《杨度集》，第1卷，第490页，长沙：湖南人民出版社，2008年版。

[33] 同上书，第496页。

[34] 杨度：《呜呼，血泪青年》，《民立报》，1910年9月12日。

[35] [英] 迪耶·萨迪奇：《权力与建筑》，第29—30页，重庆：重庆出版社，2007年版。

[36] *The Far Eastern Review*（《远东时报》）121—123，参见张复合：《北京近代建筑史》，第114页，北京：清华大学出版社，2004年版。

[37] 《申报》，1910年9月10日。

[38] 《时报》，1910年11月5日。

[39] 高莽：《俄罗斯大师故居》，第157页，北京：中国旅游出版社，2005年版。

[40] 转引自丁三:《绘图新中国》,《生活月刊》,第53期别册。

[41]《时报》,1909年1月15日。

[42] 赵炳麟:《密陈管见疏》,见《谏院奏事录》,卷5,第13页。

[43] 王恺:《袁世凯:一个实用主义者的人际与权谋》,《三联生活周刊》,2011年第3期。

[44] 李鸿谷:《辛亥年间的中国政治格局》,《三联生活周刊》,2011年第3期。

[45] 转引自李鸿谷:《辛亥年间的中国政治格局》,《三联生活周刊》,2011年第3期。

[46]《国会反对者投降》,《民立报》,1910年10月31日。

[47] [澳]莫理循:《致伊迪丝·布雷克函》,[澳]骆惠敏编:《清末民初政情内幕》,上卷,第737页,上海:知识出版社,1986年版。

[48] [美]费正清、刘广京编:《剑桥中国晚清史》,下卷,第505—506页,北京:中国社会科学出版社,2006年版。

[49] 同上书,第506页。

[50] 李鸿谷:《辛亥年间的中国政治格局》,《三联生活周刊》,2011年第3期。

[51]《民立报》,1911年1月12日。

[52] 杨度:《金铁主义说》,《中国新报》,第1—5号。

[53]《时报》,1910年11月5日。

[54]《申报》,1910年11月5日。

[55] 李鸿谷:《一个家族的国家危机》,《三联生活周刊》,2011年

第 15 期。

[56] 转引自朱步冲：《末世摄政王载沣的角色》，《三联生活周刊》，2011 年第 15 期。

[57] 同上。

[58] 同上。

[59]《申报》，1911 年 6 月 20 日。

[60] [美] 费正清、刘广京编：《剑桥中国晚清史》，下卷，第 504 页，北京：中国社会科学出版社，2006 年版。

[61]《张謇年谱》，见张謇研究中心编：《张謇全集》，第 6 卷，第 873 页，南京：江苏古籍出版社，1994 年。

[62] [美] 费正清、刘广京编：《剑桥中国晚清史》，下卷，第 504 页，北京：中国社会科学出版社，2006 年版。

[63] 石芳勤编：《谭人凤集》，第 370 页，长沙：湖南人民出版社，2008 年版。

[64] 王冶秋：《难忘的记忆》，《人民日报》，1978 年 7 月 30 日。

第四章　标　靶

[1] 李菁：《伍连德：不该被遗忘的名字》，《三联生活周刊》，2011 年第 3 期。

[2] 来新夏、焦静宜：《来新夏说北洋》，第 28 页，上海：上海科学技术文献出版社，2009 年版。

[3] 指载洵，时任"皇族内阁"中的海军部大臣。

[4] 丁文江、赵丰田编：《梁启超年谱长编》，第361页，上海：上海人民出版社，2009年版。

[5] 《卡夫卡全集》，第5卷，第83页，石家庄：河北教育出版社，2001年版。

[6] 陶菊隐：《北洋军阀统治时期史话》，第2卷，第53页，海口：海南出版社，2006年版。

[7] 转引自张宏杰：《大明王朝的七张面孔》，第68页，桂林：广西师范大学出版社，2006年版。

[8] [美]费正清、刘广京编：《剑桥中国晚清史》，下卷，第504页，北京：中国社会科学出版社，2006年版。

[9] 张继煦：《张文襄公治鄂记》，转引自河北省炎黄文化研究会、河北省社会科学院编：《张之洞与中国近代化》，第301—302页，北京：中华书局，1999年版。

[10] 《辜鸿铭文集》，下卷，第586—587页，海口：海南出版社，1996年版。

[11] 《时报》，1912年4月15日。

[12] 梅兰芳：《戏剧界参加辛亥革命的几件事》，《辛亥革命回忆录》，第1卷，第343页，北京：文史资料出版社，1961年版。

[13] 同上。

[14] 丁文江、赵丰田编：《梁启超年谱长编》，第360页，上海：上海人民出版社，2009年版。

[15] 《吴宓自编年谱》，第106页，北京：生活·读书·新知三联书店，

1995年版。

[16] 沈从文:《辛亥革命的一课》,见《沈从文全集》,第13卷,第271页,太原:北岳文艺出版社,2002年版。

[17] 同上。

[18] 周作人:《知堂回想录》,上卷,第296页,石家庄:河北教育出版社,2002年版。

[19] 同上书,第297页。

[20] 同上书,第294页。

[21] [美]埃德加·斯诺:《西行漫记》,第103页,北京:解放军文艺出版社,2002年版。

[22] 同上。

[23] 金毓黻编:《宣统政纪》,卷40,第11页,沈阳:辽海书社,1934年。

[24] 金冲及、胡绳武:《辛亥革命史稿》,第3卷,第15页,上海:上海人民出版社,1991年版。

[25] 冯耿光:《荫昌督师南下与南北议和》,《辛亥革命回忆录》,第6卷,第350页,北京:文史资料出版社,1963年版。

[26]《大清宣统政纪》。

[27]《光绪宣统两朝军机处上谕档》。

[28]《大清宣统政纪》。

[29]《光绪宣统两朝军机处上谕档》。

[30] 参见江自流:《粮价急上涨,金融闹恐慌》,《北京青年报》

2011年2月2日。

[31] 同上。

[32] 同上。

[33] ［澳］西里尔·珀尔：《北京的莫理循》，第333页，福州：福建教育出版社，2003年版。

[34]《大清宣统政纪》。

[35] 同上。

[36] ［澳］骆惠敏编：《清末民初政情内幕——〈泰晤士报〉驻北京记者、袁世凯政治顾问乔·厄·莫理循书信集》，上卷，第765页，上海：知识出版社，1986年版。

[37] 同上书，第764页。

[38] 梅兰芳：《戏剧界参加辛亥革命的几件事》，《辛亥革命回忆录》，第1卷，第344页，北京：文史资料出版社，1961年版。

[39]《军机处录副档》，档号：03-7521-011。

[40] 梅兰芳：《戏剧界参加辛亥革命的几件事》，《辛亥革命回忆录》，第1卷，第344页，北京：文史资料出版社，1961年版。

[41] 除正在美国、古巴访问的"海圻号"之外的四艘巡洋舰。

[42] 鹿钟麟：《滦州起义前前后后》，《辛亥革命回忆录》，第6卷，第167页，北京：文史资料出版社，1963年版。

[43] 冯耿光：《荫昌督师南下与南北议和》，《辛亥革命回忆录》，第2卷，第351—352页，北京：文史资料出版社，1962年版。

[44]《铁道国有风潮未已》，《申报》，1911年6月1日。

[45] 恽宝惠:《辛亥杂忆》,《辛亥革命回忆录》,第 8 卷,第 485 页,北京：文史资料出版社,1982 年版。

[46] 同上。

[47] 陈之骥:《北地见闻散记》,《辛亥革命回忆录》,第 5 卷,第 433—434 页,北京：文史资料出版社,1963 年版。

[48] 鲁迅出生于 1881 年,周作人出生于 1885 年,毛泽东出生于 1893 年,吴宓出生于 1894 年。

[49]《汉口日报》(HanKow Daily News),1911 年 10 月 20 日。

[50] 同上。

[51] 刘厚生:《张謇传记》,第 180 页,上海：上海书店,1985 年版。

[52] 同上。

[53] 郑怀义、张建设:《末代皇叔载涛传》,第 69 页,北京：文化艺术出版社,2006 年版。

[54] 冯耿光:《荫昌督师南下与南北议和》,《辛亥革命回忆录》,第 2 卷,第 353 页,北京：文史资料出版社,1962 年版。

第五章 车 站

[1] 参见仉芝铭:《袁世凯刺杀吴禄贞之我闻》,见《辛亥革命回忆录》,第 8 卷,第 250—251 页,北京：文史资料出版社,1982 年版。

[2] 李炳之:《良弼印象记》,见《辛亥革命回忆录》,第 8 卷,第 554—555 页,北京：文史资料出版社,1982 年版。

[3] 吴禄贞,字绶卿。

[4] 李炳之：《良弼印象记》，见《辛亥革命回忆录》，第 8 卷，第 555 页，北京：文史资料出版社，1982 年版。

[5] 李书城：《我对吴禄贞的片断回忆》，《辛亥革命回忆录》，第 5 卷，第 452 页，北京：文史资料出版社，1963 年版。

[6]《辛亥革命前十年间时论选集》，第 3 卷，第 531 页，北京：生活·读书·新知三联书店，1977 年版。

[7]《孙中山全集》，第 1 卷，第 89 页，北京：中华书局，1981 年版。

[8]《对于政府之民心》，见《辛亥革命前十年间时论选集》，第 3 卷，第 828 页，北京：生活·读书·新知三联书店，1977 年版。

[9]《清陆军部档案》。

[10]《大清宣统政纪》。

[11] 井勿幕：《夺饥民口中之食者谁乎》，《夏声》，1908 年第 9 号。

[12] 参见胡景通、严佐民：《井勿幕传略》，见《辛亥先烈井勿幕先生遗作及纪念文选》，第 137—140 页，西安：陕西人民出版社，2010 年版。

[13] 参见胡鄂公：《辛亥革命北方实录》，《辛亥革命》，第 6 卷，第 272 页，上海：上海人民出版社，1957 年版。

[14] 郭孝成：《山西光复记》，《辛亥革命》，第 6 卷，第 176 页，上海：上海人民出版社，1957 年版。

[15] 李书城：《我对吴禄贞的片断回忆》，《辛亥革命回忆录》，第 5 卷，第 559 页，北京：文史资料出版社，1963 年版。

[16] 钱基博：《吴禄贞传》，《辛亥革命》，第 6 卷，第 370 页，上海：

上海人民出版社，1957年版。

[17] 张国淦：《辛亥革命史料》，转引自金冲及、胡绳武：《辛亥革命史稿》，第3卷，第408页，上海：上海人民出版社，1991年版。

[18] 王葆真：《滦州起义及北方革命运动简述》，《辛亥革命回忆录》，第5卷，第405页，北京：文史资料出版社，1963年版。

[19] 这一日期说法不同，此据金冲及、胡绳武：《辛亥革命史稿》，第3卷，第410页，上海：上海人民出版社，1991年版。

[20] 何遂：《辛亥革命亲历纪实》，《辛亥革命回忆录》，第1卷，第476页，北京：文史资料出版社，1982年版。

[21] 任芝铭：《袁世凯刺杀吴禄贞之我闻》，《辛亥革命回忆录》，第8卷，第250—251页，北京：文史资料出版社，1982年版。

[22] 载涛：《吴禄贞被刺真相》，《辛亥革命回忆录》，第8卷，第247页，北京：文史资料出版社，1982年版。

[23] 郭孝成：《山西光复记》，《辛亥革命》，第6卷，第177页，上海：上海人民出版社，1957年版。

[24] 李书城：《我对吴禄贞的片断回忆》，《辛亥革命回忆录》，第5卷，第454页，北京：文史资料出版社，1963年版。

[25] 张鸣：《辛亥：摇晃的中国》，第84页，桂林：广西师范大学出版社，2011年版。

[26] 何遂：《辛亥革命亲历纪实》，《辛亥革命回忆录》，第1卷，第471—482页，北京：文史资料出版社，1961年版。

[27] 元柏香：《吴禄贞被刺事件鳞爪》，《辛亥革命回忆录》，第8卷，

第 253 页，北京：文史资料出版社，1982 年版。

[28] 何遂：《辛亥革命亲历纪实》，见《辛亥革命回忆录》，第 1 卷，第 471—482 页，北京：文史资料出版社，1961 年版。

[29] 王葆真：《滦州起义及北方革命运动简述》，《辛亥革命回忆录》，第 5 卷，第 414 页，北京：文史资料出版社，1963 年版。

[30] 载涛：《吴禄贞被刺真相》，见《辛亥革命回忆录》，第 8 卷，第 246 页，北京：文史资料出版社，1982 年版。

[31] 同上书，第 248 页。

[32] 同上。

[33] 任芝铭：《袁世凯刺杀吴禄贞之我闻》，见《辛亥革命回忆录》，第 8 卷，第 251 页，北京：文史资料出版社，1982 年版。

[34] 何遂：《辛亥革命亲历纪实》，见《辛亥革命回忆录》，第 1 卷，第 481 页，北京：文史资料出版社，1961 年版。

[35] 元柏香：《吴禄贞被刺事件鳞爪》，见《辛亥革命回忆录》，第 8 卷，第 253 页，北京：文史资料出版社，1982 年版。

[36] 胡鄂公：《辛亥革命北方实录》，《辛亥革命》，第 6 卷，第 275 页，上海：上海人民出版社，1957 年版。

[37] 曹锟此时为第三镇统制。

[38] 王怀庆此时为通永镇总兵。

[39] 张绍程：《张绍曾事迹回忆》，《文史资料选辑》，第 30 期，第 212 页。

[40] 张鸣：《革命：摇晃的中国》，《读书》，2011 年第 1 期。

[41] 以上内容均出自胡鄂公：《辛亥革命北方实录》，《辛亥革命》，第6卷，第277页，上海：上海人民出版社，1957年版。

[42] 同上书，第279—280页。

[43] 郭孝成：《直隶革命记》，《辛亥革命》，第6卷，第268页，上海：上海人民出版社，1957年版。

[44] 王葆真：《滦州起义及北方革命运动简述》，《辛亥革命回忆录》，第5卷，第410页，北京：文史资料出版社，1963年版。

[45] 于树德：《回忆滦州起义与共和会》，《辛亥革命回忆录》，第5卷，第427—428页，北京：文史资料出版社，1963年版。

[46] 邹鲁：《山西光复》，《辛亥革命》，第6卷，第173页，上海：上海人民出版社，1957年版。

[47] 何遂：《辛亥革命亲历纪实》，《辛亥革命回忆录》，第1卷，第483—485页，北京：文史资料出版社，1961年版。

[48] 王葆真：《滦州起义及北方革命运动简述》，《辛亥革命回忆录》，第5卷，第412页，北京：文史资料出版社，1963年版。

[49] 于树德：《回忆滦州起义与共和会》，《辛亥革命回忆录》，第5卷，第430页，北京：文史资料出版社，1963年版。

第六章 风 向

[1] [澳] 彼得·汤普森、罗伯特·麦克林：《中国的莫理循》，第239页，福州：福建教育出版社，2007年版。

[2] 《民立报》，1911年12月26日。陈锡祺主编：《孙中山年谱长编》，

第 596 页，北京：中华书局，1991 年版。

[3] 转引自上海市孙中山宋庆龄文物管理委员会编著：《孙中山》，第 134—135 页，上海：上海教育出版社，2010 年版。

[4] 郑曦原编：《帝国的回忆——〈纽约时报〉晚清观察记》，第 387 页，北京：生活·读书·新知三联书店，2001 年版。

[5]《胡汉民自传》，转引自唐德刚：《袁氏当国》，第 28 页，桂林：广西师范大学出版社，2004 年版。

[6] 朱步冲：《袁世凯——踯躅在新旧时代间的领袖》，《三联生活周刊》，2011 年第 3 期。

[7] 李鸿谷：《辛亥年间的中国政治格局》，《三联生活周刊》，2011 年第 3 期。

[8] [澳] 西里尔·珀尔：《北京的莫理循》，第 336 页，福州：福建教育出版社，2003 年版。

[9] 唐德刚：《袁氏当国》，第 28 页，桂林：广西师范大学出版社，2004 年版。

[10] 载涛：《载沣与袁世凯的矛盾》，《辛亥革命回忆录》，第 6 卷，第 326 页，北京：文史资料出版社，1963 年版。

[11]《申报》，1911 年 10 月 2 日。

[12] 李鸿谷：《辛亥年间的中国政治格局》，《三联生活周刊》，2011 年第 3 期。

[13] 见《绍英日记》原文，转引自马士良：《清廷退位前后》，《文史资料选编》，第 12 辑。

[14] 李晶：《唐绍仪1908年的日美之行》，《唐绍仪研究论文集》，广州：广东人民出版社，1989年版。

[15] 唐绍仪号。

[16] 杨士琦号。

[17] 丁中江：《北洋军阀史话》，第1辑，第220页，北京：中国友谊出版公司，1992年版。

[18] 冯耿光：《荫昌督师南下与南北议和》，《辛亥革命回忆录》，第2卷，第357页，北京：文史资料出版社，1962年版。

[19] 爱新觉罗·溥仪：《我的前半生》，第28页，北京：群众出版社，2007年版。

[20] 冯耿光：《荫昌督师南下与南北议和》，《辛亥革命回忆录》，第6卷，第358页，北京：文史资料出版社，1962年版。

[21] 同上书，第359页。

[22] 指伍廷芳。

[23] 冯耿光：《荫昌督师南下与南北议和》，《辛亥革命回忆录》，第6卷，第362页，北京：文史资料出版社，1962年版。

[24] 同上。

[25] 蔡廷干原信见[澳]骆惠敏编：《清末民初政情内幕——〈泰晤士报〉驻北京记者、袁世凯政治顾问乔·厄·莫理循书信集》，上，第810页，上海：知识出版社，1986年版。

[26] 张孝若：《最伟大的失败英雄》，第159页，上海：华中师范大学出版社，2013年版。

[27] 吴欢：《民国诸葛赵凤昌与常州英杰》，第 183 页，武汉：长江文艺出版社，2010 年版。

[28] 甘簃：《辛亥和议之秘史》，《辛亥革命》，第 8 卷，第 117 页，上海：上海人民出版社，1957 年版。

[29] 袁仄、胡月：《百年衣裳》，第 62 页，北京：生活·读书·新知三联书店，2010 年版。

[30] 当时名为梁公府，系康熙皇帝第七子铁帽子醇王允佑的府邸。

[31] 当时名为纯公府，系努尔哈赤之孙安郡王岳乐的府邸。

[32] [美] 巫鸿：《时空中的美术》，第 129 页，北京：生活·读书·新知三联书店，2009 年版。

[33] 《伊集院驻华公使致内田外务大臣电》，《日本外交文书选译——关于辛亥革命》，第 251 页，北京：中国社会科学出版社，1980 年版。

[34] 《山座驻英代理大使复内田外务大臣电》，《日本外交文书选译——关于辛亥革命》，第 259 页，北京：中国社会科学出版社，1980 年版。

[35] 《有吉驻上海总领事致内田外务大臣电》，《日本外交文书选译——关于辛亥革命》，第 297 页，北京：中国社会科学出版社，1980 年版。

[36] 《伊集院驻华公使致内田外务大臣电》，《日本外交文书选译——关于辛亥革命》，第 300—301 页，北京：中国社会科学出版社，1980 年版。

[37]《格雷爵士致朱尔典爵士电》,《英国蓝皮书有关辛亥革命资料选译》,第172页,北京:中华书局,1980年版。

[38]《内田外务大臣复伊集院驻清公使电》,《日本外交文书选译——关于辛亥革命》,第326页,北京:中国社会科学出版社,1980年版。

[39] 傅国涌:《主角与配角——近代中国大转型的台前幕后》,第163页,武汉:长江文艺出版社,2005年版。

[40] 观渡庐编:《共和关键录》,《辛亥革命》,第8卷,第78—79页,上海:上海人民出版社,1957年版。

[41] 甘簃:《辛亥和议之秘史》,《辛亥革命》,第8卷,第117页,上海:上海人民出版社,1957年版。

[42] 参见《民立报》,1912年1月2日;《申报》,1912年1月3日。

[43] 陈锡祺主编:《孙中山年谱长编》,上卷,第615页,北京:中华书局,1991年版。

[44] 冯耿光:《荫昌督师南下与南北议和》,《辛亥革命回忆录》,第6卷,第366—367页,北京:文史资料出版社,1962年版。

[45] 吴玉章:《辛亥革命》,第154页,北京:人民出版社,1974年版。

[46] [美]费正清、刘广京编:《剑桥中国晚清史》,下卷,第520—521页,北京:中国社会科学出版社,2006年版。

[47]《杨度生平年表》,《杨度集》,第2卷,第1093页,长沙:湖南人民出版社,2008年版。

第七章　船　票

[1] 王力：《汉语词汇史》，《王力文集》，第 11 卷，第 695 页，济南：山东教育出版社，1990 年版。

[2] 王国维：《论新学语之输入》，《王国维文学美学论著集》，第 111—112 页，太原：北岳文艺出版社，1988 年版。

[3] 《饮冰室合集·文集》之四十五（下），第 67—68 页；丁文江、赵丰田编：《梁启超年谱长编》，第 365 页，上海：上海人民出版社，2009 年版。

[4] 丁文江、赵丰田编：《梁启超年谱长编》，第 365 页，上海：上海人民出版社，2009 年版。

[5] 同上书，第 361 页。

[6] 此信原文为："今日所欲办之事，则一面勒禁卫军驻宫门，以备非常，即逐庆、泽，而涛自为总理，杀盛以快天下之心，即日开国会。当选举未集时，暂以资政院、谘议局全数议员充国会议员，同时下罪己诏，停止讨伐军，极言今日时势不容内争。令国会晓谕此意，然后由国会选代表与叛军交涉。幸此次叛军非由中山主动，不纯然为种族革命。告以国会既揽实权，则满洲不革而自革之义，当能折服；若其不从，则举国人心暂归于平和党，彼无能为力矣。政府一面仍下诏废八旗，皇帝自改汉姓，满人一切赐姓，以消除怨毒。其他应办之尚多，不能具述，荦荦大端，大率如此。若果能办到，则缘有武汉之一逼，而国会得有实权，完全宪政从此成立，未始非因祸得福。此事何时办到，不能预言，或此信到时事已发表，亦未可知。然吾辈总期诸一

月内外，盖此为中国存亡最后之一着，万不能再孟浪以贻误矣。"见丁文江、赵丰田编：《梁启超年谱长编》，第361页，上海：上海人民出版社，2009年版。

[7] 梁启超：《去国行》，《饮冰室合集·文集》之四十四，北京：中华书局，1989年版。

[8] 丁文江、赵丰田编：《梁启超年谱长编》，第364页，上海：上海人民出版社，2009年版。

[9] 同上书，第365页。

[10] [美] 埃德加·斯诺笔录、汪衡译：《毛泽东自传》，第21页，北京：国际文化出版公司，2009年版。

[11] 丁文江、赵丰田编：《梁启超年谱长编》，第367页，上海：上海人民出版社，2009年版。

[12] 同上。

[13] 同上。

[14] 同上书，第597页。

[15] 陈旭麓编：《宋教仁集》，中华书局，1981年，第269页。

[16] 丁文江、赵丰田编：《梁启超年谱长编》，第590 591页，上海：上海人民出版社，2009年版。

第八章 血 海

[1] 由同盟会及在北方的铁血会、共和会等革命团体合并而成。

[2] 梁漱溟：《辛亥革命前后我在北京的活动与见闻》，《梁漱溟全

集》，济南：山东人民出版社，2005年版。

[3] 胡鄂公：《辛亥革命北方实录》，《辛亥革命》，第6卷，第283页，上海：上海人民出版社，1957年版。

[4] 同上书，第294页。

[5] 吴玉章：《辛亥革命》，第104页，北京：人民出版社，1974年版。

[6] 冯耿光：《荫昌督师南下与南北议和》，《辛亥革命回忆录》，第6卷，第359页，北京：文史资料出版社，1962年版。

[7] 张鸣：《辛亥：摇晃的中国》，第212页，桂林：广西师范大学出版社，2011年版。

[8] 吴玉章：《辛亥革命》，第106页，北京：人民出版社，1974年版。

[9] 同上书，第104—105页。

[10] 同上书，第106页。

[11] 这段史实见金祥瑞：《我是怎样侦破谋炸摄政王一案的》，选自《辛亥革命回忆录》，第8卷，第469—473页，北京：文史资料出版社，1982年版。

[12] 鲁迅：《范爱农》，见《鲁迅全集》，第2卷，第310页，北京：人民文学出版社，1981年版。

[13] 同上。

[14] 无涯生（欧榘甲）：《中国历史革命说略》，《清议报》，第31册，1899年10月。

[15] 《暗杀潮涌 革命党欲刺载沣》，《北京晚报》，2011年4月22日。

[16] 参见丁中江：《北洋军阀史话》，北京：中国友谊出版公司，

2006年版。

[17] 甘簃：《辛亥议和之秘史》，《辛亥革命》，第8卷，第117—118页，上海：上海人民出版社，1957年版

[18]《无聊之共济会》，《民立报》，1911年11月22日。

[19] 甘簃：《辛亥和议之秘史》，《辛亥革命》，第8卷，第117页，上海：上海人民出版社，1957年版。

[20] 蒋介石：《中正自述事略》，转引自杨天石：《蒋介石刺杀陶成章的自白》，《近代史研究》，1987年第4期。

[21] 转引自闻少华：《汪精卫传》，第14页，北京：团结出版社，2007年版。

[22] 胡鄂公：《辛亥革命北方实录》，《辛亥革命》，第6卷，第286页，上海：上海人民出版社，1957年版。

[23] 雷颐：《走向革命——细说晚清七十年》，第290—291页，太原：山西人民出版社，2011年版。

[24] 参见梁漱溟：《忆往谈旧录》，第17页，西安：陕西师范大学出版社，2009年版。

[25]［澳］西里尔·珀尔：《北京的莫理循》，第345—346页，福州：福建教育出版社，2003年版。

[26] 同上书，第346页。

[27] 章长炳：《辛亥革命与通州》，《辛亥革命与北京》，北京：北京出版社，2011年版。

[28] 罗任一：《辛亥秋鄂军杀端方琐记》，见《辛亥革命回忆录》，

第 3 卷，第 244 页，北京：文史资料出版社，1962 年版。

[29] 参见陶成章：《浙案纪略》，见《辛亥革命》，第 3 卷，第 40 页，上海：上海人民出版社，1957 年版。

[30] 谢兴尧整理：《荣庆日记》，光绪十三年四月初二日，第 13 页，西安：西北大学出版社，1986 年版。

[31] 张鸣：《辛亥：摇晃的中国》，第 1 页，桂林：广西师范大学出版社，2011 年版。

[32] 1912 年 1 月 5 日《莫理循至达·狄·布拉姆函》，见骆惠敏编、刘桂梁等译：《乔·厄·莫理循书信集》，上卷，第 826 页。

[33] 李炳之：《良弼印象记》，见《辛亥革命回忆录》，第 8 卷，第 558—559 页，北京：文史资料出版社，1982 年版。

[34] 同上书，第 559 页。

[35] 同上书，第 559—560 页。

[36] 指铁良。

[37] 李炳之：《良弼印象记》，见《辛亥革命回忆录》，第 8 卷，第 557 页，北京：文史资料出版社，1982 年版。

第九章　背　影

[1] 综合自溥伟：《让国御前会议日记》，《辛亥革命》，第 8 卷，第 110—115 页，上海：上海人民出版社，1957 年版；马士良：《清廷退位前后》，《文史资料选编》，第 12 辑；爱新觉罗·溥仪：《我的前半生》，第 29—30 页，北京：群众出版社，2007 年。

[2] 傅国涌:《主角与配角——近代中国大转型的台前幕后》,第150页,武汉:长江文艺出版社,2005年版。

[3] 参见爱新觉罗·溥仪:《我的前半生》,第16页,北京:群众出版社,2007年版。

[4] 溥伟:《让国御前会议日记》,《辛亥革命》,第8卷,第110页,上海:上海人民出版社,1957年版。

[5] 张鸣:《革命:摇晃的中国》,《读书》,2011年第1期。

[6] 李宗一:《袁世凯》,第187页,北京:中华书局,1980年版。

[7] 爱新觉罗·溥仪:《我的前半生》,第28页,北京:群众出版社,2007年版。

[8] 同上书,第30页。

[9] 《宣统三年十二月初八日段祺瑞等致内阁请代奏电》,《辛亥革命》,第8卷,第173—174页,上海:上海人民出版社,1957年版。

[10] 《宣统政纪》,卷四三,第10—12页。

[11] 以上内容均载于《溥伟日记》,马士良:《清廷退位前后》,《文史资料选编》,第12辑。

[12] 唐德刚:《袁氏当国》,第29页,桂林:广西师范大学出版社,2004年版。

[13] 马士良:《清廷退位前后》,《文史资料选编》,第12辑,第60页。

[14] 唐在礼:《辛亥前后我所亲历的大事》,《辛亥革命回忆录》,第6卷,第337页,北京:文史资料出版社,1963年版。

[15] 袁世凯剪辫时间众说不一,一说为2月16日。这里根据侯宜杰:

《袁世凯传》，第 246 页，天津：百花文艺出版社，2003 年版。

[16]［美］保罗·S. 芮恩施：《一个美国外交官使华记》，第 25—26 页，北京：文化艺术出版社，2010 年版。

[17]［澳］西里尔·珀尔：《北京的莫理循》，第 352 页，福州：福建教育出版社，2003 年版。

[18] 陈宗舜：《末代皇父载沣》，第 42 页，哈尔滨：北方文艺出版社，1987 年版。

[19] 转引自瞿骏：《文明的痛苦与幸福》，《读书》，2011 年第 2 期。

[20]［澳］骆惠敏编：《清末民初政情内幕——〈泰晤士报〉驻北京记者、袁世凯政治顾问乔·厄·莫理循书信集》，第 761 页，上海：知识出版社，1988 年版。

[21] 鲁迅：《范爱农》，《鲁迅全集》，第 2 卷，第 313—314 页，北京：人民文学出版社，1981 年版。

[22] 陶菊隐：《北洋军阀统治时期史话》，第 2 卷，第 1 页，海口：海南出版社，2006 年版。

[23] 谢缵泰：《中华民国革命秘史》，《孙中山与辛亥革命史料专辑》，第 327—328 页，广州：广东人民出版社，1981 年版。

[24] 陶菊隐：《北洋军阀统治时期史话》，第 2 卷，第 4 页，海口：海南出版社，2006 年版。

[25]《梁漱溟全集》，第 1 卷，第 551 页，济南：山东人民出版社，2005 年版。

[26] 陈寅恪：《王观堂先生挽词并序》，见刘梦溪主编：《中国现

代学术经典·陈寅恪卷》，第845—846页，石家庄：河北教育出版社，2002年版。

[27] 叶赫那拉·根正、郝晓辉：《我所知道的末代皇后隆裕》，第186—187页，北京：中国书店，2008年版。

[28] 爱新觉罗·溥仪：《我的前半生》，第59页，北京：群众出版社，2007年版。

[29] 李鸿谷：《一个家族的国家危机》，《三联生活周刊》，2011年第15期。

[30] 叶赫那拉·根正、郝晓辉：《我所知道的末代皇后隆裕》，第186页，北京：中国书店，2008年版。

第十章 广　场

[1] 参见上海市孙中山宋庆龄文物管理委员会编著：《孙中山》，第149—150页，上海：上海教育出版社，2010年版。

[2] 王树增：《1901年》，第14页，海口：海南出版社，2004年版。

[3] 袁希洛：《我在辛亥革命时的一些经历和见闻》，《辛亥革命回忆录》，第6卷，北京：文史资料出版社，1963年版。

[4] 李鸿谷：《辛亥年间的中国政治格局》，《三联生活周刊》，2011年第3期。

[5] 《民主报》，1912年2月16日。

[6] [美] 费正清、刘广京编：《剑桥中国晚清史》，下卷，第518页，北京：中国社会科学出版社，2006年版。

[7] 同上书，第 522 页。

[8] [美] 费正清编：《剑桥中华民国史》，上卷，第 211 页，北京：中国社会科学出版社，2006 年版。

[9] [德] 恩格斯：《论权威》，见《马克思恩格斯选集》，第 3 卷，第 527、227 页，北京：人民出版社，1995 年版。

[10] 高全喜：《立宪时刻——论〈清代逊位诏书〉》，第 39 页，桂林：广西师范大学出版社，2011 年版。

[11] 邹容：《革命军》，《辛亥革命》，第 1 卷，第 335 页，上海：上海人民出版社，1957 年版。

[12]《临时政府公报》，第 20 号。

[13]《申报》，1912 年 8 月 29 日；陈锡祺主编：《孙中山年谱长编》，上卷，第 714—715 页，北京：中华书局，1991 年版。

[14]《民立报》，1912 年 8 月 27 日；陈锡祺主编：《孙中山年谱长编》，上卷，第 715 页，北京：中华书局，1991 年版。

[15]《民立报》，1912 年 7 月 22 日；陈锡祺主编：《孙中山年谱长编》，上卷，第 715 页，北京：中华书局，1991 年版。

[16] 陈锡祺主编：《孙中山年谱长编》，上卷，第 714—715 页，北京：中华书局，1991 年版。

[17] 凤冈及门弟子：《三水梁燕孙先生年谱》，上卷，第 123 页，上海，1939 年版；陈锡祺主编：《孙中山年谱长编》，上卷，第 716 页，北京：中华书局，1991 年版。

[18] 李鸿谷：《辛亥年间的中国政治格局》，《三联生活周刊》，

2011年第3期。

[19] 转引自上海市孙中山宋庆龄文物管理委员会编著：《孙中山》，第164页，上海：上海教育出版社，2010年版。

[20] 转引自徐春柳、汪城、杨华云：《先生革命之行始于京终于京》，《新京报》，2006年11月30日。

[21]《民立报》，1912年9月2、3日；陈锡祺主编：《孙中山年谱长编》，上卷，第715页，北京：中华书局，1991年版。

[22]《民立报》，1912年8月30日；陈锡祺主编：《孙中山年谱长编》，上卷，第715页，北京：中华书局，1991年版。

[23]《民立报》，1912年9月3日；陈锡祺主编：《孙中山年谱长编》，上卷，第715页，北京：中华书局，1991年版。

[24] 张国淦：《孙中山和袁世凯的斗争》，《近代史资料》，1955年第4期。

[25]《民立报》，1912年8月30日；陈锡祺主编：《孙中山年谱长编》，上卷，第715页，北京：中华书局，1991年版。

[26]《民立报》，1912年9月5日；黄宗汉、王灿炽：《孙中山与北京》，第71页，北京：人民出版社，1996年版。

[27] [德]黑塞：《我的传略》，见李然编：《外国文化名人自画像》，第339页，北京：中央编译出版社，1996年版。

[28] 孙中山：《临时大总统就职宣言》，见《孙中山选集》，上卷，第82页，北京：人民出版社，1957年版。

[29] 孙中山：《三民主义与中国前途》，见《孙中山选集》，上卷，

第 74 页，北京：人民出版社，1957 年版。

[30]《民立报》，1912 年 9 月 8 日；陈锡祺主编：《孙中山年谱长编》，上卷，第 725 页，北京：中华书局，1991 年版。

[31]《团结报》，1982 年 10 月 16 日。黄宗汉、王灿炽：《孙中山与北京》，第 71 页，北京：人民出版社，1996 年版。

[32] 陈宗舜：《末代皇父载沣》，第 45 页，哈尔滨：北方文艺出版社，1987 年版。

[33] 陶菊隐：《北洋军阀统治时期史话》，第 2 卷，第 4 页，海口：海南出版社，2006 年版。

[34] 傅文郁：《孙中山先生民初演说二则纪要》，《文史资料选编》，第 19 辑。

[35] 侯仁之、邓辉：《北京城的起源与变迁》，第 162 页，北京：北京燕山出版社，2001 年版。

[36] 参见朱剑飞主编：《中国建筑 60 年（1949—2009）历史理论研究》，第 20 页，北京：中国建筑工业出版社，2009 年版。

[37] 转引自瞿骏：《文明的痛苦与幸福——对辛亥革命的一个解读》，《读书》，2011 年第 2 期。

The
Last
Dynasty